JN227447

臆病な女神

パトリシア・F・ローエル 作

美琴あまね 訳

ハーレクイン・ヒストリカル・ロマンス

東京・ロンドン・トロント・パリ・ニューヨーク・アテネ・アムステルダム
ハンブルク・ストックホルム・ミラノ・シドニー・マドリッド
ワルシャワ・ブダペスト

A Scandalous Situation

by Patricia Frances Rowell

Copyright © 2004 by Patricia Frances Rowell

All rights reserved including the right of reproduction in whole or in part in any form. This edition is published by arrangement with Harlequin Enterprises II B.V.

All characters in this book are fictitious.
Any resemblance to actual persons, living or dead,
is purely coincidental.

Published by Harlequin K.K., Tokyo, 2006

◇作者の横顔

パトリシア・F・ローエル ルイジアナ州北部の森の中に夫と建てた手作りの家に、二人で暮らす。七人の子供やたくさんの養子、八人の孫が訪ねてくるのを楽しみにしている。執筆の合間には森を散歩したり、ボートに乗って沼地を探索したりするという。作品はリージェンシー（英国摂政期）を舞台に、サスペンスの要素を取り入れて書き上げる。この時代が好きな理由は、現代より価値観が明確で、名誉が重んじられたからと語る。

主要登場人物

アイアンサ・キースレイ……………レディ。
ロズリー卿……………………………アイアンサの父。
レディ・ロズリー……………………アイアンサの母。
ジョン…………………………………アイアンサの兄。
ロバート・アームストロング………ダンカン男爵。
サミュエル・ブロートン……………ロバートのいとこ。愛称サム。
バーンサイド…………………………ロバートの使用人。
サーズビー……………………………ロバートの使用人。
フェラー………………………………ロバートの馬丁。
ヴィジャヤ王子………………………ロバートの友人。インドのマハラジャの子息。
ミスター・ウェルウイン……………銀行家。
スティーブン・ワイコム……………ウェルウインの補佐役。
ホレイス・ラウンズ…………………内務省の役人。父はアルトン卿。
セバーガム男爵………………………貴族。

プロローグ

一八〇一年、ロンドン北部

このまま死ぬかもしれない。

もう痛みも感じない。

きっと、長いあいだ、凍った地面に押しつけられ、意識の境をさまようほどの痛みに耐えているうちに、体の感覚がなくなってしまったのだろう。

死んだほうがましかもしれない。

男たちはまだそこにいるようだ。歩きまわる足音が聞こえる。

匂《にお》いがする。癖のあるたばこと、神経質に気持ちを昂《たかぶ》らせた、むさ苦しい匂いが……。


体の震えを必死にこらえる。

動いてはだめ。息を止めるのよ。

そうすれば、わたしが死んだと思って、もうあんなことはしないだろうから。

閉じた瞼《まぶた》の裏に、歪《ゆが》んだ映像が押し寄せる。深紅の覆面をした男たちが、のぞき穴の奥で目を光らせ、口の部分にあけた穴から熱い息をもらすと、鋭く光る刃《やいば》を突きつけてきた。

そして、痛みが全身を引き裂いた。

覆面の男たちは、次々に襲ってきた。

意識が闇《やみ》に落ちそうになる。抗《あらが》うつもりはなかった。そのほうがいい。だが、突然、ざらりとした高笑いに続いて、肉を平手で打つ音がし、押し殺した怒声が聞こえた。

「しっ。静かにしろ！」

息をひそめているうちに、ぎいっと革がきしむ音がして、馬が駆け去っていった。
あたりがしんと静まり返った。
血の匂いがする。寒かった。
闇が襲ってきた。

1

一八〇七年、イングランド。カンバーランド

ロバート・アームストロングは鹿毛《かげ》の雄馬に跨《またが》り、両手を上げたまま、心臓に向けられた銃口をじっと見つめた。手袋をはめた女の手に握られた拳《けん》銃《じゅう》が、彼を狙《ねら》っている。女性は大柄ではなく、むしろほっそりして弱々しい感じがした。だが、表情は険しかった。

不意をつき、すばやく襲いかかれば、拳銃を奪うことはできるだろう。ただ、馬か自分かが、撃たれるかもしれない。不確かなことはしたくなかった。心臓を狙われているいまは、勇気よりも分別が大切

だ。ロバートはできるだけ穏やかな声で言った。

「わたしは危険な者ではありません。馬をおりることをお許しください。あなたの馬を馬車から外さないと、次の雪崩に馬もろとものみ込まれますよ」

その言葉を裏づけるかのように、雪のかたまりが斜面を落ちてきた。女は斜面のほうにちらりと目を向け、拳銃を握りなおした。「そのようですね。手伝っていただくわ。どうぞ馬をおりてください」

「ありがたく存じます」ロバートは馬からひらりとおり、横倒しになった馬車に近づいていった。向けられた銃口に、背中がむずがゆいような気がして、ロバートは肩をすくめた。背後から撃たれることはないだろう。助けてやろうとしているのだから。

いや、わからないぞ。

ロバートは、立ち上がろうともがく小馬に静かに話しかけながら、くつわをとった。小さな雪崩が起きて、車輪が道路脇《わき》の吹《ふ》き溜《だ》まりにはまり、かじ棒が外れて横倒しになったらしい。女に怪我《けが》がなかったのが不思議なくらいだ。馬は、折れたかじ棒にはさまれて、動けなくなっている。

「困ったことになったな。できるだけ早く出してやるぞ。そうしないと、わたしも同じ目に遭う」

ロバートは険しい目で斜面を見あげた。切り立った岩壁は高くはないが、傾斜が急で、一本の木さえ生えていない。きょうは暖かかったので、積もった雪が溶けて雪崩になったのだろう。

しかし、気温がかなり下がっているようだ。山頂付近の空には、厚い灰色の雲が立ちこめ、風が谷に向かって吹いていた。また吹雪になると、厄介なことになる。

もしかしたら、小さな雪崩がくるかもしれない。ロバートはそう思いながら、ブーツからナイフを取り出した。すると、背後で、驚いたように息をのむ気配がした。ロバートは振り返った。

「なにをしているの?」女の白い顔がさらに血の気を失い、拳銃を握りしめる手が震えている。これはまずい。

ロバートは女のほうを向き、眉間《みけん》に皺《しわ》をよせた。

「どうか拳銃をおろしてください。撃たれて死ぬのはごめんですからね。かじ棒についた革紐《かわひも》を切るんですよ」

「そうですか」女はほっとしたように大きく息を吐いた。体の震えは止まったらしい。銃口は下に向いている。「どうぞ、お続けください」

ロバートは天を仰いでから作業に戻った。この女性はなにを怖がっているんだ? なぜ、細い体を緊張させ、手をぎゅっと握りしめて、表情をこわばらせているのだろう。

その疑問はとりあえずおいておくことにして、ロバートは小馬をなだめ、ナイフの刃を数回あてて革紐を切った。そして、ナイフをすばやく鞘《さや》に戻してから、馬車から転がり落ちた四角い革の箱を拾い上げ、馬を女のところに連れていった。

「残念だが、この馬は腱《けん》を痛めている。たぶん、もう……」

そのとき、ロバートは、地が低く鳴り揺れるのを感じた。手綱を放し、女に駆け寄る。すばやく女を抱き上げ、肩に担ぐと、柔らかい雪を踏み分けるように走った。投げ出された拳銃が大きな音をたてて暴発する。小馬とロバートの馬がいななき、逃げていった。岩と土砂と溶けかかった雪が、轟音《ごうおん》をたて、速度を増しながら斜面を落ちてくる。ロバートは雪崩にのみ込まれないよう、二頭の馬を駆り立て、必死で山腹を横切った。

馬がなにかに足をとられ、ロバートは女とともに地面に投げ出された。

ロバートは、女に覆いかぶさると、革の箱を自分の頭の上にのせた。落ちてきた石のひとつが箱にあたり、跳ね返る。石はさらに落ちてきた。泥と氷のかたまりが肩を襲い、溶けかけた雪が、ブーツのなかにも、首筋にもはいってくる。どうしよう。このまま埋もれてしまうのだろうか。

雪崩が激しい音をたてて襲ってきた。永遠のように思える長い時間が過ぎると、突然、静寂が訪れた。

ロバートは、慌てて体を起こした。ありがたいことに、頭と肩がすぐに雪から出た。そっと立ち上がり、あたりを見まわす。

危ないところだった。土砂と雪の山が、すぐそばまで押し寄せていた。道は埋まり、馬車は影も形もない。ロバートは足を引き抜くと、まだ倒れている女のほうを向いた。「お怪我はありませんか?」

女は目を閉じたまま、ぴくりとも動かなかった。

間近で見ると、思ったよりも若いようだ。フードからのぞく髪が銀色だったので勘違いをしてしまったが、おそらくまだ二十歳代前半だろう。

ロバートは女の肩をそっと揺すった。「お嬢さん、話はできますか?」

まつげが震え、女が目を開いた。濃いすみれ色の瞳に、ロバートは思わず息をのんだ。

「お怪我はありませんか?」

女は深く息を吸った。「ええ。たぶん」

女が体を起こそうとしたので、ロバートはすばやく片膝を立て、手を差し出した。女は、一瞬ためらったが、指先を彼の手に預け、引き上げられるように立った。それからあたりを見まわして言った。

「わたしの馬車はどうしたのでしょうか?」

「雪に埋もれてしまったようです」

「拳銃は?」

ロバートは肩をすくめた。「わかりません」足踏みをしてブーツの雪を落とし、服についた雪を払いながら、目で馬を捜した。「ですが、急いでここを離れたほうがいい。あの崖《がけ》の上にわたしの家があります」ロバートが指さした場所には、湧《わ》き上がる雲を背に、古い城の輪郭がぼんやりと見えた。

女は目を丸くした。「アイリー城ですか？　あそこには、どなたも住んでいないと思っていました」

「何年も留守にしていたのですが、最近、インドから戻ってきたんです。わたしはロバート・アームストロングと申します」

「ダンカン男爵？」

「そうです」

「そうですか。わたしは、アイアンサ・キースレイです」女はぐいっと顔を上げて言ったが、手は差し出さなかった。

ほほ笑んでもくれないんだな。窮地に陥った美しい乙女を助けたのだから、もっと褒美が欲しいところだ。ロバートはそう思いながら、自分の馬を口笛で呼んだ。「わたしの馬に一緒に乗りましょう。あなたの小馬は弱っていますからね。まずわたしが乗って、あなたを引っ張り上げます」

女の美しい目に、ふたたび恐怖の色が浮かんだ。

「だめです。あの……後ろのほうがいいんですが」

「急な坂道だ。滑って落馬するかもしれない。わたしが後ろのほうが安全――」

「わたしは後ろに乗ります」女は頑として譲らなかった。

ロバートはため息をついた。「お好きなように。言い合いをしている暇はありませんから」そう言って、低く垂れこめた空をちらりと見あげた。「とにかく、急ぎましょう。いまにも嵐《あらし》が来る」

ロバートは女を引き上げようとした。しかし、彼女はそれを制し、後ろに下がった。「わたしの絵の具箱をください」そう言って革の箱を指さした。

「これはわたしが持ちます」

ロバートは苛《いら》立ちを隠すように言った。「わかりました。乗ってから渡します」文句を言われないうちに、女を抱き寄せ、大きな手で細い腰をふわりと持ち上げて、鞍《くら》の後方に横乗りにさせると、箱を拾い上げた。それから小馬の手綱をとり、自分の馬の頭上を跨《また》ぐようにして片脚を振り上げ、馬の背に跨った。

ロバートの背中になにか鋭い物があたった。今度はなんだ？　振り返ると、女が絵の具箱をロバートの背中にあて、彼と体が触れ合わないようにしていた。冗談じゃないぞ。

ロバートは箱を女の手から奪いとると、自分の前に置き、片手で押さえた。「さあ、わたしにつかまって。ばかなことをしている暇はないんです」

ロバートは馬を駆り、そそり立つ崖の下の斜面を横切って古城を目指した。風は強く、横殴りの雪が顔を刺す。谷を見おろすと、道のまだ埋もれていないところにも、新たな吹き溜まりができていた。もうあの道は通れない。しかし、遠回りをすれば、馬がもたないだろう。足を痛めた小馬もいる。なんとか無事に城に着かなければ。

急な斜面を登っているとき、ロバートの腰につかまっていた小さな手の感覚がふっと消えた。彼は馬を止め、振り返って驚いた。雪の上に女が倒れ、スカートが膝までめくれ上がっている。白い革の膝丈のブーツが見え、そのブーツの片方に拳銃がもう一丁、紐で留めてあった。なんということだ、こんなところに武器を隠し持っているとは！

女が慌てて立ち上がり、両頬を赤らめながらロバートのほうへやってきた。ロバートは感情を押し殺し、紳士らしく手を差し出した。「足をわたしの足にかけて、思いきり踏み込んでください」

女は無言で彼の言葉に従った。ロバートは女を両腕で抱き上げ、自分の前に座らせてから、腰に手をまわし、馬の脇腹を蹴《け》った。女は身を硬くした。ロバートは戸惑い、眉をひそめた。なぜだ？　助けてやろうとしているのに。

ロバートは馬を止めた。「ミス・キースレイ、わたしはなにか失礼なことをしましたか？」

女は頭を振り、小さな声で言った。「いいえ」

「これからだってしませんよ」ロバートはそう言うと、斜面を登りはじめた。

アイアンサは背中に男爵の体を感じていた。感情を抑えなければ、と自分に言い聞かせる。怖がる必要はない。この方は、するべきことを正しいやり方でしているだけよ。それでも、突然、男爵が目の前に現れたときは、心臓が止まってしまうのではないかと思った。雪崩の轟音さえ、心のなかの叫び声で聞こえないほどだった。生き埋めになる恐怖よりも、男爵の体の重みを感じることのほうが怖かった。

あのおぞましい映像を心から消し去りたい。そうすれば、これほど苦しい思いをしなくてもすむのに。

男爵の大きな体が雪と風をさえぎってくれるので、厳しい寒さは感じなかった。それでも、絵の具箱の取っ手を握る手はかじかんで、つま先の感覚もなかった。

冷静になるのよ。自分を守るために。

ようやく城へ続く道が見えた。何度か折れ曲がりながら登っていくと、石造りの大きな厩《うまや》が現れた。アイアンサは痛む背筋を伸ばし、周囲を見渡した。すると、白髪のずんぐりした馬丁が早足でやってくるのが見えた。

「旦那《だんな》様！　ご無事でよかった。馬で捜しに行こうかと、バーンサイドと話していたところだったんです」馬丁はアイアンサをちらりと見ると、近づいてきて、彼女のかじかんだ手から絵の具箱を受けとった。アイアンサは馬丁の手を借りて、馬からおりた。

「フェラー、わたしが怪我などするはずないじゃないか」男爵は楽々と馬からおりて、馬丁に笑いかけた。

「オリッサのときは大変でしたから」フェラーはにやりとした。「しかし、旦那様は悪運がとてもお強い」

「そうだな」男爵はうなずいた。「この方はミス・キースレイだ。彼女と小馬が事故に遭ったんだ」

フェラーはずんぐりした小馬を見ると、額に皺をよせた。「こいつは、相当、弱っていますね」

フェラーはアイアンサの腕を放し、馬に近づいた。支えを失ったアイアンサはよろめいて、鞍につかまった。

「気をつけて！」男爵はすばやく前に出て、アイアンサの腰を支えた。「めまいですか？」

「いいえ」アイアンサは首を振った。「寒さで体がよく動かないのです。すぐよくなりますわ」

「抱いてお連れしましょうか？」

「いいえ！」アイアンサは思わず強い口調で答えた。

「その必要はありません」

「それでは、わたしにつかまってください。火にあたらないといけません。風を避けて、旧館を通りましょう」ロバートは片腕でアイアンサの体をしっかりと支え、馬小屋の脇の扉に向かった。

そばに寄らないで。どうか……お願い。

アイアンサは目を閉じ、深く息を吸って、逃れたいという衝動を抑えた。支えがなければ立っていられないのだからしかたがない。数分間なら我慢できるはずよ。

感情を抑えなければ。

男爵はアイアンサを連れて厩の戸口を抜け、急な螺旋《らせん》階段を上がっていった。上がりきると、何度か方向を変えながら、細長い扉を次々とあけ、短い通路をいくつも通り抜けた。

「これは旧館に繋《つな》がる通路です」男爵は説明した。

「侵入者を防ぐため、こうして複雑な造りにしてあるのです。最近では、厩から雨風を避けて上がりたいとき以外は使っていないのですが」

石の部屋から、やや新しい扉を抜けると、玄関の広間に出た。男爵は平たい帽子を脱いで太腿に叩《たた》きつけ、雪を払い落とした。帽子の下から、ふさふさとした艶《つや》のいい茶色の巻き毛が現れた。

「ここが新館です」男爵は笑った。「比較的新しいということですが。旧館は十四世紀に建てられ、こちらは一六〇〇年代初期に建てられました。旧館よりは住みやすくなっていますが、奇抜な部分もあります」そう言って、呼び鈴の紐を引いた。「バーンサイド！　バーンサイド、どこだ？」

男爵が突然、大声を出したので、アイアンサはびくっとした。すぐに、体のがっしりした中年の男が姿を現した。

「はい、旦那様」バーンサイドと呼ばれた男はアイアンサを見て、足を止めた。それから、尋ねるようにダンカン男爵を眺めた。

「ミス・キースレイは嵐で帰れなくなってしまったので、ここに泊まっていただく。サーズビーに伝えてくれ。祖母の部屋に火をいれて、ミス・キースレイにお湯をお持ちするようにと」

「かしこまりました、旦那様。書斎には火がはいっていますので、よろしければ……」

「ああ、それはいい」男爵はアイアンサに向かって言った。「外套《がいとう》を脱ぐのをお手伝いしましょう」

「ありがとうございます」アイアンサは男爵の申し出を受け入れ、それを機に彼の腕の支えから逃れた。フードを脱ぐとき、思わず体が硬くなった。だいじょうぶ。この方は紳士だから、この白い髪を見てもなにも言わないはずだ。

ダンカン男爵は髪のことには触れず、アイアンサの外套を脱がせ、自分自身も厚手の外套を脱いだ。バーンサイドが濡《ぬ》れた上着を受けとり、来たときと同じように、あっという間にいなくなった。男爵が通路にある扉をあけると、居心地のよさそうな部屋が現れ、本が壁の棚にぎっしりと並んでいるのが見えた。巻物とともに山積みにされたり、木箱にいれられたりしているものもある。また、異国風の装飾がある柔らかい革表紙のものや、表紙がまったくないものもあった。

「散らかっていて申し訳ありません。父の書斎に、わたしの蔵書を移しているところなんです」男爵は暖炉のそばに椅子を置き、アイアンサに腰をおろすようにすすめた。

「東洋で面白い書籍をたくさん見つけました。とても古いものもある。こうした書物が読めるようにさまざまな言語を学んできたんですよ」そう言って、自分の椅子を出してきて座ると、器用そうな手を火に伸ばした。

アイアンサは膝の上で両手を握りしめ、咳払《せきばら》いをした。「ダンカン男爵、あの、助けていただいたのに、わたしが感謝していないように見えたら、申し訳ありません。こんなことになって……とても戸惑っていて」

男爵は片方の眉を上げた。「もちろん、そうでしょう」

「感謝しています。本当に」アイアンサは男爵を見つめた。彼はからかうような笑みを浮かべ、明るい茶色の瞳がきらきら輝いた。やさしい人なのね。わたしがあんな失礼な態度をとったのに。「あなたが来てくださらなかったら、わたしはどうなっていたかわかりません。あんなに雪が深いとは知らず……。次の嵐が来そうだということも知りませんでした」

男爵はうなずいた。「穏やかな日に見えましたからね。わたしもつい外出してしまいました。こんな時季に、これほどの雪が降ることはめったにないですから」

アイアンサはなんとかほほ笑んでみせた。「ご迷惑をかけて、本当に申し訳ありません」

「どうか遠慮をなさらずに。ただ、心苦しいことに、あなたをお世話することができる家政婦もメイドもいないのです。わたしの帰国が代理人が考えていたよりも早くなったので、正式な使用人がまだ揃《そろ》っていないのですよ。幸い、大掃除の手配はしてあったので、あなたを埃《ほこり》で窒息させずにすみますし、食料庫にはたっぷり蓄えがあります」扉が開き、男爵はそちらを見た。「なんだい、バーンサイド」

「お茶をお持ちしました」バーンサイドはそろそろと部屋にはいってくると、ぎこちない手つきで、ティーポットとカップがのった大きなトレイをテーブルに置いた。

「気がきくな。ありがとう」ダンカン男爵は、笑いながら使用人を振り返った。「夕食はなんだい？　最低でも三品はあるコース料理にしてほしいんだが」

バーンサイドは、びっくりしているアイアンサにウインクした。「旦那様はふざけてらっしゃるのです。わたしが簡単なものしか作れないのをご存じですからね。北部地方の料理に、たっぷりの愛情と、少しのインドの風味を加えたものしかできませんよ」バーンサイドは主人に一礼すると、部屋を出る前に言った。「上の部屋に火をいれました、旦那様。お湯は暖炉の台架にありますので、ミス・キースレイのご用意ができましたらお使いください」

「ありがとう。部屋が暖まるまでもう少し待とう」バーンサイドが部屋を出ていくと、男爵はアイアンサのほうを向いた。「バーンサイドの料理は簡単なものですが、とてもおいしいのです。少なくとも、飢え死にはさせませんよ」男爵はお茶のトレイに目をやった。「いれていただけますか？　わたしにはうまくできそうにないので」

どうしてこんなことになったのかしら。アイアンサは当惑しながら、ポットを手にとった。「ええ。ミルクをいれますか?」

「いいえ、結構です」

アイアンサは男爵にカップを渡し、自分のカップにもお茶を注《つ》いだ。こうした状況でも、あくまで社交的に振る舞おうとすれば、会話は不可欠だ。アイアンサは頭のなかで会話の種をかき集めた。

「インドには長くいらっしゃったのですか?」

「三年です」

「東インド会社のご一行として?」

「いいえ、商人として個人で行きました。アームストロング家が財産難のときで、父がやむなく商取引を行うことにしたのです」

「そうだったのですか」アイアンサは温かいお茶を飲みながら、いま聞いたことをよく考えてみた。貴族にしては変わった経歴だけれど、生活が苦しいのにお高くとまっているよりはずっとましだ。「ご不便はありませんでしたか?」

「いいえ、わたしには合っていたようです。いろいろなことを見て、いろいろなことを聞き、いろいろな匂《にお》いをかいで、いろいろなものに触れました」男爵は目尻に皺をよせ、カップ越しにアイアンサにほほ笑みかけた。思わず見とれるような笑顔だった。「東洋は五感を刺激してくれる場所です。これまで知らなかった食べ物、新鮮な感覚、明るい色彩。イングランドにいては想像すらできないことを、毎日経験できる」

「でも、帰ってこられたのですね」

男爵はしばし火を見つめ、アイアンサに視線を向けた。「人はいつも家に帰りたくなるものです」

それ以上、なにを言っていいのかわからず、アイアンサは黙ってお茶を飲んだ。

男爵が息を大きく吸った。「別の理由もありました」彼はそこで言葉を切った。なにか言いたいことがあるのかしら？　アイアンサが訝《いぶか》っていると、男爵がふたたび口を開いた。「儲《もう》けるには、阿片《あへん》を中国に売るしかなかった。東インド会社がまだ手を出していないベンガル産以外の阿片をね。しかし、どうしてもそれはできなかった。阿片の虜《とりこ》になってしまった人々をお見せしたいくらいですよ。あまりにもむごい」男爵はカップを置いて立ち上がった。

「インドの話ばかりで退屈でしょう。お茶がおすみなら、上に案内しますよ」

アイアンサも立ち上がった。一瞬、ためらったのち、差し出された男爵の腕をとる。そして彼からできるだけ身を離すようにして歩いた。

男爵がもう一方の手でアイアンサの袖口《そでぐち》に触れた。

「服がまだ濡れていますね。着替えが必要でしょう」

見おろすと、白い毛織のドレスの裾《すそ》に泥がついている。「そうしたいところですが、どうしようもないですわ」

「用意した寝室には、服が少し置いてあると思います。祖母のものですが」男爵はアイアンサを見おろしてほほ笑んだ。「祖母はとても流行に敏感な人でした。残念ながら、遠い昔のことですがね。それに、かなりの倹約家で、なんでもとってあるのです。流行のものというわけにはいかないが、清潔で乾いた服ならある」

馬車を雪のかたまりに潰《つぶ》されてからはじめて、アイアンサは声をたてて笑った。だが、すぐに自分がどんな状況に置かれているか察した。どうやらここに長く滞在しなければならなくなりそうだ。

どうしたらいいの？　どうやって切り抜けよう。男の人の家に……それも、知らない男の人たちしかいない家で過ごすなんて、耐えられるだろうか？

冷静に。自分の理性以外に頼るものはない。

2

アイアンサは背中のボタンとしばらく格闘したあと、ため息をつきながら汚れたドレスを脱いだ。お湯にそっと布を浸し、腕、顔、首筋をぬぐい、凝り固まった筋肉をほぐしていく。冷えきった肌と疲れた体にはとても心地よく感じられた。全身をお湯に浸せたら気持ちよいだろうが、この状況ではそれは口にできない。ダンカン男爵は精いっぱいもてなしてくれているのだし、数少ない使用人の手を煩わせたくはなかった。それに、そんなことをすれば、男の人しかいないこの城で、全裸になることになる。

男爵に案内された寝室は、淡い色で統一された、古い木の香りがする部屋だった。扉がふたつあり、どちらにも鍵《かぎ》がついている。隣接する居間をすばやく見まわしてから、アイアンサはどちらの扉にもしっかりと鍵をかけた。そして、気持ちを静めようとした。

ペチコートも服と同じくらい濡《ぬ》れていたので、一緒に脱いで床に落とした。足にぴったり張りついたブーツはさらにひどくて、かなり苦労して、靴下と一緒にようやく脱ぐことができた。いつもメイドが手伝ってくれるありがたさにアイアンサははじめて気づいた。帰ったらモリーになにかプレゼントをあげよう。帰れたら、の話だけれど。

窓のほうへ目をやると、雪が一面を覆い、窓辺で風が唸《うな》り声をあげている。厩《うまや》に辿《たど》りつくことができたのは、本当に幸運だったのだ。

深呼吸をして気持ちを落ち着けてから、アイアンサは衣装棚をあけた。なかは絹やサテンの服でいっぱいだった。目の色と同じで、控えめな顔立ちと白い肌を際立たせてくれそうな、落ち着いた薄紫色の絹のドレスを選び出す。運のいいことに、男爵の祖母はアイアンサより少し背が低いだけだったようだ。

ドレスを着て、スカートの下に隠してあった拳《けん》銃《じゅう》をふたたび身に着ける。古めかしいドレッサーの上で見つけた櫛《くし》で髪をしばらくとかしていると、もつれた髪が輝きをとり戻した。自分の銀の櫛を使って、髪の一部を頭の高いところで簡単に留め、残りの柔らかな巻き毛をおろす。髪は色はなくなっても、美しいカールは失っていなかった。

扉をあけて廊下をのぞいてみた。誰の姿も見えなかったので、廊下に出て、ダンカン男爵と一緒に来たはずの方向に歩きだした。見覚えのない角を曲がり、こちらではなかったのかもと思いはじめたとき、不意に男が現れて、もう少しでぶつかりそうになった。

アイアンサは息をのみ、一歩、後ろに下がった。

男も同じ反応をした。彼はお辞儀をして言った。

「驚かせてしまったことをお許しください。わたしはヴィジャヤ・サバラと申します」

アイアンサは、中背のひょろりとした男に思わず見とれた。頭はシルクのターバンで優美に包まれ、オリーブ色の頬と顎はきれいに整えられた黒い髭《ひげ》で覆われている。ターバンから下がる大きなサファイアが、額の真んなかで揺れていた。そして、衣装は色鮮やかで、華麗で、とても野性的だった。

「あの……ご機嫌いかがですか」、なんでこんなことしか言えないのかしら。アイアンサは赤面した。

「これはご丁寧に。ありがとう」ヴィジャヤは当惑したように眉根を寄せた。「この城にレディがお住まいとは知りませんでした」

「雪嵐《ゆきあらし》に遭ったところを、ダンカン男爵に助けていただいたのです。わたしはアイアンサ・キースレイと申します。食堂がどこか教えていただけますか？」

「ええ、案内いたしましょう。まったく逆なんですよ」男は腕を差し出すかわりに、手をくるりと返すように動かして、行くべき方向を示した。アイアンサは体の向きを変え、彼のあとをついて、来た道を戻っていった。

ダンカン男爵が階段を昇ってくるのが見えた。

「ここにおいででしたか、ミス・キースレイ。晩餐《ばんさん》の支度ができたので、迎えに来ました。この城は造りがわかりづらいので、迷うといけませんからね」

男爵は腕を差し出そうとしたが、アイアンサはそれに気がつかないふりをして、手すりをつかんだ。

「ええ、じつは迷っていたところでした」そう言ってほほ笑んだ。「きょうは、何度も助けていただかなくてはいけないようです」

男爵は顔をほころばせた。「喜んで。わたしの友人のヴィジャヤ王子に会ったようですね。彼は、お父様に代わってイングランドのことを学ぶために、わたしと一緒にインドから来たのです。お父様はオリッサのマハラジャです」

小さな食堂の前で、インド人はまた一礼した。

「ごきげんよう、ミス・キースレイ。失礼します」

それだけ言うと、ヴィジャヤは行ってしまった。

アイアンサは不思議に思いながら男爵を見た。

「ヴィジャヤはひとりで食べるのが好きなのです」

男爵は彼女を部屋に通し、椅子を引いて座らせると、自分も向かいの席に座った。「インド人の多くは、食事をプライベートなことと考えています。わたしたちイングランドの人間の、テーブルマナーの悪さを考えたら、その気持ちもわかりますがね」

アイアンサの繊細な顔がほころんだ。やはり、この人は笑うと美しい、とロバートは思った。

「ドレスがとてもお似合いですね。まだ若かった祖母が、髪粉をつけている絵を思い出します」

アイアンサが笑顔を曇らせた。うつむき、握りしめた手を見つめている。

どうやら、まずいことを言ってしまったらしい。

「お許しください。気がきかない言い方だったかもしれませんが、あなたの髪はすてきだと思いますよ。あなたはお嫌いですか？」

アイアンサがきれいな鼻に皺《しわ》をよせ、ロバートを見つめて言った。「まだ二十四歳なのに、こんなに年寄りに見えるんですもの」

ロバートは声をあげて笑った。「ミス・キースレイ、年寄りなんかには見えませんよ」言葉を切って首を横に振り、また続ける。「あなたはとても美しい」

「からかわないでください」アイアンサが頭を傾け、眉をひそめた。それでも、口の端に笑みを浮かべた。

ロバートはにっこりと笑った。「わたしがお世辞を上手に言えるように見えますか？」

アイアンサは男爵をじっと見つめ、いいえ、と答えた。「見えません。むしろ率直な方だと思います」

「そのとおり。それで、あなたはとても魅力的だと、率直に言っているのです。ワインはいかがですか？」

「ありがとうございます」アイアンサは、男爵の言葉はともかく、ワインを注《つ》いでもらうことにした。顔が少しほころんだ。「嵐がひどいのはわかっているのですが、ヒルハウスの両親のところに伝言を送ることはできないでしょうか？　ふたりともひどく心配すると思うのです。わたし、誰にも言わずに……」

「誰にも言わずに外出したのですか？　ひとりで出かけるのを、よく許してもらえたものだと思っていましたよ」ロバートの顔から笑みが消えた。「この吹雪のなかを出かけることはできません。一時間もしないうちに死んでしまいますからね」

アイアンサはため息をついた。「ばかなことを言いました。許してください」

ロバートは、アイアンサのほうへ腕を伸ばしかけたが、その瞬間、アイアンサは、手をテーブルからおろし、膝の上に置いた。そういえば、椅子に案内しようとして背中に手を軽く置いたときも、少し触れただけなのに、そっとかわされてしまったな。階段をおりるときにも、腕をとってもらえなかった。この人は、わたしを警戒しているらしい。まあいい。おそらくもう少し時間がたって、もっとよく知り合えば、それもなくなるだろう。

「いや、ご心配はよくわかります」ロバートは、ピッチャーから蓋付きジョッキ《タンカード》にエールを注いだ。「だが、今夜はどうしようもない。明日も無理かもしれません。あなたはご両親と一緒にお住まいなのですね？　ミスと呼ばせていただいているからには、ご結婚はまだされていないのでしょう？」

「はい、していません」アイアンサはワインをほんの少し飲んだ。「家族と住んでいます。父はロズリー子爵です。弟がふたり、妹がひとり、まだ家にいます。姉はロシュランド卿《きょう》と結婚して、兄は騎兵隊兵です」

「理想的なご家族ですね。よくひとりでお出かけになるのですか？」

「ええ、しょっちゅう」

「ご両親は反対なさらない？」

アイアンサのきまじめな表情が、いたずらっ子のような笑みに変わった。「反対しないわけではありません。でもわかってくれています」笑みがまた消える。「家のなかにいるのが耐えられなくて、ひとりになりたいときは、絵の道具を持って荒野に出かけるんです。きょうは雪のアイリー城を描《か》こうと思っていたのですが、一時間ほど馬車を走らせたあと、事故に遭いました」

「なるほど。それでは、ご趣味は絵を描くことですか」

「ええ。それにちょっとした詩を書くこともあります」

バーンサイドが現れ、大きなトレイをサイドボードにのせると、不慣れな手つきで皿をテーブルに並べはじめた。「申し訳ありません。わたしはこういったことが不得手でして。執事がまだ来ないので、食事は調理場でしていたんです」

「まあ、ご迷惑をおかけしてごめんなさい。わたしも調理場でかまいませんのに」

「レディにそんな場所で食事をさせるわけにはいきません」ロバートがきっぱりと言った。「わたしのような粗野な者はそれで十分ですが、あなたは、そういうわけにはいきません」

「粗野？　そんなことはありません。あなたは紳士の鑑《かがみ》のような方ですわ」アイアンサは、頬をわずかに染めてほほ笑んだ。静かで感じのよい笑い方だった。「あまり幸運な出会いではなかったけれど」

「レディに銃口を向けられて自己紹介をしたのははじめてですよ。新鮮な経験でした」ロバートはにやりとした。「だから、精いっぱいお行儀よくしようとしているんです。いつまで続くかわかりませんが」

しかし、気をつけなくてはいけない。おそらく、ペチコートの下には拳銃が隠してあるのだから。それでも、ロバートは、アイアンサの瞳に悲しげな陰が宿っているのに気づいていた。この女性を抱きしめて、慰めてあげたい、彼女を守ってあげたい、と強く思った。

だが、今夜はだめだ。

ロバートは大皿の保温蓋《ぶた》をとった。皿には、ソーセージがはいった大きなパンがのっている。「バーンサイドのすばらしい料理はいかがですか？　りんごを煮たものもありますよ」

「ええ、ありがとうございます。この蓋付き深皿《チュリーン》にはいっているのはなんですか？　面白い匂《にお》いがしますね」アイアンサは身をのり出して匂いを深く吸い込んだ。

「羊のカレーです」ロバートが蓋をとると、肉とスパイスの香りが部屋じゅうに広がった。「お気に召すかどうか。スパイスがたっぷりはいっているんですよ」ロバートはスプーンでアイアンサの皿にライスをよそうと、カレーをほんの少しかけた。「まず、少しだけ食べてみてください」そう言って、自分の皿にはたっぷりとよそった。

アイアンサはフォークをとって、ほんの少しだけ口に運んだ。「とってもおいしいわ。でも……」あえぎながら、ワインに手を伸ばした。

ロバートは、すばやくその手を押さえた。「ワインを飲んでも辛くなるだけです。パンを食べたほうがいい」

アイアンサはうなずくと、その言葉に従った。それから「びっくりしたわ」と言うと、目尻をナプキンで押さえた。「こんなに辛いのははじめて。でも、とてもおいしいわ。慣れたら好きになりそうです」

「そのうち慣れますよ」ロバートは笑った。「だいじょうぶですか？」そう言って、自分もひと口、頬張った。

「ええ。驚いただけですから」アイアンサは、勇敢にも、さらにほんの少し口に運んだ。それから、急いでパンをもうひと口食べると、口をナプキンで丁寧にぬぐった。「きょうはこれで十分なようです。でも、また、いただきたいわ。もう少し辛味を抑えたものを」

「あなたは冒険がお好きなのですね。とても、か弱く見えるのに」

アイアンサは考え込むようにじっと暖炉の火を見

つめた。「冒険したいのだと思います。弱いのは、もういやですから」

ロバートはどう答えようかとしばらく考えた。この人が、いま、冒険のまっただなかにいるのは確かだ。それも、無傷ではすまない冒険だ。「ミス・キースレイ、今回の冒険で、あなたの評判に傷がつくかもしれません。そのことについて話を……」

アイアンサは澄んだすみれ色の瞳でロバートを見つめた。「ダンカン男爵、だいじょうぶです。わたしの評判など、傷ついてもなんの問題もありませんから」

そして、そのあとは、ロバートがどんなに試みても、この話題については口を閉ざし続けた。

嵐は夜じゅう吹き荒れ、そのまま朝を迎えた。アイアンサはダンカン男爵と和やかに会話をしながら朝食をとり、書斎で本を見ながらしばらく一緒に過ごしながら、自分のなかで緊張感が高まっていくのを感じていた。逃げ出さなくては。この場所から出ていかなければ。

男爵は抗《あらが》いがたいほどの男らしさを感じさせる。これ以上、近づいてはいけない。

なにかをされたわけではないのだから、警戒しなくてもいいはずだった。とても礼儀正しい人だし、わたしが快適に過ごせるように気を配ってくれているし、わたしに触れることもない。それでも、大きな体と大きな声が、部屋をいっぱいに満たしていた。さらに、男爵のやさしい笑顔や温かい笑い声からは、大きなエネルギーが感じられた。蔵書を愛し、人生を心から楽しむ姿も魅力的だ。

どんなにがんばってみても、心のなかから男爵を締め出すことはできそうになかった。これまで、たいていの人に対しては、うまくやってきた。知的な会話をし、感情を抑えることで、強固な防壁を築いてきたのだ。自分の好きな人たちさえ、そのなかには立ち入らせなかった。けれど、ダンカン男爵は違った。男爵が古いヒンドゥ教の写本や、ヴィジャヤと取り組んでいる多言語の研究のことを話しているとき、話の内容ではなく、男爵自身に気をとられている自分に、アイアンサは気づいていた。

家に帰らなければ。

軽い食事をとってしばらくすると、風がやみ、雲が山の向こうに流れて、まばゆいほどの明るさが戻ってきた。アイアンサは窓の外をのぞいた。

「これで両親のところに戻って、あなたを迷惑な客から解放することができます」

男爵は窓際に行って、彼女の隣に並んだ。

「迷惑などではありませんよ、ミス・キースレイ」

アイアンサはにっこりした。「おやさしいのね。でも、どう考えてもご迷惑だわ。馬を貸していただけますか？　来たときのように、あなたの馬に乗せていただいて帰るわけにはいきませんから」

「帰るのは無理ですよ、ミス・キースレイ。もう少し待ってください」抗議しようとするアイアンサを、男爵は手で制した。「嵐がやんでも、道が通れるようになったわけではないのです」

「でも、家に帰らないと。両親が心配して……」

「ご両親の心配はわかります。しかし、吹き溜《ふだ》まりが消えるわけではない。こんなひどい嵐のあとでは、吹き溜まりはそのまま凍りついているのです」

アイアンサはがっかりした。それでも、帰らなくては。アイアンサは背筋を伸ばし、冷ややかな目で男爵を見つめた。「それでもやってみます。馬を貸してくださいませんか？」

男爵は笑い声をあげた。「もし断ったら、歩いてでも行ってしまいそうですね。いいでしょう、ミス・キースレイ。外套《がいとう》をお召しになって、玄関の広間でお待ちください」

アイアンサは階段を駆け上がり、自分の衣服と外套をなんとか身に着けると、数分後には、男爵が待つ玄関の広間へ向かった。男爵は厚手の外套を着て、帽子をかぶっていた。

男爵は、無言で旧館のほうへ歩いていった。しかし、厩の階段をおりるのではなく、角を曲がり、擦り切れた石の螺旋《らせん》階段を昇りはじめた。アイアンサは顔をしかめて立ち止まり、古い石段を見あげた。「どこに行くのですか?」

男爵も顔をしかめて答えた。「胸壁です」

アイアンサの鼓動が激しくなった。「いいえ! わたしは家に帰るんです。たとえ、ひとりででも」

男爵は石段の最後の数段を飛びおり、旧館の通路に向けて走りだそうとするアイアンサの腕をつかんだ。「ミス・キースレイ、まず、その目で確かめてください。それでも、出発できるとお考えになるのなら、お供しましょう」

男爵はいやがるアイアンサの腕をつかんで石段を昇った。何段目かのところで、アイアンサは彼の腕を振り払い、男爵を睨《にら》みつけた。「いいわ。そうおっしゃるなら上まで行きます」

男爵が無言のまま脇《わき》に寄って道をあけたので、アイアンサは先を歩いた。旧館はひどく寒かった。手袋をはめた手を厚手の外套のポケットにいれたいと思ったが、スカートを両手で持ち上げなければいけないので、それはできない。鼻水が出そうになっても、できるだけ音がしないようにすすり上げた。ようやく、重厚な木の扉が目の前に現れた。ダンカン男爵はアイアンサの後ろから手を伸ばし、扉を引っ張ってあけた。

アイアンサが一歩踏み出すと、目も眩《くら》むようなまぶしさに包まれた。古い主塔の暗がりから明るさへと目がなじむにつれ、妖精《ようせい》の国のような景色が眼下に広がっているのが見えた。黒い雲を背景に、地上のすべてが雪に覆われ、風に晒《さら》された山々の頂だけが地面をむき出しにしている。山頂近くの水源から谷に向かって流れる滝の水が凍りつき、ダイヤモンドのように輝いている。太陽の光があたる斜面には、そこかしこに虹《にじ》の橋がかかっている。

アイアンサは立ちすくんだ。

ダンカン男爵も、美しい景色に魅せられたように無言で隣に立っていた。ふたりは一緒に、欄干が雪をさえぎってできた通路を歩きだした。そして、ときどき、すばらしい光景に出会うと足を止めた。城の三方を歩き終わったとき、また別の石段の入り口が現れ、ふたりは立ち止まった。幅一メートルもない階段が、胸壁から塔のてっぺんの目の眩むような高さまで続いている。転倒を防ぐ手すりはなかった。足を踏み外したら、谷にまっさかさまに落ちてしまうだろう。石段には、自然のいたずらか、雪と氷の花綱模様ができていた。

アイアンサは石段を見て言った。「なんてきれい！　この上にはなにがあるのですか？」

男爵は心配そうに言った。「見張り塔です。ですが、どうか石段を昇ろうなどと思わないでください。凍っていて危険ですから」

「ええ、わかっています。でも、いつか昇ってみたいわ。わたし、高いところは平気だから」

「わたしにはとてもできない。許可するわけにはいきませんよ」

「そうですか」アイアンサは肩をすくめてあたりを見まわすと、眉根を寄せた。「ところで、道はどこですか？」

「どこでしょうね」男爵はくるりとまわって、指さした。「ちょうど真下のあのあたりなのですが」

アイアンサは目を細めて丘の斜面を見た。「どこ？　見えないわ」

「わたしも見えません。ですが、見えるようでしたら、喜んでおうちまで送らせていただきますよ」胸の前で腕を組んだ男爵は、しゃくにさわるほど尊大な口調で言った。

アイアンサは男の傲慢《ごうまん》を見せられて苛《いら》立った。「でも、見てみないとわかりませんもの」

「そうですね」男爵は表情を和らげ、アイアンサの肩に手を置いた。「ミス・キースレイ、ご家族を心配させたくないお気持ちも、居心地が悪いこの場所から逃げ出したいというお気持ちもよくわかります。ですが、これでおわかりでしょう。きょう出ていくのは無理です」

涙を流せば、感情を抑えつけることができなくなってしまう。アイアンサは涙をこらえた。女々しい感情などに負けてはいけない。頭を働かせ、理性を信じなければ。男爵の心地よい手を逃れるように退きながら、アイアンサはうなずいた。「もちろん、おっしゃるとおりです。すみませんでした」

男爵はやさしく穏やかな声で言った。「たぶん、あした気温が上がれば、だいじょうぶでしょう」

アイアンサはうなずき、何度か息を吸ったり吐いたりして、あたりにぐるっと目をやった。「あの、もし問題がなければ、道具を持ってきて、この景色を描きたいのですが」

「問題はありませんが、あなたが凍えてしまうかもしれない」

見渡すと、衛兵用の小さな詰め所があった。

「あの入り口に座れば、風を避けられます。暖かい服を着ているし。あとは許可をいただければ」

男爵はため息をついた。「やめさせることはできないようですね。旧館から直接あなたの部屋の階に行く通路を教えましょう」

「ありがとうございます」

アイアンサは男爵のあとについて階段の途中までおり、そこから新館に続く入り口を抜けた。何度か角を曲がると目的の扉があった。アイアンサは、必要なものを数分でとってくると、また男爵について旧館に戻った。それから胸壁にひとり残って、描きたい景色を急いで決めた。

アイアンサは夢中で描いた。ふと気がつくと、赤毛の若者がすぐ脇に立っている。若者は丁寧にお辞儀をした。「こんにちは。ぼくはサーズビーです。旦那《だんな》様の言いつけで、火をおこしに来ました」

若者は、部屋にあった火鉢に火口と炭をいれると、奥のほうから不安定な椅子を出してきて、埃《ほこり》を払い、アイアンサの背後に置いた。彼女はこの魔法の国のような情景を紙の上に写しとることに夢中で、若者がいなくなったのにも気づかなかった。

アイアンサは午後中いっぱい、描き続けた。火鉢に手を伸ばすのは、かじかんで絵筆が持てなくなった手を温めたり、水彩絵の具を溶くのに使えるよう、小さな器にいれた雪を溶かしたりするときだけだった。

高揚した気持ちが、山のように、立ちのぼる雲のように、アイアンサをとり巻いていた。広々とした空間と空気。光と影。それがなによりも彼女を自由にしてくれた。壁は崩れ落ちた。もう見知らぬ場所に、自分の感情に囚《とら》われる身ではなかった。日が傾いても、できるだけ多くを紙に写そうと、いつまでも描き続けた。やめれば、心の映像に、心に蓄えた魔法に、頼らなければならなくなる。

アイアンサが太陽の最後の光をとらえようと苦心していると、腕を組んだ男爵が目の前に現れた。彼女は顔を上げて、はっとした。この方は立派な体をしているのに、音もたてずに動くのね。

「ひと晩じゅう、ここにいるつもりですか?」

「もう少しだけ。日が沈む前の最後の光を写したいのです」

ロバートは手を伸ばし、アイアンサのかじかんだ指から絵筆をもぎとると、器の凍りかけた水で洗った。それから、アイアンサが抵抗する間もなく筆を箱に収め、水を胸壁に捨てた。「この三時間のあいだに何度か上がってきたのですが、夢中で描いているので止めることができませんでした。しかし、これ以上はだめです。こんなに寒いのに。病気になりますよ。手袋もしていないなんて」男爵は、アイアンサの片手を自分の両手ではさんだ。

「手袋をはめて描くのは難しくて。でも、いつ外したのかしら」アイアンサは無意識に手を引っ込めようとしたが、離してもらえなかった。しっかりと手を握る男爵の両手の温かさが、しだいに心地よくなってくる。離さないでほしかった。体が震え、歯ががちがち鳴った。「こんなに寒かったなんて。わたし、絵のことばかり考えていて……」

男爵は彼女を立たせた。「いま、あなたが考えなければいけないのは、風呂で温まることです。指先が凍傷にかかったら大変だ。足はどうですか？　感覚はありますか？」

アイアンサはつま先を動かしてみた。「ええ、なんとか。だいじょうぶです」

「では、行きましょう。道具はサーズビーにとりに来させればいい。バーンサイドに風呂を用意させています」足元の悪い階段をしっかり歩けるように、男爵は彼女の肘を支えた。

男爵のエネルギーが指先から伝わってくる。彼から逃れることはできなかった。

3

アイアンサが階段を漂うようにおりてきた。まるで精霊が肉体を得たかのようだ。ロバートは息をのんだ。アイアンサが、今回、祖母の衣装棚から選んだのは濃い空色のドレスだった。肩に銀の糸で編んだショールをはおり、裾《すそ》からは銀色の室内履きがのぞいている。首のネックレス――細い銀の鎖と、鎖から垂れさがる月長石が、幻想的な美しさをさらに際立たせていた。

避けられるのをわかっていながら、最後の一段をおりる彼女を迎えようと、ロバートは手を差し出した。アイアンサはその手を一度は受け入れたものの、そっとまた放した。

「こんばんは、男爵」

「こんばんは、ミス・キースレイ。あなたは本当に美しい。よく温まりましたか？」

「ええ、だいぶ。お祖母《ばあ》様のドレスを勝手に着てしまって、お気を悪くなさらないといいのですが。本当に美しいものばかりですね。このネックレスは、ドレッサーの引き出しのなかにあったんです」アイアンサはロバートの目を見てほほ笑んだ。

ロバートは、アイアンサの美しさに息が苦しくなり、深呼吸をした。「部屋にあるものはどうぞ好きに使ってください。ちょっと書斎にいらっしゃいませんか？　サーズビーにあなたの絵を運ばせたので」

ロバートが扉をあけると、アイアンサはその前を滑るように通り抜け、イーゼルの前に立った。首を傾《かし》げ、鋭いまなざしで絵を見つめる。しばらくして、彼女はため息をもらした。「自然が見せる神秘的な美しさは、なかなか捉《とら》えられませんね」

ロバートは首を横に振り、からかうような笑みを浮かべた。「才能のある人はこれだから困る。あなたの絵はすばらしいと思いますよ」

「本当ですか?」アイアンサの表情が輝いた。

「ええ。細部まで観察が行き届いている。ねじれた木の枝に積もった雪や、凍った滝の微妙な色合いとその背後の黒い雲。自然のなかではよく目にするが、紙の上にどう再現するかなど、わたしには見当もつかない」

アイアンサは真剣な顔でうなずいた。「よく見ていらっしゃいますね。ご指摘されたのは、まさに苦労したところです。背景が暗すぎるとは思いませんか?」

ロバートはじっと考えた。「いいえ。そのおかげで細部が引き立っていますから」

「そうですね。効果的で、わたしも気に入っています。でも、いつもはもっと、明るく透明感のある色を使うんですよ。わたしはアンヌ・ヴァライエ＝コステの絵が大好きなのですが、彼女の絵は背景が暗すぎると思うんです。彼女の作品をご存じですか?」

「あまりよくは知らないが、名前は聞いたことがあります。マリー・アントワネットのお抱え画家でしたよね?」ロバートは椅子を火の近くまで運び、アイアンサにすすめた。

「そう、宮廷画家です。フランス王立芸術学校に入学を許された女性は四人しかいなかったのですが、そのうちのひとりです」アイアンサはため息をついた。「革命が起きて、彼女は失墜しました。でも、才能が認められたのだから幸運です。女性にとって、かなり難しいことですから」

アイアンサの才能を認める者はいないのだろうかと考えながら、ロバートはうなずいた。「残念ながら、そうですね」

「文学もそうでしょう。作品を出版するために男性名を使う女流作家はたくさんいます。それに、女性舞踏家は……」アイアンサは顔を赤くした。「ひどく低い地位に貶《おとし》められていて……」

アイアンサが言いにくそうだったので、ロバートは言葉を引き継いだ。「売春婦とほとんど変わらないような言われ方をされますね。おっしゃるとおりです。まったく不公平だ」

顔を赤らめたまま、アイアンサはほほ笑んだ。

「ずいぶん率直ですのね」

「わたしはずっとそうしてきましたよ」ロバートはにやりと笑った。「さて、バーンサイドが夕食だと知らせに来ました」

豚の腿肉にカンバーランド風ソースを添えた夕食は、とてもおいしかった。食べながら、アイアンサは男爵をなにげなく観察した。今晩もイブニングスーツではなく、鹿革《しかがわ》のズボンをはき、首に巻いた地味な幅広のタイ《クラヴァット》を、質素なベストにたくしこんでいる。本当に率直な人だ。そして、とても整った顔立ちをしている。角張った顔に、ふたつに割れた意志の強そうな顎。豊かな茶色の巻き毛が赤い火に照り映え、笑うと、黒い目の目尻に皺《しわ》がよる。とても感じのいい人だ。

でも……ほんの少し怖い。

男爵が、わたしを怖がらせるようなことをしているわけではない。ただ、肩幅の広さや、力強さや、たくましい体のせいで、そんなふうに感じるのだろう。彼からはパワーを感じる……抑えてはいるけれど、自信に満ちた力強さを感じる。

「ごめんなさい、男爵。ぼうっとしていました。なにかおっしゃいましたか？」

「もう一度、カレーを試してみてはどうか、と言ったのです。バーンサイドがあなたのために作ったのですよ。たぶん、今回はチキンだと思います」ロバートは、アーモンドを散らしたライスの上にカレーをかけた。

「まあ、ありがとうございます。バーンサイドは親切ですね」そして、男爵も親切だ。彼を知るほど、その心遣いが行き届いているのに驚かされる。「あ、あ、おいしい。辛さもちょうどよくて、とてもエキゾチック。イングランドの食べ物は味がないし、似たようなものばかり。こんなにおいしいものははじめてですわ」

「そうでしょう。イギリスでは手にはいらない材料ですから。あちらを発《た》つ前に送っておいたのです」

そのとき、不安定な弦の音が下の階から聞こえてきた。「フェラーがフィドルを調弦しているな。食後にちょっとした余興があるのです。ご一緒していただけますよね」

「それは楽しそうですね」でも、たぶん、最初のうちだけ。音楽は好きだけれど、女性はわたしひとりだもの。楽しむことなんかできないわ。

断ろうとして口を開きかけたとき、男爵に先を越されてしまった。「よかった。まもなく書斎に集まることになっています。フェラーは民謡しか弾かないが、陽気な曲ばかりだから、雪に閉じ込められてうんざりしているみんなの気持ちも明るくなるでしょう」

ロバートは、アイアンサの様子を観察した。アイアンサは少し困った顔をしただけで、無言のまま、またチキンカレーを食べはじめた。おいしそうに食べてくれるのが嬉《うれ》しかった。もったいぶって食べる女性は大嫌いだ。

アイアンサのほっそりとした体つきを見て、痩《や》せすぎかとも思っていた。だが、まくれたひだ飾りの下からちらりと見えた腕はすらりとして、決して骨と皮ばかりではないようだ。ハムを切り分けるふりをしながら、ちらりと胸のあたりを盗み見た。ふっくらと丸みのある形のいい胸。すばらしい。

そう、彼女はじつにすばらしい。

捉えどころのないところがまた好奇心をそそる。まさしく精霊だ。目には見えるのに、捕まえることができない。感情を表すのもほんの一瞬だけ。礼儀上、体にわずかに触れるのは許しても、すぐに離れていってしまう。しかも、決して無作法だったり、無愛想だったりすることはない。

あくまで礼儀正しく、あくまで毅然《きぜん》としている。

この防御の壁を破り、慎み深さの鎧《よろい》の奥になにがひそんでいるかを突きとめたい。はじめは信用されていないだけだと思っていたが、どうやらもっと複雑な事情がありそうだ。彼女の信頼を勝ちとり、時間をかけて忍耐強く接すれば、もっと打ち解けてくれるだろう。

ロバートにはそうすべき理由があった。

食事が終わると、書斎にみんなが集まってきて、エールのピッチャーが運び込まれた。今夜は深酒は禁止だとロバートが決めたので、ピッチャーはひとつだけだった。使用人たちが無礼なことをするとは思わなかったが、それでもアイアンサの機嫌を損なう危険は冒したくなかった。怖がらせたくもなかった。

書斎には、ダンカン男爵とアイアンサのほかにも、いま城にいる全員が集まってきた。バーンサイド、フィドルを持ったフェラー、赤毛の青年サーズビー。そして、意外なことにヴィジャヤ王子も姿を見せた。彼はみなが集まったところに静かに登場し、椅子を暖炉のそばに寄せた。サーズビーがお茶のトレイを持ってきて、アイアンサとヴィジャヤ王子のあいだのテーブルに置いた。

アイアンサは前の晩以来、ヴィジャヤ王子と話をしていなかった。王子は、あのときと同じくらいにきらびやかな服装だった。柔らかなサテンのシャツにズボン、その上に前あきの長いローブを着ている。どれも宝石と刺繍《ししゅう》で華やかに飾られていた。額に垂れたサファイアの鮮やかな青が、浅黒い顔のなかでいちだんと目を引いた。

女性はひとりだけなので、お茶を注《つ》ぐのはアイアンサの役目になりそうだった。「お茶を飲む方はいますか？」

部屋のひとりひとりに視線を移したが、ヴィジャヤ王子以外はエールのほうが好みらしい。アイアンサはふたつのカップにお茶を注ぎ、ひとつを王子に渡すと、椅子にもたれてお茶をひと口飲んだ。おいしいわ。はじめての味を舌の上で転がしてみた。燻《くん》製《せい》のような変わった味だ。この紅茶の味を絵にとり込めたらいいのに！

フェラーが弦に弓を滑らせ、和音を二回試し弾きすると、聞いたことがある曲の演奏がはじまった。二曲目が終わったとき、アイアンサはお茶のおかわりに手を伸ばした。

「このお茶はいかがですか？　わたしがブレンドしたものですが」

アイアンサはハッとしてヴィジャヤ王子を見た。あまりに静かだったので、彼がそこにいるのに気づかなかったのだ。「とてもおいしいです」

「自然の薬草を使ったもので、緊張を和らげる作用があります。わたしは酒をたしなまないので、これが効くのです」王子がカップを差し出したので、アイアンサはおかわりを注いだ。

アイアンサのもう一方の隣の席では、ダンカン男爵が足で拍子をとりながら、エールを飲んでいた。男爵はアイアンサに笑いかけると、バーンサイドに向かって言った。「そろそろジグを踊ってくれ」

「旦那《だんな》様、それはちょっと」バーンサイドはにこにこ笑いながら、ためらうふりをしてみせた。「レディの前ではもう長いこと踊っていませんから」

「まあ、お願い、バーンサイド」アイアンサは椅子から身をのり出して言った。「ジグというものを見てみたいわ」

バーンサイドはにっこり笑うと、蓋付きジョッキ《タンカード》を脇《わき》に置いて立ち上がった。「それでは、ミス・キースレイのために踊ります。どなたか拍子をとってくださいますか？」

男爵が笑った。「みんなでやるよ。さあ、はじめてくれ」

フェラーが曲を弾きはじめると、バーンサイドの贅肉《ぜいにく》のない体が、重力をものともしない身軽さで踊りだした。男爵とサーズビーの手拍子に合わせて、アイアンサも思わず手を叩《たた》いた。音楽に心を揺さぶられたのははじめてだった。音楽会などでは上品な曲ばかり演奏されるので、音楽に合わせて手を叩いたことなどなかったのだ。アイアンサは、バーンサイドの滑稽《こっけい》な動きに声をあげて笑った。もの静かなヴィジャヤ王子も笑みを浮かべ、指先でテーブルにリズムを刻んでいる。

曲が最後に激しく盛り上がって終わり、バーンサイドは拍手をするみんなにお辞儀をすると、額の汗をぬぐった。それから、男爵に向かってうなずきながら言った。「旦那様の番ですよ」

「わたしか？」男爵はエールをゆっくり飲んだ。「おまえにはついていけないよ」

「そんなわけないでしょう。それに、心配はご無用です。わたしはもうくたくたですから」バーンサイドは手で顔をあおいだ。

「ミス・キースレイ、どうか、わたしの年を差し引いてご覧くださいね」ダンカン男爵はエールを椅子の足元に置いて、部屋の中央に歩み出た。親指をベルトにかけ、足はすでに拍子をとっている。

男爵の足さばきは、驚くほど軽やかだった。彼のような大柄な男性にこれほど速い動きができるとは、アイアンサには信じられなかった。曲が速さを増すにつれ、ブーツを履いた足は目にも止まらない速さで動き、太腿の筋肉がぴったりと張りついた鹿革のズボンの下で躍動する。手拍子がどんどん激しくなった。フィナーレでは、男爵は弦の音に合わせて叫びながら両手を振りまわし、最後にぴたりと動きを止めた。

アイアンサは拍手した。イングランドの領主で、これほど大胆に踊れるのはこの人しかいないのではないだろうか。ロバートはアイアンサに一礼すると、息を切らして隣に腰かけた。「ありがとう、ミス・キースレイ。あなたにほめていただければ、がんばった甲斐《かい》があります」

「本当に見事でした。こんなにすばらしい踊りははじめてです。どこで覚えたのですか？」

「もちろん、こちらでですよ。インドに行く前は、村のダンスに行くのが好きでした」

「わたしの国の古い部族にも、似たような踊りがあります」意外にもヴィジャヤ王子が話に加わった。

「わたしは踊れませんが」

「それは残念ですね」ロバートは喉の渇きを癒《いや》すためにエールをごくりと飲んだ。「ぜひとも見せていただきたかったのに」

ヴィジャヤ王子は首を振って笑った。

「では、次はサーズビーだ。おまえは剣の舞の名手らしいな」

色白の青年は頬が赤くなった。「なんとか見られるといった程度ですよ、旦那様」

「それなら、ぜひとも見せておくれ。おまえの先祖がスコットランド人だということは大目に見てやる」

「それでは、わたしも旦那様の先祖がイングランド人だということを大目に見て差し上げましょう」

笑いと賞賛の歓声があがると、ロバートは壁まで行き、古い剣を二本外して、部屋の中央の床の上で交差させた。

「狭い部屋なので、剣を振りまわすのはやめたほうがいいな。用意ができたらはじめてくれ、サーズビー」

頬を赤らめたまま、若いサーズビーが剣のところまで行くと、フェラーがハイランド地方の曲を弾きはじめた。部屋の者はみな、サーズビーの足の動きを息をひそめて見つめた。サーズビーの足は、剣のまわりやあいだや上を、剣に触れそうになりながらも決して触れることなく跳び舞った。見事な踊りが終わると、みんなは心からの拍手をした。

「サーズビーは、インドから戻ってきたあとに雇ったのです」男爵が説明した。

「では、フェラーとバーンサイドは、一緒にインドへ行ったのですか？」

「はい。ふたりは、わたしが若いころから、わたしのところで働いてくれています」男爵は満面の笑みをアイアンサに向けた。「あなたの番ですよ。カントリーダンスを一緒に踊っていただけますか？」

アイアンサは恐怖に襲われた。「いいえ、その、できません。もう何年も踊っていないのです」

「でも、今夜ここにいるのはわたしたち田舎者だけですから、ステップをまちがえても誰も気づきませんよ」

アイアンサはきっぱりと答えた。「いいえ、男爵。できません」

男爵はおおげさにため息をついた。「ではどうしたらいいのかな？　わたしにバーンサイドと踊れというのですね」

気が動転していたにもかかわらず、アイアンサは笑った。「ぜひそうしてください、男爵」

男爵は悲しそうに首を振ってから立ち上がり、バーンサイドにお辞儀をした。バーンサイドはにやにや笑いながら、女性がするように膝を曲げてお辞儀を返した。サーズビーが声をあげて笑いだした。アイアンサもくすくすと笑い、ヴィジャヤ王子も笑いをこらえきれない様子だ。

フェラーがカンバーランドのリールのための楽曲を奏でると、ふたりの男性は踊りはじめたが、さきほどの敏捷《びんしょう》な動きが嘘《うそ》のように、つまずいたり、足をもつれさせたりしている。やがてバーンサイドがぎこちなくターンしたかと思うと、派手に転んだ。

バーンサイドはぶつけた部分をさすりながら立ち上がり、笑いながらアイアンサに訴えた。「ミス・キースレイ、あなたのお役目ですよ。わたしはこういうのが苦手なので」

アイアンサはからかうように眉を上げた。「まあ、ずるいわ、バーンサイド。とても上手だったわ」

「彼は下手くそでパートナーにはなりませんよ」男爵はそう言って、椅子に座ったアイアンサの前にひざまずいた。「さあ、ミス・キースレイ。わたしをこの屈辱から救ってください」

アイアンサは思わず笑い声をあげた。「男爵、あなたまで。ふたりで結託してずるいわ」男爵が伸ばした手に、アイアンサは思わず自分の手を重ね、腕を引かれて立ち上がった。「でも、男爵」部屋の中央に導かれながらも、アイアンサはまだためらっていた。「ふたりだけでは、ナインピンズ・リールはできませんわ」

「即興でやりましょう、ミス・キースレイ」そして、ふたりは踊った。とても独創的なリールだった。男爵はアイアンサに次々とポジションを指示したが、指先を軽くあてるだけで、彼女の体に長くは触れなかった。笑いやひやかしの声に包まれながら、アイアンサはこの六年間ではじめて、自分が緊張から解き放たれ、踊ることを心から楽しんでいるのに気づいた。

曲の終わりに、男爵が最後の回転のため、はじめて彼女の腰に手を触れた。このときには、アイアンサはまともに息ができないほど笑っていたし、男爵の手があっという間に離れたので、なんとも思わなかった。ただ、彼の瞳が自信たっぷりに光ったような気はしたけれど。

次の朝、アイアンサは目が覚めるとすぐにベッドから飛び出し、窓に駆け寄った。よかった。窓から日の光が差し込み、空には雲ひとつない。急いで朝食の間に行くと、男爵が牛肉と卵をふんだんに盛った食事を終えようとしているところだった。

男爵はすばやく立ち上がると、アイアンサのために椅子を引きながらほほ笑んだ。アイアンサもつられて笑った。「ご機嫌ですね、ミス・キースレイ。このあと、道の様子を見てみましょう。安心して通れるようだったら、午後には家まで送っていきますよ。ご家族も心配していらっしゃるでしょうから」

「ありがとうございます、男爵。両親はいてもたってもいられないくらい心配しているはずです。みんな本当に喜びます」

わたしも家に帰るのが嬉しいわ、とアイアンサは思った。今朝の男爵は、男らしさというエネルギーの波を発しているようだった。朝のコーヒーをゆったりと楽しんでいるだけなのに、男爵の放つエネルギーがアイアンサのなかで共鳴し、これまで知らなかった感覚が体のなかに湧《わ》き上がってきた。もうどうあがいても、彼を締め出すことはできない。昨晩、親しい時間を過ごしたせいだ。いつものように感情を抑えることができなかった。でも……。

男爵のおかげで、自分自身を守る壁が崩れ、笑うことができた。それも、おなかの底から。そして、一緒に踊りさえした。でも、いまは……。

いまはまた、傷つけられるのではないかと怯《おび》えている。

アイアンサはスコーンを食べ終えると、そそくさと部屋を出た。

ロバートは、礼儀正しく寝室の扉をノックしながら、必要以上に待たされて苛立《いら》つ気持ちをぐっと抑えた。アイアンサがようやく扉を細くあけ、警戒するようにこちらの様子をうかがった。ロバートはため息をついた。この人は、また逃げてしまった。昨夜の和やかさがもう少し長続きすると期待していたのに。まあ、いいだろう。軽く扉を押すと、アイアンサが後ろに下がったので、部屋のなかにはいった。少なくとも、この知らせは喜んでもらえるはずだ。

「馬で行くなら、出かけてもだいじょうぶだと思いますよ、ミス・キースレイ。フェラーとサーズビーも連れていって、道が通れるように作業してもらいましょう。なにかあったときに人手があったほうがいい。留守番はバーンサイドとヴィジャヤ王子がしてくれますから」

アイアンサの顔に安堵《あんど》の笑みが広がった。「ありがとうございます、ダンカン男爵。どうやって、このご恩をお返しすればいいかしら」

ロバートは一瞬、アイアンサを見つめた。この人は、こんな事態になったことで、これからなにが待ち受けているか、わかっているのだろうか。アイアンサのそぶりからは、それはうかがい知れなかった。

「恩返しなどいりませんよ、ミス・キースレイ。お役に立てて嬉しいです。馬にひとりで乗れますか？ それとも、わたしと一緒に乗っていきますか？」

アイアンサは迷わず答えた。「ひとりで乗ります」

「わかりました」答えはきくまでもなかった。あとは、彼女が自分の腕と体力を過信しないように祈るばかりだ。

楽な行程ではなかった。太陽が雪を溶かしてくれたので馬は進むことができたが、二日前なら一時間で行けたものが、人間にとっても馬にとっても、何時間もかかるつらい旅になった。まったくの吹き溜《ふだ》まりと化した道を迂回《うかい》して、沼地や吹きさらしの斜面を進み、雪が溶けてできた小さな流れを飛び越さなくてはならなかったからだ。ようやく家族の住むヒルハウスの屋敷に辿《たど》りついたときには、みな疲れ果てていた。しかし、アイアンサだけは背筋をぴんと伸ばして鞍《くら》に座っていた。この人は見かけによらずたくましいのだな、とロバートは思った。

入り口に着かないうちに、屋敷から人々が口々になにか言いながら飛び出してきて、一行をとり囲んだ。

「アイアンサ様」

「ああ、アイアンサ、よかった！」

ロバートが手を貸すまでもなく、下馬するアイアンサには多くの手が差し出された。すらりと背が高く、ことさら高い襟の服を着た若者が、入念に結んだであろうクラヴァットに皺がよるのも気にせず、アイアンサを馬からおろして強く抱きしめ、小さな男の子がそのまわりをうろうろした。アイアンサは若者の頬にキスをし、後ろに下がって男の子の金色の巻き毛を撫《な》でた。「ありがとう、トーマス。そんな怖い顔をしないで、ナサニエル。わたしはだいじょうぶだから」

そのとき、リボンとペチコートをつけた小さなつむじ風が、アイアンサの腕に飛び込んだ。「お姉ちゃま！　どこへ行っていたの？　みんなとっても心配したのよ。わたし、何度も何度もお祈りしたの」桃色の頬を大粒の涙が伝い落ちた。

アイアンサは妹をぎゅっと抱きしめてから、こぼれ落ちる涙をぬぐってやった。「泣かないで、ヴァレリア。事故に遭ってしまったのよ。でもね、ダンカン男爵が雪嵐《ゆきあらし》のなかから助け出してくれたの」

そう言うと、彼女の髪と同じように銀髪の、年配の女性を振り返った。「お母様も泣かないで」

お母様と呼ばれた女性は、娘を軽く抱きしめてから体を離し、アイアンサと同じすみれ色の瞳から流れる涙をぬぐった。「アイアンサ、本当によかったわ。気が変になりそうだった」

アイアンサがロバートのほうを見た。「お母様、こちらダンカン男爵です。ダンカン男爵、父のロズリー卿《きょう》と母のレディ・ロズリーです」

「はじめまして」ロバートはアイアンサの母親にお辞儀をし、杖《つえ》を突きながらやってきた、背の高い痩せた年配の男性にお辞儀をした。「ロズリー卿、はじめまして」

「こちらこそ」子爵はうなずき、険しい目つきをしたものの、すぐに娘へ視線を移した。「アイアンサ、だいじょうぶか?」

「だいじょうぶよ、お父様。雪崩に襲われて、馬車が吹き溜まりに埋まってしまったのです。かじ棒が折れて、かわいそうにトビーが怪我《けが》をしたの。そこにダンカン男爵が来て、嵐になる寸前にわたしを救い出してくださったのです。幸運にも男爵のお住まいのアイリー城がすぐ近くだったのでお世話になりました。怪我はないけれど、みんなに心配をかけてしまって悪かったと思っています」

「本当に心配したんだぞ」ロズリー卿は鼻を鳴らし、咳払《せきばら》いをすると、アイアンサの頬をつねった。「さあ、みなさん。いつまでもこんな寒いところにいないで、どうかなかにはいってください。今夜はどうか泊まっていってくださいよ」

「ありがとうございます」ロバートは手綱をフェラーに渡した。フェラーは馬を引くと、サーズビーを従えてヒルハウスの馬丁が示したほうに向かった。

ロバートはロズリー卿のあとについていった。

「ロズリー卿、ふたりで話したいことがあるのですが」

ロズリー卿はロバートを見つめて言った。

「そうですね。その必要があるでしょう」

アイアンサの母親は、娘の服があまりにも汚れているのを見ると、すぐに階上の寝室に向かわせた。ヴァレリアには、あとで着替えのときにそばにいてもいいからと約束し、やさしく、しかし、きっぱりと追い返した。それから、アイアンサのほうを向いた。

「本当にだいじょうぶなの？　怪我をしたり、怖い思いをしたりすることはなかった？」

アイアンサは母親を安心させるように笑顔を見せた。「いいえ、お母様。だいじょうぶよ。もちろん、こんなことになって心細かったけれど……」言葉を切って、大きく息をする。「でも、ダンカン男爵はとても親切で、どんなときも紳士でいらしたわ」

母親は安堵のため息をつきながら、ベッドに腰をおろした。「ああ、よかった。今度また、あなたがそんな目に遭ったら耐えられないわ」

「そういうことはまったくなかったのよ、お母様」アイアンサは母親の隣に腰をおろした。「雪崩に襲われはしたけれど」自分の感情が抑えられなくなる危険もあった。アイアンサはそう思いながら、母親の手を軽く叩いた。

「雪崩ですって」レディ・ロズリーは眉をつり上げた。

「ええ。でも、ダンカン男爵が救い出してくれたの」

「あの方には感謝をしないといけないわね」母親は目を細めて娘を眺めた。

「ええ」アイアンサは決まり悪さを感じて、視線を落とした。「お母様、ダンカン男爵は、お父様となにを話しているのかしら?」

「もちろん、あなたと結婚したいと、お父様にお願いしているのよ」

4

ロバートはロズリー卿《きょう》について書斎にはいっていった。卿の態度がどこかおかしいような気がして落ち着かなかったが、それほど気にしてはいなかった。おそらく、この二日のあいだに自分の娘になにがあったのかを心配しているのだろう。城にいた女性が、彼女ひとりだけだったと知ったら、さらに心配するはずだ。しかし、ロバートはどうすれば彼を安心させることができるかはわかっていた。

それについては、昨日も、一昨日もずっと考えた。若い未婚の女性の名誉を傷つけるような状況になった以上、結婚を申し込むのが紳士としての筋だろう。彼女の身内の男性と夜明けに拳銃《けんじゅう》を持って向かい合うよりは、求婚するほうがずっといい。しかし、当の自分ははたして心の準備ができているだろうか？　彼女と結婚しても後悔しないだろうか？　両者にとって、不幸なことにはなりはしないか。

不幸にはなることはないだろう。自分には伴侶《はんりょ》が必要だ。幸せな人生の多くは、まったく見ず知らずの者同士でとり交わされた契約であることが多い。ミス・キースレイは才能があり、知的で、美しく、伴侶としてもとても興味深い女性だ。荒野にひとりで出かけるという習慣は困ったものだが、多少の危険はあっても、自分が護衛としてついていけば問題ないだろう。

ミス・キースレイが他人に触れられるのを避けていることについては、とくによく考えた。そうしたことに嫌悪感を持つ妻は、ベッドでもそっけないものだ。残りの人生にそんなものを背負い込むのはごめんだし、障害は乗り越えてみせるなどと強がるつもりもない。しかし、一緒に踊ることができたのだから、それ以上のことも……。

ロズリー卿がロバートに声をかけた。「お座りください、ダンカン男爵」ロズリー卿は、自分自身もロバートにすすめたのと同じような椅子に座り、室内履きを履いた片方の足を静かに足台にのせた。「マデイラ酒はどうですか？　ご自由に飲んでください」ロズリー卿は顔を歪《ゆが》めた。「ああ、痛風が痛む」

「ありがとうございます。子爵も少しお召し上がりになりますか？」ロバートは机のところまで行って、デキャンタをとり上げた。

「そうしよう。医者には、マデイラ酒は痛風を悪化させると言われているが、飲むのをやめたところで、ちっともよくならない」

ロバートはふたつのグラスに酒を注《つ》いだ。それからグラスを子爵に渡し、自分の席に戻った。「子爵、お嬢さんの潔白は保証します。断じてこの手で傷をつけるようなことはしておりません。雪崩による打撲ぐらいはあるかもしれませんが、とくになにも聞いていません」

「ああ、あれは言わんだろう」ロズリー卿が足をずらして、顔をしかめた。「気が強い子だからな」

「わたしもそう思いました。外見からは想像できませんが……」

「あれに度肝を抜かれることはよくある」彼女の父親は考え込むようにしばらく火を見つめていた。

「ただ……」そう言ってロバートは神経質に咳払《せきばら》いをした。ここからが難しいところだ。「問題は、わたしがインドから戻ってきたばかりで、城にはお客様のお世話をするメイド頭さえいなかったということです。礼は尽くしましたが、お嬢さんはとてもお困りだったかと……」

「想像できますな」ロズリー卿はワインを飲みながら、グラス越しにロバートを値踏みしている。「ということは、ご結婚はされていない？」

「はい。妻に先立たれまして」やはり、結婚の話になったな。ロバートは深く息を吸った。「しかし、お嬢さんを妻として迎えられたら光栄です」

「まあ、そうおっしゃるでしょうな」子爵はしばらく無言でロバートを眺めた。

子爵の言葉はどういう意味なのだろう？　ロバートはワインを口にしながら、次の言葉を待った。ところが、ロズリー卿はなにも言わなかった。ロバートは眉をひそめた。「もちろん、わたしは子爵ほど高い身分ではありませんし、この数年間は商売に関《かか》わっていました。ですが、お嬢さんに不自由はさせません。事実を確かめていただいても結構です」

ロズリー卿は軽く手を振って言った。「いや、そういうことではない。きみなら娘に贅沢《ぜいたく》な暮らしをさせてくれるだろう。インドでひと財産築いて戻ってきたという噂《うわさ》を聞いている。それに、爵位を賜ったのはきみの一族のほうが先だ。商売も、良心的なものならなんの問題もないだろう。われわれも、さまざまな事業に投資している。商取引に反対するつもりなどさらさらない」

子爵はそこで火に目を戻した。ロバートが黙っていると、子爵はため息をついてロバートを見た。

「アイアンサはいい娘だ」子爵は足を両手で抱えて動かした。「きみが立派な紳士で安心したよ。娘も、きみのような男性に嫁ぐことができたら幸せだ」

「しかし……?」ロバートは眉を上げた。

「しかし、耳に入れておきたいことがある。それを聞いて、きみが申し出を撤回したいと思うなら、それもしかたがないだろう」

ロバートはさらに眉を上げた。「お聞きしましょう」

ロズリー卿はうなずくと、ぐっと歯を食いしばるようにして話を続けた。「アイアンサは十八のときに暴漢に襲われて……」子爵は椅子の肘掛けに拳《こぶし》を叩《たた》きつけた。「覆面の男たちに傷物にされた。相手が何人だったかさえわからないそうだ」

「なんですって!」ロバートは嚙《か》みつくように言った。「なんてことだ。お嬢さんが男に触れられるのをいやがるのも当然です」

「いや、男だけではない。あの子は母親が抱きしめようとするときでさえ身を引いてしまうのだ。妹と弟にしか、そういう接触を許さないのだ。トーマスも、いずれは……。あの子はもう大人になりかけているのでね」ロズリー卿は悲しげに首を振った。

ロバートは呆然《ぼうぜん》とした。だから、彼女は拳銃で武装していたのだ。あんなにか弱い女性が、どうやってこれまで耐えてきたのだろう。憎しみと怒りがこみ上げてきて、ロバートも拳を肘掛けに叩きつけた。

ロバートはゆっくりと息を吸い込み、怒りを鎮めようとした。「どうしてそんなことになったのですか？」

ロズリー卿も気持ちを落ち着かせようとワインを飲んだ。「あれは、あの子が社交界へお披露目をする前の年の秋のことだった。あの子の姉のアンドレアが妊娠したというので、家内が駆けつけることになった。だが、運の悪いことに、ヴァレリアとナサニエルがはしかにかかり、行くことができなくなった」子爵はここで話を切った。深い悲しみが顔に表れていた。「アイアンサは、はしかがすんでいたので、まだかかったことのないアンドレアにうつす危険はなかった。それに、姉の子とロンドンを見たがっていた。だから、わしは姉の手伝いに行くことを許した。一緒に行けばよかったのだが、わしもはしかにかかったことがなかったのだ。そこで安全のために、家の大型四輪馬車に御者、使用人、馬に乗った護衛をふたりつけた。それに付き添いとして、あれの乳母も同行させた」

子爵はこみ上げてきた思いに声を詰まらせた。ロバートは子爵の気持ちをおもんぱかり、静かに待った。やがて子爵は、ふたたび口を開いた。

「やつらは待ち伏せて不意打ちをかけ、男四人を拳銃で撃つと、馬車の車輪に縛りつけた。そのうちのひとりは死んだ。乳母もすぐに殺された」

子爵はここで話を終えると、頭を垂れて片手で目を覆った。ロバートも涙をぬぐった。

「ロズリー卿、お気持ちは想像するしかありませんが、少しはわかるかと思います。わたしは娘を病気で亡くしているのです」

「それなら、わかってもらえるだろう」年老いたロズリー卿は顔を上げた。「あの悪魔どもがかわいいアイアンサを苦しめているあいだ、わしはここでなにもできずにいたのだ。あれ以来、罪の意識に苛《さいな》まれずに過ごした日は一日とてなかった」子爵は目をつぶり、歯を食いしばった。

この人は、父親としてどんなに苦しんでいることだろう。ロバートはその罪の意識と、我が子を救えなかった無力感が理解できる気がした。ロズリー卿の気持ちが落ち着くのを待って、ロバートは尋ねた。

「犯人たちは捕まったのですか？」

ロズリー卿は首を横に振った。「まだだ。ロンドンの自警団に事件の糾明を依頼したが、その年、国じゅうのあちこちで似たような事件が起きたことがわかっただけだった。犯人たちはジェントリー――特権階級の服装をしていたらしい。捜査が進まないのはそのせいかもしれない」

「自警団では尋問できない階級がありますからね」

「そのとおり。それ以後、アイアンサに脅迫と嘲《ちょう》笑《しょう》の手紙が届くようになった。あの子がなにが書いてあるのかよくわからないと言って、わしのところに手紙を持ってきたおかげで知ったのだが」

ロバートは、ふたたび怒りが沸くのを感じ、眉をつり上げた。

「なんですって！　手紙はまだ来ているのですか？」

「おそらく。あの子は母親やわしを苦しめまいと、破棄しているのだろう。何通かを自警団に送ったが、差出人は突きとめられなかった」

ロバートは、アイアンサの目に漂う悲しみがようやく理解できた気がした。女性として花開かんとする瞬間に、貞操も、身の安全も、未来もまるごと奪われてしまったのだ。彼女はそれをどうやって耐えてきたのだろうか？　なんと強い人だろう。この胸で彼女を慰め、守ってやりたい。妻と娘をとり戻すことはもうできないが、この勇敢な、傷ついた精霊を守ることはできる。

「お嬢さんと話をしてもいいでしょうか？」

「もちろん、まだその気持ちがあるというのなら」

ロズリー卿は悲しげに首を振った。「だが、あの子が受け入れんだろう」

　アイアンサは、自分の髪をいとおしそうに結ってくれる母親の姿を鏡のなかに見た。母は自分のそばにいたいために、こうして世話をしてくれているのだろう。「でも、お母様、無理だわ。わたしには耐えられない。ダンカン男爵にも申し訳ないわ」

「お願い、アイアンサ。断る前によく考えてみてちょうだい。あなたが家庭を築くのをこの目で見たいの。あなたはいい娘《こ》よ。幼いきょうだいの面倒をみたり、将来あの子たちの甥《おい》や姪《めい》の世話をしたりしてかわいがるだけで一生を終えるなんてもったいないわ。それに……」レディ・ロズリーは言葉を切り、足台に座ってアイアンサにもたれている末娘を見た。

「ええ、こんなチャンスはもうないわ」アイアンサは妹の髪を撫《な》でた。「でも、チャンスと言えるのかしら？　お父様はあのことをお話しになるのでしょう」

「話すってなにを？」ヴァレリアが母親を見あげてきいた。「ふたりともなんの話をしてるの？」

「あなたが聞いてもつまらないことよ、おちびさん。まあ、ほら。ドレスに染みがついているわ」レディ・ロズリーは娘の肩に手を置いた。「ミス・ハリントンのところに行って、着替えを手伝ってもらいなさい。ディナーの前に、応接間でダンカン男爵とお話しするときに、ナサニエルとあなたもご一緒させていただきましょう」

　ヴァレリアは小躍りするように部屋を出ていった。扉が閉まると、レディ・ロズリーはアイアンサにふたたび注意を向けた。「もちろん、お父様はお話しになるでしょう。そうしないと名誉に関わりますもの」

　アイアンサは顔をしかめた。「そうね。わたしが傷物だということを、お知らせしなければ」

「まあ、アイアンサったら!」レディ・ロズリーは ヴァレリアが使っていた足台に腰をおろし、アイアンサの目をじっと見つめながら手をとった。「そんな言い方をしないで! あなたは傷物などではありません。こんなに美しくて、やさしくて……」涙がレディ・ロズリーの目からあふれた。

「ごめんなさい、お母様。意地悪を言ってしまったわ」アイアンサは泣くまいと歯を食いしばった。

「でも、わかっているはずよ。男の人がこういうことをどう思うかは……」

レディ・ロズリーは娘の肩をやさしく叩いた。

「ええ。でも、ダンカン男爵はとてもいい方に思えるの。どこかが違う。あなたを失望させるとは思えないのよ」

「わたしがあの人を失望させてしまうわ」アイアンサは首を横に振った。「この二日間のことを盾に、彼に求婚を促したとしても……もちろん、そんなことにはならないだろうけれど、もしそうなっても、わたしには妻の務めが果たせない」

レディ・ロズリーがため息をついた。「アイアンサ、あなたが尻込みするのはわかるわ。でも……」言葉を探すかのように黙り込む。「妻の務めは、いやなものとは限らないのよ」母親の顔が白髪の生え際まで真っ赤になったのに、アイアンサは驚いた。

「夫婦の契りは、喜びと安らぎの大いなる泉なの」母親は娘をじっと見た。「あなたにもそれを知ってほしいわ」

いつもは控えめなお母様がなんと思いきった告白をなさるのかしら。アイアンサはやさしくほほ笑んだ。「ありがとう、お母様。彼と話をしてみるわ」

そういうチャンスがあるとは思えないけれど。


ロバートは応接間に座って、トーマスの話を聞いていた。トーマスは凝った幅広のタイ《クラヴァット》に奇抜な暗褐色のベストという派手な格好で、オックスフォード大学をクリスマスが終わるまで停学になったいきさつを説明していた。「悪ふざけがすぎました。どうしてあんなばかなことをしたのか、さっぱりわかりません」

ロバートは笑いを噛み殺してうなずいた。「わたしにも覚えがある。情けないほどやすやすと、ばかな誘いにのり、悪ふざけをしていたよ。父の白髪の大部分は、わたしのせいだったと反省している」

「ぼくも父の白髪には責任があります。しかし、謝ったのですよ。それなのに父ときたら、むこう三カ月間は小遣いを送らないと言うんです。だから、しばらくポケットの中身が寂しくなる」青年はため息をついた。

「わしの落ち度だな」ロズリー卿はゆっくりとした口調で言った。「これからもおまえの悪行に資金を提供することになるのだろうな」

「そんなことはないですよ、お父様。もう停学になるようなことはしないと約束したじゃないですか。それに……」トーマスは不当に扱われたと言わんばかりに不満げな表情を浮かべた。「ぼくはジョンほどひどくはないですよ」

「それはありがたい」

ロズリー卿がそっけなく答えると、ロバートはこらえきれずに大声で笑った。「男の子を育てるのは大変ですね」

女性たちが部屋にはいってきて、三人の紳士は立ち上がった。ロズリー卿は妻と娘が座ると、ほっとしたように自分の椅子にふたたび腰をおろした。少し遅れて、家庭教師につき添われて子どもたちが現れたので、ロバートはまた立ち上がり、ロズリー卿にアイアンサのきょうだいを紹介された。

「はじめまして、ミス・ヴァレリア。こんにちは、ナサニエル」ロバートは少年と握手をし、それから、恥ずかしそうに顔を赤くした少女の小さな指にキスをして、笑いながら言った。「ここに座りませんか？」ロバートは後ろにあった椅子を、自分の隣に引き寄せた。男の子のナサニエルは、自分で椅子を動かした。

ロバートは、隣に座った小さなレディを観察した。ミス・ヴァレリアは恥ずかしそうに、膝に置いた自分の手をじっと見つめている。はちみつ色の髪は、ラキの長くて黒い巻き毛とはまったく違うが、頬にかぶさるような長くて濃いまつげは、そっくりだ。

生きていれば、ラキはいくつになるのだろう。ロバートは、自分の小さな娘を思い出した。七歳になるはずだ。計算など必要ない。忘れたことなどないのだから。喉の奥から熱いかたまりがぐっとこみ上げ、たった五年で一生を終えてしまった娘を悼んだ。

母親がトーマスと話をし、父親がなんとか足の痛みが和らぐ姿勢がないかと試しているあいだ、アイアンサは部屋の反対側から、黙ってダンカン男爵の様子をうかがっていた。男爵はまず、ナサニエルと楽しそうに狩りの話をした。ナサニエルを一人前の男として扱ってくれているのだ。

トーマスも我慢できずに話に参加したが、男爵はナサニエルの意見も、トーマスの意見と同じようにきちんと聞いていた。自分が大切にされていることを知り、自慢げな弟の様子に、アイアンサはほほ笑んだ。

そのうち、ヴァレリアも会話に引き込まれたらしい。未来の恋人の話でもしているのだろう。ヴァレリアが笑ったり、顔を赤らめたりしているし、それらしい言葉が聞こえてくる。ナサニエルがときどきばかにするようなことを言っても、ヴァレリアは気にせずに楽しそうにしている。男爵は子どもたちの心を完全につかんだようだ。

彼はわたしが傷物だと知って、どう思っただろう。ほかの男性とは違う感想を持つのかどうか、アイアンサにはまったくわからなかった。

晩餐《ばんさん》がはじまると、食卓は行方不明の娘が戻ってきた静かな祝いの雰囲気に包まれた。ロズリー卿が気のきいたせりふをいくつか言った。レディ・ロズリーは全員を見守っていた。ロバートはできるだけ陽気に振る舞おうとしたが、どうしてもアイアンサに視線がいってしまう。アイアンサは笑みを浮かべながら、無言で食事に専念していて、なにを考えているかはまったくわからなかった。アイリー城で食事をしたときは楽しい会話の相手になってくれたのに、いまは礼節ある慎《つつ》ましさという壁の後ろに隠れてしまっている。

求婚を喜んで受け入れると思ったのがまちがいだったのかもしれない。忠告に従ってやめるべきだったのだろうか。しかし、それでは、アイアンサに起きた不幸な事件を聞いて考えを改めたと思われるだろう。それは絶対にいやだった。彼女にはどうしようもなかったことなのだ。下等な連中に限って、こうしたことは女性に非があるというのだろう。

自分は違う。

ロズリー卿は、アイアンサが求婚を受け入れないだろう、と言った。

さて、どうなるだろうか。

レディ・ロズリーが席を立ち、娘と一緒に部屋を出ていこうとした。ロバートは立ち上がると、咳払いをして言った。「ロズリー卿、トーマスくん、ワインを辞退することを許していただけるでしょうか。ミス・キースレイと少し話がしたいのですが」

「よかろう」子爵はうなずいた。「わしは医者からポートワインを厳しく禁じられているし、トーマスはお茶にしたほうがいい。わしたちも家内と一緒に退出しよう」子爵は苦労して立ち上がると、杖《つえ》に手を伸ばした。

ロバートはアイアンサに手を差し出した。アイアンサは、いつものようにちょっとためらってからロバートの腕をとり、食堂の隣の小さな応接間にロバートを案内した。ロバートは、ほっそりとした腕から緊張が伝わってくるのを感じだ。やさしくアイアンサの肩を叩き、あとはなにも言わず、暖炉の前に腰をおろした。

本当なら長椅子にふたりで座りたいところだったが、アイアンサはすぐに暖炉脇《わき》の椅子のほうに行ってしまったので、ロバートは自分の椅子をアイアンサの椅子に近づけた。手を握るのはやめにして、肘を膝につき、上半身をかがめた。

「ミス・キースレイ、わたしがなにを話したいかはわかっていらっしゃいますね」

アイアンサは片手を上げ、真剣な表情で、ロバートをさえぎるように言った。「おやめください、男爵。そんな必要はありません。紳士としての責任を果たそうとしてくださることには感謝しています。でも、わたしを運悪く助け出したせいで、あなたを追い詰めるつもりはありません。前にも言いましたが、そのことでわたしの評判が傷つく心配はないのです」アイアンサは暖炉の火をじっと見つめ、それから自分の手に視線を落とした。「それに……父が話したと思いますが……」

「事件のことなら聞きました。そして、あなたに対する不当な行為をやめさせたいと思ったのです」

アイアンサが顔を上げた。「どういうこと?」

「悪者たちに非道なことをされたせいで、あなたや家族が否定されるのは不公平だということです」

「わかりやすくおっしゃってください、男爵」

「あなたが自分を恥じる必要はないということです

よ」

アイアンサは暖炉の火に視線を戻した。「母もそう言います。でも、世間はそう思ってくれません」

「世間がなんですか！　そんな偏見のために、カンバーランドの荒野に引きこもって、一生を終えるつもりですか？」ロバートは額に皺《しわ》をよせ、眉をつり上げた。

「引きこもっているわけではありません。社交の場に出ることもあります。近所での小さな集まりなどですが。母も話し相手になってくれます。両親はロンドンへ行ってみたらと言いますが、わたしは行きたくないんです。事件の噂が野火のように広まっていて、みんなに知られていますから。それに、大勢の人のなかにいるのは苦手なんです」どうしたら男爵にわかってもらえるかしら、とアイアンサは思った。あの胸苦しさ。たくさんの人と体が触れ合う不快感。襲ってくる大きな不安。そういうものといつも闘わなければならないかと思うと、ひとりでに体が震えるのだ。

人垣を見ると、ひそひそと自分のことを噂しているのではないかと思い、忍び笑いが聞こえると自分が笑われているのではないかと思う。そして、同情のまなざし。人々がいつも自分を哀れんでいるように感じる。

突然こみ上げてきた怒りを押し戻し、アイアンサは静かに言った。「同情はいりません」

「同情などしていませんよ」男爵はアイアンサの目をじっと見つめた。

「それなら、なぜそんなに熱心に求婚してくださるのですか？」

ロバートは大きく息をつき、椅子の背に寄りかかった。「わたしにもわかりません。まず、世間の偏見が許せない。しかし……」ロバートは、突然にっこりとした。「魅力的な女性と知り合ったことが、わたしの心を決めたのです。きれいなだけではなく、知性と才能に恵まれた、冒険好きな女性です。わたしにも、冒険を……一緒に冒険してくれる人が必要なのです」

「でも、インドへの大冒険から戻っていらしたばかりでしょう？　もう飽きてしまったのですか？」

ロバートの顔から笑みが消えた。「いいえ。帰国したのは、わたしの人生の一部が終わったと考えたからです」今度は、ロバートが暖炉の火を見つめる番だった。「わたしは、インドで結婚していました。美しいインドの女性と。しかし、二年前に彼女が亡くなったのです」

「奥様を忘れられずにいるのですね」

「そうだと思います。彼女を忘れることは決してないでしょう。だが、それだけではなく、寂しいのです。家族を思い出すと……」ロバートは声を震わせた。「同じ熱病で、小さな娘も亡くしました。インドの気候は恐ろしい熱病の温床です」咳払いをし、ひそかに目尻をぬぐう。「娘を失った悲しみは、いまだに癒《い》えません」

アイアンサは襲ってくる悲しみを押し戻した。

「お気の毒に。さぞつらいことでしょう」

男爵は深く息を吸い込んだ。「ふたりを失ってからというもの、どんな女性にも関心を持てませんでした。あなたに拳銃を突きつけられるまでは」男爵は、ふたたび顔をほころばせた。

アイアンサは思わず顔を赤らめた。「本当にごめんなさい。あれは、ただ……」

「また同じような目に遭うのを避けるために？」

「ええ」アイアンサはぱっと顔を上げた。「でも、いつも屋敷にこもっているのは耐えられないんです。それに、馬丁がついてきて、注意されたり、急《せ》かされたりするのもいやです。あのときは四人の男性が一緒だったのに、みんな拳銃で撃たれてしまった。

わたしが拳銃を持っていたら、あんなことにはならなかったはずです」

この人なら、みずからを撃っていただろう。そのほうが、ずっとましだと考えたはずだ。

ロバートはふたたび眉根を寄せた。「その事件の話を聞けば聞くほど、犯人を痛めつけてやりたいと思います」

「わたしのために憤ってくださるの？　感謝します」アイアンサは身をのりだした。「でも、傷つけられたのは体だけではないのです。心もです。以前のわたしには戻れません」

男爵も身をのりだし、アイアンサの手を握った。

「その傷を癒《いや》して差し上げたい。心も体も元どおりに回復してほしいのです」

そんなことができるかしら？　一瞬、手を引こうとしたアイアンサは、すぐにその衝動を抑えた。それがどんなに難しいかを、男爵はわかっていない。

こうして、そばに座っているだけで、体の奥深くがざわざわと震え、落ち着かないのに。

「あなたのために女の子を産むことができないかもしれないんですよ。本当の意味での妻にはなれないかもしれないのです」

「難しいことはわかっています。しかし、はじめからそうする必要はありません。一緒に、ゆっくりと、忌まわしい記憶を克服していきましょう」男爵はほほ笑んだ。「ミス・キースレイ、愛を交わすことを知るのは、人生最大の冒険のひとつですよ。一緒に冒険しましょう。あなたの回復を手助けさせてください。少しずつ進んでいきましょう。まずは、手にキスをさせてください」男爵はおごそかにアイアンサの手を持ち上げ、唇でそっと撫でるように触れると、その手を離した。

アイアンサは、唇が触れた場所を軽くこすった。家庭を持ち、子どもを産む。いま、アイアンサが心を許せるのは小さな子どもだけだった。自分の子どもを持てれば、どんなに慰められるだろうか。

しかも、冒険を一緒にする人ができるのだ。

人生最大の冒険。わたしにもまだできるのだろうか?

「当分のあいだは、婚約だけでもいいでしょうか?」

「ええ。あなたが望むあいだずっと」

「本当に……相当な努力がいることを覚悟してくださるのですね?」

「ええ」

アイアンサはきゅっと口を結んでから言った。

「それなら、わたしも努力します」

5

朝食は、前夜の晩餐《ばんさん》よりさらに祝いの気分に包まれていた。母は嬉《うれ》しくてたまらないらしい。静かに、控えめに振る舞ってはいるが、目が喜びを隠しきれないように輝いている。父は、背中にのしかかっていた世間の重みから解放されたのか、見るからにほっとした様子だ。そして、ダンカン男爵は上機嫌だった。

アイアンサは必死に平静を保とうとした。

わたしはどうなってしまったの? 家族と食事をしている最中なのに、男爵がいるというだけで、これまで知らなかった感情が襲ってきて、体じゅうが硬くなる。男爵になにかを言われたら、思わずほほ笑んでしまいそうだ。温かいまなざしで見つめられたら、夢見心地になるだろう。男爵が言うとおり、本当にもとのわたしに戻れるのかしら。ひとつだけ確かなことは、こんなチャンスは二度とないということ。

やってみよう。あらゆる努力をして、過去を忘れよう。そして、かつて憧《あこが》れていたような女性になりたい。アイアンサはふたたび襲ってくる恐怖に抗《あらが》うために、目の前の会話に集中しようとした。

「クリスマスに婚約を発表したらどうかしら。祝い事にぴったりの機会だし、みんなが田舎での休暇を楽しみに帰ってきますもの。すぐに招待客のリストを作るわ。知り合いはみんなお招きしたいわ。でも、アイアンサが反対なら……」

アイアンサは母親の言葉を聞き、首を横に振った。できれば、自分の決断が正しかったと思えるようになるまで、婚約のことは知らせないでおきたかった。でも、母親の顔は期待で輝いている。「小さなパーティのほうがいいけれど……」レディ・ロズリーの顔が曇った。お母様をがっかりさせたくない。「お母様にまかせるわ。お母様のおっしゃることなら、まちがいないもの」

「すばらしい思いつきですね、レディ・ロズリー」ダンカン男爵がフォークを置いた。「しかし、その計画をちょっと変えていただいてもいいでしょうか？　ずっと計画していたことがありまして、力を貸していただけるとありがたいのですが」

レディ・ロズリーが眉を上げた。「もちろん、お手伝いできることがあれば……」

「じつは、わたしの帰国をもっと多くの人に知らせたいのです。わたしも、クリスマスにはアイリー城でパーティを開くつもりでいます。叔母のレディ・ダルストンが女主人役を引き受けてくれるはずですが、叔母も高齢ですし、どなたかに招待客のリスト作りやそのほかの手配をお願いしたいと考えていました。わたしの手には負えないことなので」男爵は、レディ・ロズリーが見とれるようなすばらしい笑顔を見せた。「よろしければ、わたしが開くパーティをお手伝いいただけませんか？　そうすれば、その席でロズリー卿《きょう》に婚約発表をしていただけます」

なんて巧妙なのかしら。でも、どうして、男爵はパーティを主催したいなどと急に言いだしたのだろう。アイアンサは訝《いぶか》しげな視線を送ったが、男爵は気づかないふりをした。

「帰国を知らせるパーティはすべきだろう」ロズリー卿がコーヒーにミルクをいれながら言った。「商売を続けるつもりなら、影響力のある人々との付き合いは再開したほうがいい」

「おっしゃるとおりです。どうでしょう、レディ・ロズリー？　わたしの城でよろしいでしょうか？」

レディ・ロズリーは目を輝かせた。「もちろんですわ。ところで、お城にはもう何年もうかがっていないのですが、手入れはされているのですか？」

「はい、代理人がしています。だが、女性の手を借りたいのです」

レディ・ロズリーはすっかりその気になっている。

「お城でのクリスマス。ひいらぎのリースがたくさんいるわね。それから楽団にクリスマスらしい曲を演奏してもらって……」

「ダンスの曲も」男爵はアイアンサに片目をつぶってみせた。

わたしの都合などどうでもいいのね。そんなに長いあいだ、たくさんの人たちと一緒に過ごすなんて耐えられないわ。


ふたつのつぶやきへの答えは、アイアンサが男爵を食堂の扉まで送ったときに返ってきた。ほかの家族が、ふたりだけにしてやろうと席を立ったあとのことだった。男爵がアイアンサを振り返ってほほ笑んだ。「あれでよかったでしょうか?」

アイアンサは諦《あきら》めたように首を振りながらも、笑顔で応じた。「わたしの意思を通すためには、強力な作戦がいりますね」

「そんなことはありません」ロバートはアイアンサの手をとろうとしてやめた。「わたしの計画が気に入らないのなら、すぐにとり消しますよ」

「いいえ。ただ、大勢の人たちを何日も相手に過ごさなくてはならないのかと思うと気が重いのです」

「そうでしょうね」笑顔が悲しそうに曇った。「しかし、いずれあなたが住むことになる城で、実際に過ごしてみてほしいのです。噂話《うわさばなし》に対処することもできますし」

「では、そこからはじめるつもりなんですね?」

「そうです。わたしの城にいながら、あなたを貶《おとし》めるようなことを言う人はいないはずですが、嫌味でも言う者がいれば、遠慮なくそれに見合った扱いをするつもりです。あなたのご両親の家では、それはできませんからね」

「そうでしたか」男爵はわたしを守ろうとしてくれているんだわ。

「それに必要なときには、ひとりになれるようにしなくてはいけませんからね。気が重くなったら、奥で休んでください。ここではお母様のお手伝いがあるので、そういうこともできないでしょう」

「そうね」アイアンサは認めた。「気を遣ってくださってありがとうございます」

「約束は守るつもりですよ、ミス・キースレイ。少しずつ進んでいきましょう。勇気を奮い起こして、厳しい試練に立ち向かう必要などありません。ただ、もう婚約したのですから、あなたを名前で呼んでもいいでしょうか?」

びっくりして、アイアンサの顔がほころんだ。

「まあ、なにをおっしゃるかと思えば……。もちろん、アイアンサと呼んでください」

「あなたもわたしをロバートと呼んでくださいよ」

返事をする間も、考える間もなく、男爵は身をかがめて、アイアンサの頬にすばやくキスをした。

そして口笛を吹きながら去っていった。

パーティの招待状は滞りなく発送された。招待客はクリスマス・イブの前日に城に到着し、可能であれば一週間滞在することになる。一週間！　アイアンサは考えただけで身が震えるような気がした。それでも、何年も味わったことがない、不安と期待が混ざった興奮も感じていた。

わたしはとんでもないことに合意してしまったんだわ。結婚して、夫となる人に抱かれる？　そんなことができるのかしら？　男爵は徐々に恐れを乗り越えればいいと言っている。でも、この困難を乗り越えられるくらい、わたしは強くてしっかりしているかしら？　そうだといいけれど。

あんな悪魔たちに負けたくない！　普通に暮らしたい。引きこもり、自分を恥じ、怯《おび》えたまま、半分死んだように生きていくのはいや。男爵が勇気を出して結婚を申し込んでくれたのだから、わたしも勇気を振りしぼって、この結婚がうまくいくように努力したい。

もっと強くならなければ。

この日、アイアンサは、クリスマスの婚約発表パーティの打ち合わせをするために、両親とともに新居となる男爵の城を訪れた。二週間前の、あの恐ろしい旅路とはなにもかもが違っている。太陽は明るく輝き、雪は日陰の部分にしか残っていなかった。どの山の頂からも、冬の牢獄《ろうごく》から解き放たれた雪溶け水が小さな急流となって落ち、狭い谷底を貫く一本の川に流れ込んでいく。

二週間前は、ひとりで屋根なしの二輪馬車に乗っていた。いまは、両親とともに大型の四輪馬車のなかにいる。両親を愛してはいるが、絵と、孤独と、二輪馬車の爽《さわ》やかな風が恋しかった。あの馬車は雪《ゆき》溜《だ》まりから回収されたものの、父は何度も直すと言いながら、修理をしてくれなかった。

アイアンサは父を見てほほ笑んだ。お父様ったらずるいわ。あの二輪馬車が、結婚式前に手元に戻ってくることはないだろう。式がすむまで、わたしの身の安全はお父様の責任なのだから。

四輪馬車は急な角を曲がり、アイリー城へ続くつづら折りの小道を登ると、古城の城壁の下にある中庭に到着した。かつては城を守っていた壁も、いまでは瓦礫《がれき》の山と化している。馬車からおりようとすると、下のほうに厩《うまや》の屋根が見えた。

玄関の扉の前に男爵が立っている。いえ、ロバートと呼ばなきゃいけないんだったわ。ロバートは、アイアンサたちの姿を認めると、階段を数段いっぺんにおりてきて、アイアンサが馬車からおりるのに手を貸した。ロバートの背後には、見たことのない人物の顔が見える。きっと執事だろう。新しい使用人が到着したのね。

「ようこそ！　ようこそアイリー城へ。ロズリー卿、痛風の具合はいかがですか」

ロズリー卿は手を差し出し、ロバートと握手をした。「少しはましだ。このとおりブーツが履ける」

ロバートはアイアンサのほうを見た。「アイアンサ」

アイアンサは、自分の名を呼ぶ声がこれまでとは違うような気がして、男爵の顔を見つめた。熱のこもった視線に、彼の気持ちが表れている。息が詰まり、馬車に引き返したいと思う自分を強く抑えた。

男爵の大きな温かい手が、アイアンサの手を包んだ。砂利の上におり立ち、彼が差し出した腕にそっとつかまる。男爵の顔を見ないよう、スカートを軽くつまむ手に神経を集中させた。婚約を決めて以来、ずっと顔を合わせていなかったので、男爵のことはともすれば忘れて、家族のなかで安心して過ごしてきた。ところが彼の放つエネルギーがいきなり襲い、嵐《あらし》のように心を揺さぶる。

道中のことや、また降ってきそうな雪のことなどを話しながら入り口に着くと、アイアンサは玄関ホールで執事とふたりの使用人に会釈し外套《がいとう》を預けた。階段を昇り、応接間にはいる。青と薄い紫と黄色で飾られた広いその部屋は、城の裏手に位置し、アイリー城が立つ巨大な岩盤の端にあった。壁には高い窓が並び、連なる山々が見える。

「すてき!」アイアンサは小走りで中央の窓まで行き、眼前に広がる丘陵と空の美しさに胸を躍らせた。

男爵がアイアンサの横に立った。「気に入ってもらえると思っていましたよ。このあいだ、あなたがいたときは、まだカバーをかけてあったのです」

「うっとりするほどすばらしい眺めだわ」

「そうでしょう」男爵の声がいつもと違うのを感じ、アイアンサは顔を上げた。男爵は景色ではなくアイアンサを見つめていた。

アイアンサは顔を赤らめ、目をそむけた。男性からほめられたことなどほとんどなかったし、逆に、ほめそやす相手の顔には嫌味を言って自分を辱めようという意図が見えた。それに、たいていの男性はアイアンサを避けようとする。男爵はそうではないけれど。これほど警戒しているのに、男爵の表情を見るだけで胸がざわめくなんて。

アイアンサは、正面の白い大理石の暖炉の上に、額にはいった大きな絵が飾ってあるのに気がついた。

「まあ、雪に閉じ込められているときにわたしが描《か》いた絵だわ! すっかり忘れていたのに」

「ええ。ここに飾ったのですが、どうでしょうか？」ロバートが暖炉まで歩いていき、みなが集まった。

「これは傑作ね」母が腕を軽く叩《たた》いた。アイアンサは、体を引かないように気をつけた。そんなことをしたら、母を傷つけてしまう。

「確かにとてもいい」ロズリー卿は片眼鏡越しに絵を見ながら言った。「だが、どんなにすばらしい絵でも、油絵でなければきちんと評価してもらえない。水彩画は、若い娘にとってはいいのかもしれないが、批評家からの賛辞は得られん」

「ええ、お父様、わかっています。でもわたしには繊細で透明感のある色合いが向いている気がするのです」いつもの父の助言を、アイアンサは反対することもなく聞いていた。父はわたしのためを思って言っているのだ。

男爵の眉がわずかに上がった。「水彩画のほうが油絵よりも人気があると聞いていますよ。ご自宅には、もっとあるんですか？」

アイアンサは笑った。「ええ、部屋からあふれるほど」

「ここに持ってきて飾ってもらえませんか？ 色調がぴったりです」男爵の大きな手が背中にまわされた。この人をロバートと呼べるようになるのかしら？ 男爵の手の温かさがドレスを通して伝わってきて、体が硬くなる。アイアンサは体を離そうとしたが、慣れてみせると決心したのを思い出した。彼女は体の力を抜いて深呼吸した。「そんな、だめです。わたしが描いたものなんて……」

「とてもいいアイデアですわ、ダンカン男爵」首を振るアイアンサを母が制した。「アイアンサ、あなたの才能をみなさんに見ていただくべきよ。若い娘がパーティでよくやるように、歌やハープを披露しなさいと言っているのではないのだから」

「やれやれ」ロズリー卿は顔をしかめたが、妻からの刺すような視線に気づいて慌ててつけ加えた。

「たいていは聞けたものではないからな。アイアンサの絵なら、なにも恥ずかしいことはない」

「ほめてくださって、ありがとう、お父様」アイアンサはそっけなく答えた。

男爵の目が輝いた。「では、何枚かいただけますか？」

「ええ。お望みでしたら」

男爵はほほ笑んだ。「約束ですよ」

男爵の笑顔に、アイアンサはいっそう落ち着かない気分になった。努力しようと決心したのだから当然だけど、わたしはすでに男爵の強引さを受け入れている。もちろん……強引といっても、彼がやさしい人なのはまちがいないけれど。

「ええ、約束は守ります」

男爵はアイアンサの手をとり、いたずら好きな子どものように目を輝かせると、指にキスをした。

「そう言ってくださって嬉しいです」

アイアンサは、男爵の言葉にそれ以上の意味があるように感じたが、それが何かはわからなかった。


一週間後のクリスマス・イブの前日は、気温が下がり、空は雲に覆われたが、雪は降りそうになかった。キースレイ家の人々は、前の晩にアイリー城にやってきていた。クリスマスということで、家族みんなが招かれたのだ。子どもたちは大きなパーティに参加できるとあって、わくわくしていた。

ヴァレリアとナサニエルは、両親と一緒に招待されている友だちに会うのを楽しみにしていたし、子どもたちを飽きさせないようにさまざまな催しも予定されている。トーマスは、目立たないようにしながらも、はじめて大人としてパーティに参加できることを喜んでいた。そのくせ、招待客リストに載っている若い女性たちについては、関心がないふりをしていた。

その朝、ロバートが朝食の間に行くと、ロズリー卿がすでにテーブルに着いていた。ロズリー卿はスコーンにバターを塗りながら会釈した。

「早起き仲間がいて嬉しいよ。侵略への備えはできているかな？」

ロバートはくすりと笑った。「ええ。準備は万端です。わたし自身は細かいことは気にせず、すべて将校たちにまかせるつもりです。わたしも楽しませてもらいますよ」

そのうえ、たっぷり自由な時間をとって、もっと重要な作戦も展開するつもりだった。将来の花嫁への誘惑を開始する絶好の機会だ。長い戦いになるだろう。どうしてこのような難題を引き受けてしまったのか。ロバートはこれまで何度も自問した。しかし、そう問うたびに、やさしく、無垢《むく》な少女が、残酷にも辱められる姿が頭に浮かんできた。そして、その少女が、行き場のない世界で自分の場所を求めながら、勇気ある孤独な闘いをしている姿に感銘するのだった。

朝食を皿にとろうとしていると、作戦開始の機会が訪れた。赤いモスリンのドレスを着たアイアンサが、雲のように、ふんわりと歩いてきたのだ。ロバートは急いで彼女を迎えに立ち、そっと肘に手を添えて、ビュッフェのテーブルに案内した。彼の手が触れた瞬間、アイアンサの身がこわばるのを感じた。やはり長い戦いになりそうだ。

ロバートはアイアンサの体を軽く引き寄せて、手を握りしめたまま、顔を問いかけるようにのぞき込んだ。アイアンサの目に決意が見えた。ああ、この人は勇気ある人だ。ロバートは顔をほころばせながら、アイアンサの腕を握る手に軽く力をこめた。

アイアンサは深く息を吸い、ロバートの手から逃げようともせずに、戸惑いながら笑みを返した。

「おはようございます。男爵」

ロバートはうなずき返し、手を離した。「昨晩はよく眠れましたか？」

「ええ。お祖母《ばあ》様のお部屋が好きになりそうです。なんだか、お会いしたことのあるような気がしてきました」

ロバートは、アイアンサが朝食を皿に盛ってテーブルに着こうとしたので、椅子を引いた。それから彼女の肩を軽く撫《な》で、自分の席に戻った。

「隣の居間は見ましたか？　いつでも使ってください。好きなときに」ロバートは、もう一度、アイアンサの目をじっと見つめた。

アイアンサがほほ笑んだ。「ありがとう、ロバート」

アイアンサはそう言って、ゆっくりと、ためらいがちに手を伸ばし、一本の指で彼の手に触れた。蝶《ちょう》の愛撫《あいぶ》のように軽く、短く。

ロバートは満ち足りた気分になった。時間はかかるかもしれないが、この戦いに挑み、勝つつもりだった。

やがて、招待客が到着しはじめた。あちこちに人々の群れができる。最後の客が到着したころ、雪が降りだした。二階に追いやられていた子どもたちから、ホワイトクリスマスを喜ぶ声があがった。

ロバートの叔母のレディ・ダルストンは小太りで陽気な人だった。何十年もの経験を生かし、そつなく女主人役をこなしている。晩餐の時間が近づくころには、応接間は来客でいっぱいになった。アイアンサは人前に出るのをできるだけ引き延ばそうとしたが、とうとう母親が寝室の扉までやってきて、もう準備はすっかり整ったから出てきなさい、と言った。応接間に向かいながら、アイアンサは深呼吸をして目を閉じた。まるで、これから海に飛び込むような気がした。

そのほうがまだ楽かもしれない。

「ああ、来ましたね」すぐそばでロバートの低い声がした。アイアンサはびっくりして目をあけた。彼が腕を差し出したので、このときばかりはありがたく腕をとった。

ロバートがぽんと軽く彼女の手を叩いた。

「さあ、行きましょう。だいじょうぶ。みんながあなたの絵をほめていましたよ」

男爵につき添われて部屋にはいると、一瞬、会話がやんだように思われた。きっと思い過ごしね。あんなことがあったから、他人の反応に過敏になっているんだわ。それでも、ダンカン男爵がアイアンサの腕をとっていることや、城に彼女の絵があることで、人々が驚きの混じった好奇の目を向けているのは明らかだった。

招待客の多くは、アイアンサが子どものころから知っている近所の人たちだった。たいていの人はやさしく接してくれた――ときどき哀れむような目で見られることはあったけれども。一方、ロンドンから来た客たちははじめて見る顔ばかりだった。

ロバートはすぐにその場の雰囲気を変えようと試みた。彼は頭が薄くなりかけた白髪の恰幅《かっぷく》のいい紳士に近づいた。「ミス・キースレイ、こちらは仕事仲間のミスター・ウェルウインです。わたしが取引し、投資している銀行の頭取です」

「はじめまして」アイアンサはこの赤ら顔の紳士に手を差し出すことがどうしてもできなかった。

だが、その必要はなさそうだ。ウェルウインがお辞儀をしたからだ。「はじめまして、ミス・キースレイ。お知り合いになれて光栄です」ウェルウインは部屋を見まわして言った。「補佐役のスティーブン・ワイコムにはお会いになりましたか？　どこかにいるはずですが」

「残念ながらまだですわ」アイアンサは体をこわばらせながらも、ほほ笑んでみせた。

「そのうち見つかるでしょう」ロバートは銀行家に向かってうなずくと、今度はアイアンサを若者たちが集まっているところへ連れていった。そこには近所の人々もいた。「このお嬢様方は知っているでしょう?」

アイアンサはうなずいた。「もちろん。こんばんは、ミス・カーライル、ミス・クリフトン。あら、メグ。会えて嬉しいわ」挨拶《あいさつ》を返したキースレイ家の近所の娘たちの表情には親しみや好奇心、疑いなどが表れていた。握手を求めてきたのは、メグ・ファーラムだけだった。アイアンサはその手を握ってほほ笑み、それからロバートが次に紹介しようとしている男性のほうを向いた。

「ミス・キースレイ、こちらはいとこのサム……サミュエル・ブロートンです。わたしの代理人もしてくれています。それから、ホレイス・ラウンズはご存じですか? 彼は内務省で、お父上であるアルトン卿の補佐をしています」

金髪の青年は愛想よく笑いながら、お辞儀をした。しかし笑顔とは裏腹にもの悲しげで、寂しそうな風情をしていた。アイアンサは会釈し、もう一度ほほ笑んだ。あまりいっぺんに紹介されたから、首が痛くなってきたわ。

「そして、わたしと同じく、海外から戻ってきたセバーガム男爵です」その褐色の髪の紳士ははっとするほど青い目をしていた。生きるのに疲れたような顔をして、そのせいか、細く青い目に陰りが見えた。ラウンズよりも何歳か年上のようだ。「彼は西インド諸島に十年いたのです。わたしがこれまでの十年を過ごしてきた場所から見ると、地球の反対側になります」

「お目にかかれて光栄です、ミス・キースレイ」セバーガム男爵はいちだんと目を細めてお辞儀をした。

「こちらこそ」アイアンサはなんとか笑みを作った。

ロバートが残りのふたりに向かって会釈する。

「ケンダル卿とコズビー・カロックは知っていますね？」

「ええ、もちろん」アイアンサは顔をしかめないように気をつけた。この地方の紳士階級――ジェントリーであるふたりを知ってはいるが、好きにはなれなかった。ふたりはお辞儀をし、アイアンサも会釈した。カロックはアイアンサとほぼ同年代で、まばゆい金髪に角ばった顔をしたハンサムな男だ。しかし、あの事件以来、いつもにやにやして、こちらをこばかにするような視線を送ってくる。今夜もそうだ。そして、ケンダルはどんな女性にも好色な視線を向ける。

アイアンサはロバートに促されて、うまくその場を逃れると、窓際の小部屋の椅子に腰をおろした。

「もう紹介は十分でしょう。あなたはハープの弦のように張りつめている」ロバートが、そばを通った使用人のトレイからシャンパンをとり、アイアンサの手に押しつけた。「わたしがここに立って誰も近づけないようにするから、そのあいだに飲んでください」

アイアンサはグラスを受けとった。月光に浮かび上がる山々の景色を見ようと、部屋に背を向ける。ロバートは近くにいる数人と会話を交わしながら、幅広い肩でアイアンサを守ってくれた。ありがたいことに、晩餐がすめばパーティは終わる。食事のあいだだけ我慢すれば、あとは部屋に下がれるのだ。

男は手に持ったシャンパングラスをけだるげにまわしながら、ひとりの女性を目で追った。細身で銀色の髪をした、優雅な物腰の女を。あの女、貴婦人気取りだな。傷物のくせに、貴族の娘であることを鼻にかけて、毛穴という毛穴から傲慢《ごうまん》さと優越感を漂わせている。あいつらはみな、自分たちが聖域に住んでいるのだと考えているんだ。男たちの、とくに下層階級の男たちの下卑た関心の対象になど、なるわけがないと。

男は顔がにやつくのをこらえた。

いくらお高くとまっていようが、また引きずりおろしてやる。あの女にレッスンの続きを受けさせるのは、さぞかし楽しいだろう。

6

「アイアンサ！」次の朝、アイアンサの居間の扉が勢いよく開いて、ヴァレリアとナサニエルが飛び込んできた。「外に出て雪だるまを作るの。一緒に来て手伝って」

アイアンサは書きものをしていた目を上げた。

「おはよう。ナサニエル、お願いだから扉を閉めてね。ヴァレリア、雪だるまがどうしたの？」

「外に出て作るのよ。早く、上着を着て」

アイアンサは眉をひそめた。「ねえ、ヴァレリア。お城のパーティに招かれているレディがそんなことをしてもいいのかしら？」

「でも、今日はクリスマス・イブでしょう。大人の人たちも外へ出てるわ。トーマスとミス・ファーラムも」

ヴァレリアにとってはあの子たちも大人なのね。思わず笑みが浮かんだが、アイアンサは首を横に振った。

「ねえ、お願い。アイアンサはぼくたちよりすごい雪だるまを作れるでしょう」ナサニエルも、なんとか姉をその気にさせようと必死だ。

「ダンカン男爵も行くのよ」ヴァレリアは別の手で誘ってきた。

アイアンサは考え込んだ。ロバートも一緒に？　彼がいれば、確かに楽しいだろう。でも、そばにいると、彼の男性的な魅力や力強さを感じずにはいられないし、礼儀上、彼が紳士的に手を貸してくれるのにも耐えなければいけない……。それも、それほど苦ではなくなってきたけれど。昨晩は、彼の腕で支えてもらうのがありがたかったし、人いきれのする部屋で盾になって守ってくれたことも嬉《うれ》しかった。

雪遊びも、それほど悪くないかも。幼いきょうだいたちと一緒に遊ぶチャンスだわ。それに、わたしは雪だるまを作るのが大好きだもの。

三十分後、アイアンサは雪だるまの最後の仕上げにかかっていた。そこへ、五分ほど前にほかの人たちが作った雪だるまを見に行った妹と弟が走って戻ってきた。

「アイアンサ！　ヴァレリアとダンカン男爵とぼくから、雪合戦を申し込む！」

「ちょっと待って」アイアンサは笑って振り向いた。「三対一なんてずるいわ」

「アイアンサも仲間を集めていいんだ。アイアンサがキャプテンで、もう片方のチームのキャプテンは男爵だよ」

「あなたの企《たくら》みね」ロバートを見やって、アイアンサは目を輝かせた。

「さあね」彼がにやりと笑ったので、アイアンサもそれに応《こた》えて笑顔を見せた。

「わたしにお転婆をさせたいの?」

　ロバートは首を傾《かし》げ、真顔でアイアンサが言ったことをじっくり考えるふりをしたが、すぐに頭を横に振った。「お転婆なんてとんでもない。まさか、こんな生ぬるい冒険ができないと言うのではないでしょうね?」

　アイアンサはわざとまじめな顔つきをした。「わたしがあなたの策略にのるのをためらうたびに、これからもそうやって挑発的な誘いをするのかしら」

　ロバートが笑顔を浮かべたまま答えた。「そうかもしれませんね。さあ、あなたのチームを選んでください」

「それでは、トーマスにするわ。トーマス、こっちに来て。メグもよ」


　ロバートがメグを見て言った。「だめですよ。ミス・ファーラムはわたしのほうへ来てください。お手伝いいただけますか、お嬢さん?」

　赤毛のメグ・ファーラムが笑いながら元気よくうなずいた。「トーマス、覚悟しなさいよ!」

「じゃあ、ヘンリーとセアラはこちらね」ナサニエルやヴァレリアと同じ年ごろの子どもが走り寄ってきて、アイアンサの後ろに並んだ。じきに、子どもたちは二チームに分かれた。

　ロズリー卿《きょう》が階段の上に現れたところへ、ロバートが声をかけた。「ロズリー卿、審判になっていただけますか?」

「喜んで」ロズリー卿は、自分の子どもやその友人たちを笑顔で見おろした。「二分間、雪玉を作りなさい。そのあと、開始の合図をしよう」そう言うと、ポケットからおごそかに金時計をとり出した。

　それから二分間、ロズリー卿が時間を計る一方で、アイアみんなは雪を飛び散らせながら、雪玉を作った。

ロズリー卿が大きな声で宣言した。「はじめ!」

狙《ねら》いを定めた雪玉が飛び交い、ロズリー卿は愉快そうに笑い声をあげた。

雪玉が飛び交い、ロバートが号令をかけ、高らかなときの声をあげて、子どもたちとともにアイアンサのチームに突撃してきた。アイアンサのチームも果敢に応戦し、戦いはあっという間に混戦となった。誰もが隣にいる者を狙って、敵味方なく雪玉を投げつける。

不意に、アイアンサの体がぐらりと傾いた。突進してくるロバートに雪玉を投げようとしたとたん、氷に足をとられて滑ったのだ。ロバートが慌てて両腕を差し出したが、同じく足を滑らせ、ふたり揃《そろ》って、アイアンサが作った雪の乙女の上に倒れ込んだ。不運な雪像は崩れ、ふたりは雪まみれになった。

「やめい! 攻撃やめい!」ロズリー卿が言った。

「戦いは終わりだ。両隊長が倒れたので、勝負は引き分けにしよう」

ロズリー卿の判定に対して唸《うな》り声、笑い、抗議の声があがった。誰もがはあはあ激しく息をしている。アイアンサは体を起こし、慌ててロバートから離れた。ロバートも、顔から雪を払いながら、体を起こした。背後から子守のメイドたちがやってきて、世話をしている子どもたちに、ココアができてますよとか、ケーキはいかがですかとか、暖かくしてくださいねとかいった言葉を叫んでいる。子どもたちは嬉しそうな声をあげて、あっという間に城のなかへ消えていった。あとには、雪の上に座ったままのロバートとアイアンサだけが残された。

ふたりは互いに顔を見合わせ、笑いだした。アイアンサは長いあいだ抑えてきた笑いが、体のなかから湧《わ》き起こるのを感じた。しまいには笑いすぎて涙が出てきた。彼女が頬を伝う涙をこすると、ロバートの指が頬に触れた。

　突然、アイアンサのなかでなにかが弾《はじ》けた。笑いが悲しみに変わり、喉から嗚咽《おえつ》がもれた。怖くて抑えつけようとしたが、できなかった。アイアンサは泣きじゃくった。

「アイアンサ……どうしたんですか？」ロバートが心配そうにアイアンサの瞳をのぞき込んだ。「なぜ泣いているんです？」

「わからない。わからないわ」アイアンサははなをすすりながら答えた。「泣いたことなんかなかったのに。あれ以来、泣かなかったのに」アイアンサはやっと言い、ポケットのなかのハンカチを探った。感情的になってはだめ。深く息を吸って、涙をぐっとこらえる。

「あの事件があってからですか？」

　アイアンサはうなずいた。「もう、じょうろみたいに泣くのはやめます」そう言って、また出てきた涙をこらえた。

　ロバートがじっと考え込むようにアイアンサを見つめた。「あんなことをされたのに、大切なものを失ったのに、泣かなかったのですか？」

「ええ」アイアンサは顔を上げ、口をきゅっと結んだ。「泣いてもどうにもならないでしょう。感情を抑えているほうがずっとましです。雪合戦があまりにも楽しくて、気が緩んだだけ。これからはもっと気をつけます」

「あんな目に遭ったせいで、悲しむことも、楽しむこともできなくなってしまったんですね」

　アイアンサはちょっと考えてから、ロバートを見つめ返した。「そうかもしれません。わたし……雪合戦は楽しかったのに、どうして泣いたりしたのかしら？　わからないわ」

　ロバートが、アイアンサの顔からそっと雪を払いのけた。「魂が苦しんでいるからです。涙と笑いは表裏一体なんですよ」

ロバートは、豊かな旅の経験で覚えたあらゆる土地の汚い言葉で、アイアンサを襲った犯人たちを罵《ののし》った。自室に戻るころには、アイアンサは完全に落ち着きをとり戻していた。少なくとも表面上は。いましがたのことで、彼女がどれほどの苦しみを抱えているかがわかった。子どもたちと雪のなかで戯れ、跳ねまわれば、少しは頑《かたく》なな態度が和らぐかもしれないと思ったのだ。それは正しかったが、彼女がこれほどまでに苦しんでいるとは知らなかった。思いが足りなかった。

うかつだった。自分にも似たような経験があるのだから、察して当然だったのに。

それとも、わたしは不可能なことをしようとしているのだろうか？　そうは思いたくなかった。たとえ一瞬でも、彼女の心の壁を崩すことができたのが励みだ。彼女は泣き、笑った。だが、まわりにこれだけ人がいては、それ以上は望めないだろう。もし、またとり乱すようなことがあれば、自分を見失い、今度は感情を心の洞穴に押し込み、重い鉄の扉に堅く鍵《かぎ》をかけて二度と表に出てこないかもしれない。

別のやり方を考えなければ。

夕方近くになると、招待客と使用人のほとんどが、クリスマスの大薪《ユール・ログ》への火をいれるために城の入り口に集まった。ロバートが運ぶように命じておいた大きな丸太が、大きな暖炉に据えられている。丸太には、昼間のうちに子どもたちによって、ひいらぎややどり木で飾りつけがしてあった。

招待客は、前夜よりも陽気でにぎやかだった。男性客のなかには、午後、カードに興じながら、ロバートの上等なワインのコレクションを楽しんだ者もいる。地下の貯蔵室へは自由に出入りすることが許されていたし、クリスマス・イブということで酒が進み、酔いがまわったのだろう。むろん、紳士たるもの、ご婦人や子どもたちの前での礼儀はわきまえていたが。

ロバートがバーンサイドから松明《たいまつ》を受けとり、暖炉に近づくと、一瞬の沈黙が訪れた。突然、耳をつんざくような泣き声がした。小さな子が、自分が飾りつけをした丸太に火をつけられると知って騒ぎだしたのだ。ありがたいことに、その子の乳母は動じることなく、大きなティーケーキをあげて、失意の子どもをなだめた。

笑い声に包まれながら、ロバートは松明の火を丸太に移し、招待客を振り返った。「みなさん、メリー・クリスマス！　アイリー城にようこそ！」

歓声があがった。ココアとエッグノッグが振る舞われ、おしゃべりがはじまった。アイアンサも少し飲んだが、雪合戦のあと、あんなみっともないまねをしてしまったことを考えると、自重したほうがいいと思った。抑えがきかなくなったら、どうなることか……。ロバートが笑ったり、冗談を言ったりしながら、客のあいだを歩いている。わたしには、あんなふうに気安く人とつき合ったりできない。アイアンサは自分に問いかけた。本当に？　あんなふうに普通に生きて、人生を楽しむことはもうできないのかしら。

六年がたった。長く苦しい年月だった。

わたしがまた自由になれる日は来るのだろうか？

男性たちが声を荒らげて口論をはじめたので、ロバートがそちらに向かった。あの人は揉《も》めごとを嫌っているし、どうやって城の秩序を保てばいいかを心得ている。部屋の隅から見ているアイアンサにも、男性の輪にはいっていくロバートの体から静かな力が発散しているのを感じることができた。

輪の中心には、でっぷりと太った銀行家ウェルウインと、見事な頬髯《ほおひげ》を生やした、長身で白髪の男性がいるようだ。そのまわりには、アイアンサが昨晩会った若者の顔が数人見受けられた。若いホレイス・ラウンズもいる。頬髯を生やした白髪の紳士はホレイスと顔が似ているので、父親である内務省の役人のアルトン卿に違いない。黒い髪の、すらりとした、眼光鋭い青年ははじめて見る顔だ。消去法でいくと、彼がウェルウインの補佐役のスティーブン・ワイコムだろう。

「ダンカン、聞いてくれ」ロバートが近づくと、アルトン卿がいきなり話しかけた。「きみも賛成してくれるだろう。ナポレオンは文明社会にとっては脅威だと、ウェルウインとわたしとで、この若造たちに説明しているところなんだよ」

「そんなことはありませんよ、お父さん」ホレイスは熱心に指を折りながら、反論の根拠を挙げた。「彼は混乱のただなかにあったヨーロッパ大陸に秩序をもたらし、通貨を安定させた。ナポレオン法典により、長年、不平等だった古いフランスの慣習法を健全なものにした。文明生活を脅かすなどとんでもない。彼は……」

「確かにそのとおりだよ、ラウンズ」ウェルウインが割ってはいった。「しかし、大陸封鎖令はどうかな？　イングランドをヨーロッパ市場から締め出そうとすることについてはどう思うかね？　両国の貿易の均衡が崩れるではないか」

「それだけでなく、われわれの潤沢な資金でヨーロッパを制することができなくなる」アルトン卿が言った。「そうなれば、ナポレオン・ボナパルトは我が国を侵略するのに十分な足がかりを得るんだぞ」

ラウンズがうんざりして言った。「われわれは金で友好関係を買っているだけです。長くは続きませんよ」

アルトン卿は首を横に振った。「続くに決まっている。イングランドの慣習と道徳は、フランスのものよりはるかにすぐれているのだから」

ロバートは心のなかでやれやれとつぶやいた。世界にはほかにも豊かな文化と文明生活を誇る国がたくさんあるのに、なぜイングランド人は愚かなほどおめでたくも自分たちの考え方が正しいと思っているのだろう。ロバートは口を開きかけたが、ホレイス・ラウンズがふたたび話をはじめた。

「そうとも限りませんよ、お父さん。われわれの国王は頭がおかしいし、後継者にしてもそれより少しましな程度なんですから」

「そのとおりですよ」若き銀行家のスティーブン・ワイコムが軽蔑《けいべつ》するように角張った顔を歪《ゆが》めた。「ジョージ三世と世継ぎのプリニーは異常だ。それに、彼ら王族がどれだけ金を使うことか。植民地という財源がなかったら、この国はとっくの昔に破産している」

この点についてはロバートも同感だった。「まさしく、そのとおりだよ、ワイコム。それに、植民地から永遠に略奪し続けるわけにはいかない。われわれはアメリカを失ったが、いずれインドも失うだろう」

「まさか！」アルトン卿が驚いて言った。「インドに自治など望めはせん。彼らは野蛮な異教徒だ。われわれは……」アルトン卿の批判が不意にとぎれた。

少し離れた壁に寄りかかっていたヴィジャヤ王子がむっくりと体を起こしたのだ。ヴィジャヤは服にちりばめられた宝石を光に揺らしながら、王族の誇りに満ちた鋭いまなざしをアルトン卿に向けていた。

「これは、これは」新たな声に、集まっていた男たちの注目が集まった。コズビー・カロックが千鳥足で近づいてくる。どうやら午後のあいだに、かなりの量のアルコールを飲んだようだ。「アルトンの言うとおりだ。野蛮人どもにまかせておけるか。宝石も金も阿片《あへん》も全部持っていかれちまうじゃないか」

ヴィジャヤ王子の肩がこわばり、一歩前へ踏み出した。カロックは王子をじろりと見たあと、ロバートに視線を移した。「いったいどういうつもりで野蛮人をこんなところに連れ込んで、我が国のご婦人の前に晒《さら》すのか……おっと！」カロックは言葉を切って、ベストにこぼれたワインを拭《ふ》こうとした。

ロバートは、ヴィジャヤ王子がまた一歩前に出たのを視界の隅に捉《とら》え、王子とカロックとのあいだに割り込むように立った。サム・ブロートンとセバーガム男爵も事態に気づいて歩み寄った。アルトン卿は決まり悪そうに逃げ道を探している。

ロバートはカロックを威圧するように睨《にら》んだ。

「いい加減にしろ、コズビー。少し休んだらどうだ。きみは酔っている」

サムに止められ、ヴィジャヤ王子が足を止めた。セバーガムがカロックに近づき、腕をつかんだ。

「水とベストの替えがいるな、コズビー。行こう。ついていってやる」

「いや……」カロックはセバーガムの手をどけようとした。「まだ、言いたいことがある」

「もう十分だ」ロバートが厳しい表情でセバーガムに向かってうなずいた。セバーガムはカロックを冷ややかなまなざしで眺めると、彼の腕をつかんだ手に力をこめた。

カロックがふてくされたようにロバートを睨みつけた。ロバートは一歩も動かずに、ただ冷たい視線を返した。カロックがセバーガムにつかまれた腕を振りほどき、よろよろと階段に向かって歩いていった。セバーガムがあとを追うと、張りつめていた空気がふっと緩んだかのように、みなが安堵《あんど》の息をもらした。

ロバートはあたりを見まわし、サムとヴィジャヤ王子が反対側の扉に向かうのを目にして、ほっと息をついた。カロックのやつ、悪酔いして困ったものだ。イングランドには、ヴィジャヤ王子のような人間を歓迎しない人たちがいることは、よくわかっている。それにしても、もう少し気持ちよく、王子をみんなに紹介してやりたかった。だが、王子のことだ。偏見になど負けはしないだろう。そして、我が花嫁となる人も。

その晩、コズビー・カロックはもう姿を見せなかった。ヴィジャヤ王子も晩餐《ばんさん》の席に現れなかった。しかし王子はあとから応接間で合流し、サムやミスター・ファーラムとともに静かに会話を楽しんだ。

アイアンサはお茶を一杯飲んだあと、そっと退席し、自分の部屋に戻った。ああ、ほっとするわ！　月明かりに照らされた雪を見ながら、彼女はしばらく静けさを楽しんだ。それからノートをとり出して書きものをはじめた。やがて、扉を軽くノックする音がした。

アイアンサはぶるっと体を震わせた。いつの間に、こんなに冷え込んだのかしら？　ショールをはおり、扉のところまで行く。「どなた？」

「ロバートだ。はいっていいかい？」

アイアンサはためらった。まだひとりでいたい。でも、ロバートは、わたしを気遣い、できるかぎりのことをしてくれている。せっかく訪ねてきてくれたのだもの、部屋にいれるくらいしなくては悪いわ。アイアンサは鍵をまわして扉を少しあけた。すかさずロバートが扉を押しあけ、部屋にはいってきた。はいるなり、彼は顔をしかめた。

「凍えそうなほど寒いですね。呼び鈴を鳴らして、誰かに火をおこさせればよかったのに」ロバートは両手で自分の体をさすりながら暖炉の前に膝をつくと、残り火をつついて薪《まき》を数本くべた。

「ありがとうございます。夢中になっていて、寒さを感じなかったの」アイアンサはショールをかき寄せた。

「そのうち、人知れず凍死しているあなたを発見するかもしれないな」ロバートは両手の煤《すす》を払いながら立ち上がり、アイアンサを見て笑った。「まだ寝る支度もしていないんですね。ずっと、なにをしていたんですか？」

「書きものを」アイアンサはそう言って、炉棚の上の時計を見た。「まあ、こんな時間だなんて！　火も消えるはずだわ」

「なにを書いているんですか？　見せてほしいな」

「だめ！」アイアンサは机を隠そうと、ロバートの前に立ちはだかった。「お見せできるようなものじゃないんです」

ロバートは笑いながらアイアンサを見おろした。

「それなら見ませんよ。ところで、下の広間で使用人たちがクリスマスのお祝いをしているんです。みんなに紹介したいので一緒に来ませんか？　プレゼントを配るのを、手伝ってほしいんです。疲れているようなら無理は言いませんが」

アイアンサは少しためらった。「行きます。将来、ここの女主人になるのなら、みなさんに会っておかないと」

「そうですね」ロバートが腕を差し出した。アイアンサはほんのちょっと迷ったあと、その腕に手を置き、ロバートとともに廊下を抜けて階段をおりていった。使用人の広間では、大きな暖炉に火が赤々と燃え、炉棚がたくさんのリースで覆われていた。フエラーがフィドルの音合わせをし、蓋付きジョッキ《タンカード》にはいったエールがみなに振る舞われている。アイアンサは大勢の使用人が集まっているのを見て気おくれしたが、ロバートに励ますように軽く手を叩《たた》かれて、広間にはいった。

「ようこそ、旦那《だんな》様、ミス・キースレイ」バーンサイドがすぐにやってきた。

懐かしい顔に、アイアンサの顔がほころんだ。

「こんばんは、バーンサイド。お元気だった？」

「ええ、おかげさまで。またお目にかかれて嬉しいです」彼は椅子を差し出した。「さ、座ってください」

「いや、まだですよ」ロバートが肩に手を置いて、アイアンサを止めた。「その前にすることがある」

彼は、壁際に並んだ大きな籠《かご》をひとつ、持ち上げた。なかには色鮮やかに包装されたプレゼントがあふれんばかりにはいっている。ロバートはひとりひとり使用人の名前を呼び、包みをアイアンサに渡した。アイアンサは前に出てきた人にそれを手渡しながら、名前を繰り返し、メリー・クリスマスと言った。これなら使用人の名前を覚えられるわ。

最初はなんとなく気おくれがした。しかし、誰もが笑顔で礼を言い、照れくさそうにお辞儀するので、だんだん緊張が解けていった。アイアンサを批判したり、哀れんだりする様子はまるでなかった。同じ階級の人々といるよりも、ずっと居心地がいいと感じて、アイアンサは驚いた。

プレゼントがすべて配られると、テーブルや椅子が壁際に寄せられ、フェラーが演奏をはじめた。カントリーダンスがはじまり、アイアンサの前でジグがいくつか披露された。ロバートに踊ってほしいという声があがった。アイアンサも一緒になって声をあげ、はやしたてる。彼女は、笑いながら上着を脱いで位置につくロバートを見守った。

アイアンサは、ロバートの力強い踊りや、服の下で躍動する筋肉を美しいと思った。すると、なぜか体が熱くなってきた。

やがて、ナインピンズ・リールの隊形ができ上がると、ロバートが手を伸ばした。「おいで。正しいリールを踊るチャンスだ」

迷う間もなく、ロバートに引っ張られて、アイアンサは位置についた。彼女はすぐに足を踏み鳴らし、手を叩いて、陽気に位置を変えながら、踊りはじめた。しだいに速くなるテンポについていこうと、懸命に身を翻してはロバートの手をとった。大きな拍手と歓声とともにダンスが終わったとき、ロバートはアイアンサの腰を抱いてお辞儀をした。

アイアンサは手で顔をあおぎながら自分の席に戻ろうとした。ロバートがそれを制し、部屋を出ようと促した。

「メリー・クリスマス！」ロバートは使用人たちに向かって叫んだ。

「おやすみなさい」アイアンサもみんなに手を振り、ふたり揃って広間を出た。

笑いながら階段を上がり、最初の踊り場で足を止め、息を整える。不意に、アイアンサはロバートに腕をつかまれ、抱き寄せられた。彼の温かな唇が、自分の唇に触れてくる。体が動かない。どうしたいのか自分でもわからずにいるうちに、彼はもうアイアンサを放し、ほほ笑みかけていた。

「いやじゃなかった……そうだね？」ロバートは尋ねるのではなく、断定するように言った。

「ええ……」アイアンサは驚いて目を見開いた。わたし……彼にキスされたんだわ！

生まれてはじめてのキス。あっという間の出来事だったので、抗《あらが》ったり、怖がったりする暇もなかった。どんな感じだったかも、よく思い出せない。でも……いやではなかったのは確かだ。いやではなかった……。

ロバートがアイアンサを見つめ返し、今度はゆっくりと顔を近づけてきた。抱きしめられるのかと思ったが、彼はそうせず、両腕を軽くつかんだだけだ。アイアンサの体がこわばった。けれども、逃げようとは思わない。彼の息が唇にかかる。彼のたばこの匂《にお》いがする。アイアンサは息を止め、そっと目を閉じた。

ロバートの唇が、彼女の唇にそっと触れた。彼の息がもれる音が聞こえる。腕をつかんだ手に力がこもる。次の瞬間、ロバートが手を離して下がった。

「ああ」ロバートは深く息を吸い、手で顔をぬぐった。「こんなことをするつもりではなかったのに。しかし、楽しかった。ありがとう」彼の瞳に笑みが浮かび、その目で問いかける。

「ええ。わたしも……とても楽しかった」

ロバートが、アイアンサの戸惑いを感じとって言った。「でも、いまはこれが精いっぱい？」

アイアンサは考えながらうなずいた。「ええ。そう思うわ」

「わかった」ロバートは体の向きを変え、ふたたび階段を昇るようアイアンサを促した。「一度に欲張ってはいけないからね」

進歩なのか、それとも後退なのか？　一夜明けてロバートにはよくわからなかった。これで二度目だ。昨晩のアイアンサは緊張を解き、楽しく踊っていたのに、いまはもう心を閉ざしている。朝食の席ではよそよそしい態度を見せ、誰も寄せつけまいとしていた。少し体が触れただけで、逃げてしまった。

しかし、彼女はキスを許してくれた。二回も。二回目のときは、こちらが火かき棒のように熱くなってしまい、欲望のやり場に困った。むりやり欲望を抑え込んで体を離したが、こんなふうでいつまで耐えられるか……。このままでは、たとえベッドに誘い込むことができても、どうしようもないかもしれない。彼女は、夫がすることを我慢して寝そべっているだけかもしれない。

それはごめんこうむる。

ロバートは、アイアンサが彼に触れ、愛撫《あいぶ》に応え、彼を求めてくれることを望んでいた。なんとか彼女が自分を閉じ込めている牢獄《ろうごく》をこじあけないといけない。さもないと、ロバート自身も孤独という牢獄で残りの人生を送ることになる。

気がつくと、亡くなった妻シャクティの大地のような温かさを思い出していた。自然体のままに生き、情熱的だった彼女との交わりが恋しかった。体を重ねれば、相手を受け入れ、愛する気持ちが生まれる。だが、心に傷を負うアイアンサとその気持ちを分かち合いたいと思うのは愚かな望みだろうか？

一緒に過ごす時間が増えるにつれて、彼女が欲しいという気持ちは強くなる一方だ。この二年間、忘れていた感覚がよみがえってくる。もちろん、はじめは彼女を守りたいという騎士道精神のほうが勝っていた。彼女をさらなる屈辱と不幸から守る盾になりたかった。しかし、アイアンサへの欲望は日ごとにつのり、昨夜、ほんのいっとき彼女の体に触れただけで、自制心が吹き飛びそうになった。あの細いウエスト、張りのあるふくよかな胸……。彼女とシャクティはまったく似ていない。むろん、どちらもすばらしい女性だとも。

だが、アイアンサは生きている。生きて、いま、わたしと一緒にいるのだ。

午後になると、女性客のほとんどは部屋に戻り、舞踏会に備えた。その席で、ロバートとアイアンサの婚約が発表されることになっている。アイアンサは階段を昇りながら、体が震えるのを感じた。婚約が現実になろうとしている。そのときが刻々と迫っている。男の人と……夫婦の営みになんて、わたしに耐えられるかしら？

いっそ、約束などなかったことにしてしまおうか。いいえ、それはできない。わたしがロバートの好意を利用して結婚し、形だけの夫婦でいるのを望んだように受けとれる。形だけの夫婦もいやだし、かといってベッドをともにする勇気もない。彼は想像以上に親切で、理解があって、すばらしい人だ。この機会を逃せば、人並みの家庭や家族を持つ望みはまずないだろう。それに、希望がまったくないわけではない。キスがそれほどいやではなかったからだ。

一回目は、一瞬のことでなにがなんだかわからなかった。けれど、二回目は……。

あのとき、わたしには拒む余裕があった。ロバートが強く抱きしめなかったからだ。あの男たちがしたように……。だめ！　考えてはいけない。あの男たちのことも、殴られて切れた唇のことも。

アイアンサはよみがえってくる記憶を押し留《とど》めた。あの日に引き戻されてはいけない。

ロバートのキスはまったく違うものだった。触れ方も、匂いも違った。それに、やさしかった。わたしは、彼に慣れてきているのかもしれない。そう、これは天がわたしに与えたチャンスなのだ。あのことを思い出してはだめ。感情を抑え、理性で乗り越えるのよ。

じっと考え込んでいたので、顔を上げたとき、階段の上の人影に気づいてどきりとした。「こんにちは、ケンダル卿。気がつきませんでしたわ」

ケンダル卿は階段をおりてきて姿勢を正し、一礼した。「あなたを待っていたのです。ご婦人方にいとまを告げているのを聞いて、部屋に戻られるのだと思いまして」

ああ、困ったわ。アイアンサはうまくこの場を去ることができる言葉を探した。「ええ。とても疲れていて頭痛がするので。失礼させて……」

アイアンサはケンダル卿のそばを通りすぎようとしたが、ケンダル卿が行く手をはばんだ。アイアンサの体がさっとこわばった。ケンダル卿は手を伸ばして、アイアンサの首をすっと撫《な》でた。「頭痛を治す、とびきりの方法を知っていますよ。よろしかったら、気持ちよくして差し上げましょう」

気持ちよくしてあげるですって！　狙いはお見通しだわ。アイアンサは相手の手を払い、振り返ってケンダル卿を睨んだ。「必要ありませんわ。ご親切にどうも」

ケンダル卿がアイアンサの手をすばやく握った。「さあ、ミス・キースレイ。お互い、もう初心《うぶ》な子どもではない。そうでしょう？　気持ちよくしてあげると言っているんですよ」そう言って、アイアンサの手を裏返し、手のひらに唇をつけた。

いやな男！　この男もあの事件のせいで、わたしに簡単に手を出せると思っているのね。アイアンサは手を払い、廊下の壁際まで退いた。「ケンダル卿、あなたはわれを忘れていらっしゃるようですわ。どうか、通してください」

「そうだな、ケンダル。わたしのことも忘れているぞ」ケンダル卿もアイアンサも、驚いて声の主を見た。ロバートが廊下の向こうからやってくる。「この城では、女性が望まないことを強いる習慣はないんだ」ロバートはそばまで来ると立ち止まり、ケンダルと睨み合った。

ケンダル卿はアイアンサから離れたが、立ち去ろうとはしなかった。「邪魔をする前に、この方がどうしたいかをきくべきではないかな？」

「どうしたいかはわかっている。さっさと行ったほうがいいぞ」

ケンダル卿はロバートを睨んだまま動かなかった。

ロバートは肩をすくめた。「ひどい嵐《あらし》になりそうだ。ケンダル、外に放《ほう》り出されたくないだろう？」

ケンダル卿は目を細めてしばらく考えていたが、一礼して、意味ありげに笑った。「もちろん、わたしはいつだって女性の意思を尊重しますよ」

ケンダル卿はふたりに背を向け、立ち去った。ロバートがアイアンサに向き直った。「ひどい目に遭いましたね。居間にお連れしましょうか？」

「ありがとう」アイアンサは背筋を伸ばし、ロバートに触れないようにしながら廊下を歩いた。あんなところを見られたくなかったわ。思い返すだけで、自分が汚れているような気がする。わたしのことをあんなふうに考えている男性がいることを、誰にも知られたくなかったのに。

ロバートは居間の扉をあけながら、アイアンサの顔をじっと見つめた。そして扉を閉めるとすぐに言った。「なぜそんなに困った顔をしているのですか？　あなたのせいではないのに」

アイアンサは窓際へ行き、吹き荒れる雪景色を見た。ロバートが近づいてきて、後ろに立った。アイアンサは振り返らずに言った。「自分が屑《くず》のように思えるのです」

「あなたは屑なんかじゃない」ロバートの声はやさしかった。

「あなたも、母も……そう言ってくれます。でも、ケンダル卿のような人たちは、そうじゃない。あのときと同じことを、またわたしが望んでいると思っているんです。どうして？　どうしてそんなふうに思うんでしょう？」

「ケンダルのような男は、女性がみな自分に気があると思っているんですよ」冗談を言っているのかと思い、アイアンサは振り返った。が、ロバートの顔はあくまでまじめだった。「しかし、誰にでも声をかけるわけではない」

「ええ、わかっています。わたしを選んだのは傷物だから」

「わたしの前でそんなことは言うな！」

アイアンサはロバートの語気の荒さに驚き、思わず後ずさった。ロバートはその場を動かなかった。

「すまない。怒鳴るつもりはなかった」やさしい声で言う。「しかし、わたしは本気で言っているのだ。アイアンサ、自分のことをそんなふうに考えてはいけない。やつらの思うつぼだ。ケンダルのようなやつらに負けて、自分を卑下してはいけない」

アイアンサはうつむいた。ロバートの言うとおりだ。「努力します。難しいけれど」

「難しいのはわかっている」ロバートが手を伸ばしかけて、やめた。

喜んでいいのかしら、悲しんでいいのかしら――アイアンサは思った。この人はわたしに触れたかったの？　触れたくなかったの？

アイアンサは顔を上げた。そしてロバートの目を見て、答えを知った。

彼はわたしに触れたかったけれど、やめた。

わたしのために。

でも……本当に、わたしでいいの？

7

ロバートは、自分を見あげるアイアンサの顔を見つめた。深く澄んだすみれ色の瞳が、問いかけるようにこちらを見ている。彼女をもっとよく知り、至上の喜びを求めて、山頂に広がる空の高みにふたりして昇っていきたい。精霊ではなく、生きた肉体を持つ女性として、彼女をこの腕に抱きたい。

だが、いまはまだだめだ。

そんな夢を見るほど、まだ知り合っていない。ロバートは頭を振り、みずからを現実に引き戻してほほ笑んだ。「ケンダル卿《きょう》のような人物は悪魔にまかせておこう。きょうはクリスマスだから」ロバートは上着のポケットを手で探り、小さな包みをとり出した。「あなたへのプレゼントです」

アイアンサの顔が輝いた。「わたしに？　ありがとうございます」

ふたりは暖炉の前の長椅子に腰をおろした。ロバートはアイアンサがリボンを解いて包みを開くのを見守った。彼女の顔にこれまで見たこともないような笑顔が広がった。

「アンヌ・ヴァライエ＝コステのミニチュアね！　彼女の作品はすぐにわかるわ。すてき！　でも、彼女の作品がカンバーランドで手にはいるなんて思いもしませんでした」

ロバートはにっこりと笑った。「ここで見つけたものではないんだ。先週、サムがロンドンに行ったので、なにがなんでも手にいれるように言ったんだよ。もっと大きなものがよかったが、急な話で、これしか見つからなかったそうだ」

アイアンサはほほ笑んだ。「本当に嬉《うれ》しい。ベッド脇《わき》のテーブルに飾るわ。笑われるかもしれないけど、わたしもプレゼントがあるの」

「笑うはずないだろう」ロバートは部屋を横切る彼女の優雅な腰の動きを目で追った。アイアンサが、机の上の少し大きな包みをとって戻ってきた。

「あけてみて」

包みをあけると、墨流し模様の厚紙をふたつ折りにしたものが出てきた。そっと開いてみると、小さな絵がはさんであった。流れ落ちる滝が、明るい色で力強く描かれている。厚紙の内側には、美しい書体で書かれた短い詩が添えられていた。

ロバートはくすりと笑った。「あなたのも絵か。賢者は同じことを考えるというから」

「お気に召していただけた？　一年ほど前に、父とクラッグ・フォースの滝に行ったときに描《か》いた水彩画なの。これがあなたにふさわしい気がして……。詩も書いたのよ」

ロバートは咳払《せきばら》いしてから、詩を読み上げた。

《クラッグ・フォースの滝》

ああ、輝く奔流よ！
その力に大地は引き裂かれ、
その轟音《ごうおん》に、わたしの理性は恐れおののき、
夢幻郷へと誘い込まれる。
わたしの瞳は喜びに囚《とら》われ、
こごもった魂が解き放たれる。
さあ、ここにしばらく身を横たえよう。
それとも、その力の前に砕け散ろうか？
　アイアンサ・エリザベス・キースレイ

ロバートは紙ばさみをゆっくりと膝におろし、目尻にうっすらと浮かんだ涙を指でぬぐった。振り返ると、アイアンサが心配そうにしている。「この美しい詩をわたしのために書いてくれたんだね？　こんなプレゼントをもらったのははじめてだ。嬉しくて言葉にならない」

ロバートは手を伸ばし、大きな手でアイアンサの頬をやさしく撫《な》でた。アイアンサが逃げようとしないのが嬉しかった。彼女は、自分の書いた言葉に、正直な思いがあふれているのに気づいているのだろうか？

〝その力の前に砕け散ろうか？〟

自分は、こんなにも怯《おび》えている彼女を、この胸に抱いて慰めてやることもできないのだ。

自分のせいで彼女が砕け散ることなど絶対にないようにしようと、ロバートは心に誓った。

その夜は、アイアンサにとってははじめての舞踏会だった。社交界にお披露目をしていれば、日常のあ

りふれた行事になっていたはずの舞踏会。もっとわくわくしてもいいはずなのに、不安が重くのしかかっていた。今夜、ダンカン男爵はアイアンサを妻に迎えようとしていることを発表する予定だった。集まった誰もが彼女の身に起こった事件を思い浮かべ、男爵はいったいなにを考えているのか、真の動機はなんなのかと訝《いぶか》しむだろう。アイアンサがこの城に幾晩か滞在したという話を聞いた人々は、さらにいろいろと勘ぐるはずだ。

ああ、どうしたらいいの。

せめてもの救いは、きょうの自分がとても美しく見えるということだった。アイアンサは鏡に向かい、モリーが髪に最後の仕上げをするのを見ていた。銀色のふわりとした巻き毛が、襟ぐりのあいた夜会服と細いネックレスによく似合っている。ロバートが言うように、まるで髪粉をつけた前世紀の貴婦人のようだ。仕上がりは上々ね。婚約者に恥をかかせることはなさそうだわ。

扉をかすかにノックする音がしたので、アイアンサは振り返った。モリーが扉をあけに行き、立ち止まって扉の前に落ちていたものを拾った。すぐに、輝かんばかりに正装したロバートがはいってきた。

ロバートは思わず誘い込まれそうな笑顔を見せた。「一大行事に臨む準備はできたかい？　下まで一緒に行こう」

「ええ」アイアンサは立ち上がって、ロバートのそばまで行き、なんとか笑ってみせた。「これが終われば、緊張も和らぐでしょう」彼女はメイドのほうを向いた。「ありがとう、モリー。下がっていいわ」

モリーは膝を曲げてお辞儀をし、アイアンサに先ほど床から拾ったものを渡して部屋を出ていった。それは、折りたたんだ手紙だった。アイアンサは手紙を開いて読んだ。一瞬、心臓が止まり、顔から血の気が引いた。くるりと向きを変えて、暖炉へ向かった。

ロバートが大きく二歩動いて、アイアンサを止めた。「待って。どうしたんだい？　顔が真っ青だよ」

口のなかがからからで、ロバートの問いに答えることができなかった。ロバートは彼女からメモを奪って読んだ。読みながら眉根を寄せ、皺《しわ》を深く刻み、とうとう唸《うな》り声をあげた。

「くそっ！」ロバートは暖炉のほうへ歩み寄ったが、ぴたっと足を止めてアイアンサを振り返った。「こんなものは焼き捨ててしまうべきだ。だが、送り主を突きとめないといけない。筆跡で誰が書いたか、わかるかもしれないからね」

ロバートは手紙をポケットにいれると、手を伸ばしてアイアンサの腕をとった。アイアンサはうつむいたまま自分の手を見つめていた。恥ずかしさで息ができなかった。

「こんなひどい手紙を、これまでどれくらい受けとったんだい？」

アイアンサは肩をすくめた。「さあ、正確に数えてはいないから……。この六年のあいだ、少なくとも月に一通はあったと思うわ」

「ご両親には話していないんだね」

「一度見せて動揺させてしまったので、それからは自分で焼き捨てているの」

「どれもこんな感じなのかい？」

「ええ。同じような文面だわ。意味がわからない言葉もあるけれど……わたしを下品な言葉で呼んで、自分の立場を思い出せとか、そんなにお高くとまっていられる身分じゃないだろうとか書いてあるの。あるいは……」

アイアンサは深く息を吸った。

「あのときのことをこと細かく、どれだけ楽しんだかを書いてくるときも。それから……」感情を抑えきれなかった。「またすぐ同じ目に遭わせてやるって言て……」アイアンサは両手で顔を覆った。

ロバートが獣のように唸り、アイアンサを抱きしめた。アイアンサは、ロバートが震えているのに気がついた。あえぐように息を吸い、怒りを抑えている。彼がこれほど激しい怒りを見せてくれたことに、アイアンサはなぜか慰められた。彼のエネルギーが自分を守ってくれる気がした。

やがて、ロバートが腕を離した。アイアンサはロバートの顔を見あげて言った。「どうして？　どうしてあの人たちは……わたしにこんなことをするのかしら？」

「やつらが邪悪で、冷酷で、力に飢えているからだよ。こうすることで、あなたがどれだけ傷つくかを知って喜んでいるんだ。あなたにつきまとい、あのことを思い出させ、あなたが怯えるのを見て、自分たちに力があると錯覚しているんだ。ああ、どうしたらいいんだ。あなたをお披露目する場所に、そんなやつらを招待してしまったとは！」

「ああ、そうだわ！　ここにいるのよね。この城に」恐怖が津波のように押し寄せ、アイアンサは息が止まりそうだった。懸命に息を吸って呼吸を整え、歯を食いしばった。冷静にならなくては。

ロバートがアイアンサの肩をかきいだいた。彼は険しい表情で押し黙っていたが、やがて頭を振って言った。「おそらくそうだろう。しかし、そうとも限らない。この手紙は、あの事件には触れていないからね。ただ、あなたに腹を立てている人かもしれない」

「ケンダル卿かしら？」アイアンサはロバートの腕から逃れ、部屋のなかを歩きまわった。

「きょうの午後のことを考えると、そうとも思えるが、こんなあからさまなまねをするほど、ばかなやつじゃない。あなたが拒絶した男はほかにもいるかい？」

「ここにはいないわ。いえ、待って。あの事件の前に、コズビー・カロックの顔を平手打ちしたことがあるわ。でも、あれは……わたしの気が強すぎて」

「いや」ロバートは人差し指を立てた。「丁寧に断ることができる状況であれば、あなたも殴りはしなかったと思うが」

「ええ。あの人は本当にしつこくて、なにかにつけて言い寄ってきたの。小さなころから知っているけれど、ずっと嫌いだったわ。彼は残酷な子どもだったし」

「おそらく、いまも残酷なんだろう」

「そうかもしれないわ。ヴィジャヤ王子のことも挑発していたし……」アイアンサはうなずき、ロバートの前で足を止めて、目を細めた。「あなたの言うとおりかも……。手紙はあの事件に関《かか》わった者が送ってきたのだと思ったけれど、意地悪で噂《うわさ》好きな人が書いたとも考えられるわ。女性かもしれないわね」

「使われている言葉からすると、女性とは思えない」ロバートが首を横に振った。「しかし夫婦者の可能性はある。招待客の筆跡がわかるものを集めてみよう。コズビーは昨日はかなり飲んで賭事《かけごと》をしていたから、借用証をとった人物がいるかもしれない。なんとか捜して、見せてもらおう。ケンダルは賭事が得意なので、そういうことはないと思うが」ロバートは扉をあけ、にっこり笑って腕を差し出した。「さあ。心ない人たちのことは忘れて、無敵の兵士のように胸を張って、下の階へおりていこう。わたしたちが負けるつもりがないことを、卑怯《ひきょう》なやつらに見せつけてやるんだ」

アイアンサは心から笑うことはできなかったが、こくりとうなずくと、背筋を伸ばしてロバートの腕をとった。

ロズリー卿がアイアンサとロバートの婚約を発表し、グラスを掲げてふたりのために乾杯すると、招待客がざわめいた。ざわめきはだんだん大きくなり、あちこちで拍手が起きた。祝賀を述べようとふたりのまわりに人が集まってくる。アイアンサは逃げ出したい気持ちと闘いながら、むりやり笑顔を浮かべ、心のこもった返事をするよう心がけた。この人たちは嬉しそうな顔の陰でなにを考えているの？　わたしのために心から喜んでくれているの？

おめでとうの言葉をそのとおりに受けとるべきなのかもしれない。わたしはレディ・ダンカンと呼ばれるようになり、社交界の名誉ある一員となるのだから。もう、家族の家で暮らす、不名誉な未婚の女ではなくなるのだ。アイアンサはその役を演じきるつもりだった。それでも、あの事件を忘れてくれる人はいないだろう。もちろん、わたしも。

アイアンサは招待客の前でロバートと踊らなければならないことに気づき、うろたえた。この六年間、大勢の客の前でダンスをした経験はない。しかも今夜は、主催者の立場だ。わたしがロバートと踊るところを見ながら、招待客はみんな、あの事件のことを思い出すのだろうか。

そして、ダンカン男爵は頭がおかしくなったと思うに違いない。

アイアンサは震える手をロバートにあずけ、彼の顔を見あげた。ロバートは婚約者にふさわしい笑顔を浮かべている。アイアンサは深呼吸し、それに応《こた》えようとした。

ロバートが片目をつぶってみせた。

そのとたん、堰《せき》を切ったように安堵《あんど》が押し寄せてきた。アイアンサはにこやかな表情で彼に手を引かれ、フロアに立った。生まれてはじめて、一緒に世界に立ち向かう仲間ができたような気がした。彼のそばにいると、なんて落ち着くのかしら。

その瞬間から、すべてがよい方向に流れはじめた。アイアンサは何人かの男性と踊り、何人かを避け、上手に主役の座をこなした。気分も悪くなかった。

大勢の人のなかに何時間もいるうち、彼女は急にひとりになりたくなった。主役が長時間消えるわけにもいかず、しかたがないので窓とカーテンの隙間《すきま》にはいり込み、外の暗闇《くらやみ》を見つめた。ロバートが言ったとおり、ひどい嵐《あらし》になりそうだ。閉めきった室内から、風に舞う雪を眺めていると、しだいに気持ちが落ち着いてきた。

突然、その平穏が打ち砕かれた。酒に酔った男の笑い声が聞こえたのだ。アイアンサはぞっとした。凍った大地に押しつけられ、痛みで動けなくなったときのことが脳裏によみがえった。胸の鼓動が耳に鳴り響き、涙が頬を伝う。これはあの日、聞いた笑い声だ。まるでろばが鳴くような下品な笑い……こんな笑い方をする人間は、世界じゅう探してもそうはいない。

どうしよう。すぐそばにいるのだろうか。

アイアンサはカーテンの陰からそっと、声の主を突きとめようとした。

だが体が動かない。恐怖で息が詰まりそうだった。

どのくらい、そうしていただろうか。アイアンサはようやくわれに返った。しっかりしなくては。顔を上げて、自分を襲った犯人の姿を確かめなければ。彼らのひとりの顔がわかるかもしれないのだから。恐怖と闘いながら、おそるおそるカーテンの外をのぞいてみる。けれどもそこには、ダンスをする人々と、大声で会話に興じる人たちがいるだけだった。

ロバートはどこ？　彼に言わなくては！　アイアンサはカーテンの隙間から飛び出し、一心不乱にロバートを捜した。客のひとりが話しかけてきたが、返事もせず、小走りで通りすぎた。ロバートはどこ？

「アイアンサ！」腕をつかまれて、アイアンサは叫びそうになった。

「アイアンサ、止まりなさい。わたしだ」

ロバート！　アイアンサは両手で顔を覆った。落ち着かなければ。息を何度か吸い、やっとのことで言った。「あの男がいるの！」

「どこに？」ロバートは部屋を見まわした。

「わからない。笑い声が聞こえたの。同じ笑い方だったわ。あの夜と同じ……」それ以上は続けられなかった。

何人かが足を止めて話を聞いていた。彼らはアイアンサの言葉を理解したのか、一様に部屋のなかを眺めた。

「姿は見なかったのか？」ロバートがアイアンサの両腕をつかんで、顔をのぞき込んだ。

アイアンサはかぶりを振った。「カーテンの陰にいたので」

「そいつがもう一度笑うのを待つしかないな。わたしのそばにいて、その声を聞き分けてほしいのだが、できるかい？」

「ええ、たぶん」アイアンサは言いなおした。「できるわ」

残念ながら声の主は見つからなかったが、アイアンサは勇敢だった。招待客が欠伸《あくび》をしながらそれぞれの部屋に引き上げるまで、ロバートと一緒に各広間をまわり、男性の話し声に耳を傾けたのだ。

しかし、あの特徴のある笑い声をふたたび聞くことはできなかった。

一方、カロックが、またしても泥酔して、ベッドまで運ばれるという騒動が起きた。今回はワイコムが彼につき添った。セバーガム男爵は、ついこのあいだも彼の面倒を見たので、また世話するのはいやだったらしい。

二度と顔を合わせたくない人物がまた増えたな。ロバートはベッドにはいるために幅広のタイ《クラヴァット》を緩めながら考えた。カロックとケンダルをこの城に招くことはもうないだろう。

しかし、悪意に満ちた手紙を書いた人物と、アイアンサのいういやな笑い声の主に対する不快感はつのるばかりだった。どんなことをしてでも、必ず見つけ出してやる！　同一人物なのだろうか？　なにかひとつでもわかれば、手がかりがひとつでもあれば、その男がアイアンサを襲ったうちのひとりかどうか、突きとめてやるのに。

もし、その男が犯人だったとしたら、わたしは自分を抑えられるだろうか。

そのとき、銃声が石の廊下に鳴り響いた。

ロバートは脱いだばかりのシャツを放り出すと、寝室を飛び出し、音がしたほう《ほう》に向かって走った。どの部屋の客も廊下に首を突き出している。数人の男性が思い思いの格好で出てきて、銃声がどこから聞こえたかを話し合っていた。見渡すと、廊下のほぼ中央にまだ閉まっている扉があった。

ロバートはその扉の前に行き、取っ手をまわした。取っ手はびくともしなかった。扉を思いきり叩《たた》いたが返事はない。ロバートはまわりに集まっている人を振り返った。「ここは誰の部屋ですか？」

ぼそぼそと囁《ささや》く声がしたものの、答える者はいなかった。ようやく、ホレイス・ラウンズが口を開いた。「おそらくカロックの部屋でしょう」

「そうだ。わたしがさっき彼をここに連れてきた」ちょうどスティーブン・ワイコムがガウンの紐《ひも》を結びながら隣の部屋から現れ、ラウンズの言葉を裏づけた。

「鍵《かぎ》は？」ロバートはまた扉を叩いた。

「コズビーが持っている。鍵をあけたのはわたしだが、そのあとで返した」

「カロックが鍵をかける音はしたか？」

ワイコムは肩をすくめた。「覚えてないな。しなかったかもしれない」

「そのまま寝てしまったのかな」ロバートはさらに激しく扉を叩いた。

そのとき、近くで心配そうな声がした。

「ダンカン男爵、申し訳ありません」

ロバートは、背の低い、痩《や》せた白髪の男を見おろした。

「これだけ物音がすれば、息子も起きるはずです。部屋の合鍵はありますか？」

「あるはずです、キルブライド卿。おそらくメイド頭のところに」ロバートは自分をとり囲む人々を見渡し、遠くのほうにいた使用人を見つけ出した。

「サーズビー、ミセス・レイモンビーに鍵を持ってくるように言ってくれないか？」

サーズビーは走って裏の階段に向かった。ほかの人々はシャツや部屋着を着るために自分たちの部屋に戻っていった。ロバートはその場に残った。鍵のかかったこの部屋に誰もはいらないように見張っていたかったからだ。やがて、男性客が部屋着をはおって、めいめい部屋から出てきた。女性たちはそれぞれの部屋からこちらをうかがっている。

まもなく、サーズビーがメイド頭のミセス・レイモンビーを連れてきた。フランネルの部屋着を着て、灰色の長い髪をひとつに編んだ彼女の手には、鍵束をまとめる大きな輪があった。ロバートは一歩下がり、扉を見てうなずいた。ミセス・レイモンビーが鍵束に目を近づけ、さまざまな形を確かめながら鍵を選ぶのをじっと待つ。やっと選び出された鍵が鍵穴に差し込まれたが、だめだった。次の鍵はうまく合い、錠が外れる音がした。ロバートは前に出て、ミセス・レイモンビーに下がるように合図した。

メイド頭が下がると、ロバートは取っ手をまわして扉をわずかにあけた。そっと部屋のなかをのぞいて、罵《のの》しりの言葉とともに扉を押しあけ、なかに飛び込んだ。何人かの男性がそのあとに続いたが、目の前の光景に驚き、扉から数歩進んだあたりで足を止めた。アルトン卿が、キルブライド卿の肩に、慰めるように手を置いた。

コズビー・カロックが血の海にうつぶせになっていた。ロバートはそのそばにかがんで、脈をとった。脈はなかった。カロックの体を転がして仰向けにする。裸の胸に大きな穴があいていた。拳銃《けんじゅう》を捜してあたりを見まわしたが、見つからない。ロバートは立ち上がった。

「みなさん下がってください。どなたか拳銃を見ませんでしたか?」誰もがきょろきょろ見まわして捜したようだが、返事はなかった。「部屋を片づけないといけないので、みなさん、外に出ていただきたいのですが……」自分を残して全員が外に出ると、ロバートは扉を閉めて鍵をかけた。部屋に充満した死臭に思わず顔をしかめる。

拳銃はどこだ? カロックは鍵のかかった部屋で自殺したらしいが、拳銃はどこにもない。この傷では、自分を撃ったあとに動くことはできなかったはずだ。拳銃を隠すことも到底、不可能だろう。

ロバートは徹底的に捜した。投げ捨てたとしても、それが可能な場所にも見あたらなかった。考えられることはひとつ——コズビー・カロックは自殺したのではない。

この城の誰かに殺されたのだ。

8

「それにしても、拳銃《けんじゅう》はどこにあるのだろう?」

ロバートは、アイアンサの居間にある暖炉の前で、行ったり来たりを繰り返していた。カロックの部屋にふたたび鍵《かぎ》をかけるとすぐ、ここに来た。アイアンサが怯《おび》えていないか確かめたかったし、このごろはなんでもふたりで話すようになっていたからだ。

「扉には内側から鍵がかかっていた。誰が鍵をかけたんだ? そして、そいつはどこにいるんだ?」

「コズビーが自分でかけたのではないかしら」アイアンサは眉間《みけん》に皺《しわ》をよせて言った。

「そうだとすると、自分を撃つ前に鍵をかけたことになる。だが、それでは拳銃がないのはおかしい。考えられるのは、誰かがあの部屋に一緒にいて、彼を撃ったということです。それなら、どうやって外に出たのだろうか?」ロバートはアイアンサの前で足を止め、顔をしかめた。

「わからないわ。秘密の抜け道はないのですか?」

ロバートはしばらく考え込んだ。「ないはずだ。子どものころ、サムとよく城のなかを探検したが、主寝室に城の裏の崖《がけ》に出る細い通路があるのと、廊下から調理場に続く通路があるだけです。おそらく、昔、使用人が使っていたものでしょう。ほかにも隠し扉でもないかと捜してみたが、見つからなかった」

「もう一度、念入りに捜したほうがいいと思うわ」

「明日にしよう」

「明日? いまから捜しに行きましょうよ」

「ふたりで? これから?」ロバートはびっくりしてアイアンサを振り返った。「あの部屋には死体があるんだよ」

「でも、覆いをしてあるでしょう?」

「ひどい臭《にお》いがして、きっと卒倒するよ」

「冒険できるのなら我慢します」

ロバートの顔がほころんだ。「そういうことか。冒険にしては少し気味が悪いが、それでもいいんですか?」

アイアンサはいたずら好きの子どものように目を輝かせた。「あなたはわたしを冒険に連れていってくれると言ったわ」

「確かに言った。いいでしょう。調べに行きましょう」

アイアンサはガウンをかき合わせ、顔をしかめた。視線は、つい、部屋の中央の、血まみれの覆いの下にある不気味な死体にいってしまう。このあいだの忌まわしい手紙は、コズビー・カロックが書いたのかしら? あの恐ろしい笑い声の主は彼だったの? 彼があんな笑い方をするのは聞いたことがなかった。いつも避けてきたのだから当然かもしれない。アイアンサは覆いを見つめた。

かわいそうと思うべきかしら。それともひそかに喜んでいいのかしら。

アイアンサはロバートを振り返った。「秘密の抜け道を行く冒険はできそうにないですね。どうしましょう?」

ロバートは肩をすくめた。「別の推論をたてないといけないね。犯人は、どうやってこの部屋から出たんだろう」

「どこかに隠れていたのかも。でも、それじゃ謎《なぞ》は解決しないわ」閉まっている扉を見つめているうちに、アイアンサは突然、思いついた。「犯人は扉の陰に隠れていたんじゃないかしら。部屋にはいったときに、そこを見ましたか?」

「見ていない。びっくりして、まっすぐカロックのところに行った」ロバートは歩いていって扉をあけ、目を細めた。「ちょっとここに立っていてもらえませんか」

アイアンサは彼の言葉に従った。ロバートが廊下に出て、扉のほうを向いた。

「ふむ。確かに見えない」数歩、部屋のなかにはいる。「これでもまだ見えない。なるほど、あなたの言うとおりかもしれない。さっきはわたしのあとから何人もどやどやと部屋にはいってきた。犯人は隠れていた場所から部屋の外に出て、ほかの人たちに紛れるだけでよかった。犯人はずっとここにいたんだ」

「犯人はとても冷静だったに違いないわ」アイアンサはロバートの隣に立った。

「そうだね。それに、ほかの人たちがどういう行動をするかも十分に理解していた。すでに部屋着に着替えていたんだろう。目立たないようにね。悪知恵のはたらくやつだ」ロバートは苛立《いら》たしそうに眉根を寄せた。

「ええ、きっとそうだわ。でも、どうしてコズビーを殺したのかしら？　しつこいし、愚かな人だけど、それほど害はないと思っていたのに」

ロバートが顔をさらにしかめた。「たぶん、愚かすぎたんだろう。殺人犯は、軽薄な彼がなにか重大なことをしゃべってしまうのではないかと恐れたのでは？」ロバートはしばらく考え込んだ。「男の笑い声を聞いたときのあなたの反応を、多くの人が見ていた。声の主を突きとめようと、わたしたちが部屋を調べてまわっているのも」

「そして、声の主が誰かを知っている犯人が、わたしがその声を覚えていることに気づいた――」アイアンサは背筋がぞっとした。「コズビー・カロックも、わたしを襲った仲間のひとりだったのかしら」

ロバートがそばまで来て言った。「おそらく」アイアンサは体をくるりと一回転させた。「そして、ほかの仲間もここにいるのですね」

「そういうことになる。そして、その男は……自分の正体を隠すためには人殺しもするということだ」

「ああ、ロバート！」

アイアンサはロバートの腕に飛び込んだ。

アイアンサの身にさらに大きな危険が迫っている。やつらは下劣な手紙で彼女を脅迫し続けてきた。彼女がやつらの正体を突きとめる鍵を握っているとわかれば、口封じをしようとするはずだ。ロバートはロズリー卿《きょう》を見た。子爵も同じことを考えているらしく、不安げな顔をしている。

カロックが死んだ翌日の朝、ロバートとロズリー卿は、書斎に座ってアルトン卿を待っていた。招待客リストの次の順番は彼だった。都合のいいことに、ロズリー卿はこの地区の治安判事を務めている。昨夜の嵐《あらし》のおかげで、少なくとも明日までは誰も城へ出入りできない。そのあいだに事件の捜索ができる。

アルトン卿がはいってくると、ロバートとロズリー卿は立ち上がった。アルトン卿は、不快感を隠さなかった。両眉がつきそうになるほど眉間に皺をよせ、頬髯《ほおひげ》を威嚇するように逆立てている。ロバートが示した椅子に腰をおろしながら、アルトン卿は口を開いた。

「ダンカン、なんのつもりでこんなことをしているのか聞かせてもらおうか」

アルトン卿は、カロックの部屋で拳銃が見つからなかったこと、そして、その意味に気づいているらしい。ロバートは表情を変えずに、穏やかな口調で言った。「犯人を捜し出して、法の裁きを受けさせたいと思っています」

「ばかげたことを」アルトン卿は椅子から身をのりだした。「犯人は誰の目にも明らかだろう。インドから来たきみの友人がカロックにあれだけ腹を立てていたのをみんなが見ていたではないか。次はわたしの番かもしれないな。話の種を作ったのはわたしだから。後悔しているよ。彼が近くにいるとわかっていたら、あんな話はしなかったものを。とにかく、彼を拘禁してほしい。わたしまで胸を撃たれるのはごめんだからな」

ロバートは怒りが爆発しそうだったが、語気を抑えて言った。「ヴィジャヤ王子が犯人である可能性は、まずないと思っています」

「よしてくれ。きみにとっては友人かもしれないが……」

「いかにも、友人です。しかし、それが理由であなたの言うことを疑っているわけではありません」ロバートは年老いたアルトン卿の目を睨《にら》み返した。「王子との付き合いはもう何年にもなります。彼は名誉を傷つけられた恨みを人知れず果たすなどということはしない。おそらく拳銃も使わない。拳銃はなんというか……感情をこめにくいですから。やるなら剣かナイフでしょう」アルトン卿が青ざめたのを見て、ロバートは冷ややかな満足感を覚えた。

「ダンカン、わたしを安心させようと思って言ったのだとしたら、まったくの的外れだ。銃弾だけでなく、ナイフもいやだからな」

「ヴィジャヤ王子があなたに危害を加えるようなことはないと思います。わたしはどの方も同じように疑ってかかるつもりです」

ロズリー卿が咳払《せきばら》いをした。「そのとおり。さて、事件について思い出せることをお聞かせ願えますかな？ あなたは現場にはじめからいた人たちのひとりだったと思いますが」

アルトン卿が思い出したことは、どれもロバートが知っていることばかりだった。彼はその場にいた人の名を挙げるのを拒んだ。「ばかげてますな、ロズリー卿。あのインド人以外、動機がある者がいるんですか？」

ロバートは立ち上がり、質問が終わったことを告げた。「その答えがわかったときに、おそらく犯人が明らかになるでしょう」彼は毅然《きぜん》とした態度で扉を指し示した。

午後遅く、ロバートはアイアンサの居間を訪れた。「現場の近くにいた人たちから話を聞いたが、有益な情報は得られなかった。わたしが扉をあける前に、部屋の前の廊下に誰がいたかを正確に覚えている人が誰もいないのだ」ロバートは、長椅子に座っているアイアンサの前を、行ったり来たりした。「アルトン卿は、ヴィジャヤ王子がクリスマス前夜に侮辱されたのを恨みにカロックを殺したと信じているし、自分の命も危険だと思っている。カロックの両親であるキルブライド卿とその奥方にも、そう吹き込んでいるに違いない。ふたりの部屋を訪ねたときに、何度もそう話したから。ほかにも同じようなことを言っている者がいる」

「おふたりはだいじょうぶですか？　母とお見舞いにうかがおうと思ったのですが、訪問は遠慮いただきたいと言われました」

「思っていたほど気落ちしてはいないようだ。もちろん悲しんでいるが。ああいう物静かなご夫婦にとって、彼はさぞかし苦悩の種だったはずだが、息子は息子だからね」

アイアンサはうなずいた。「ヴィジャヤ王子がこんな事件を起こすわけがないわ。あんなに穏やかでやさしい人が」

「そうだ。王子が人殺しなどするはずがない。コズビー・カロックはあなたを襲ったひとりだと思う。

そして、あなたが笑い声に気づいたので、誰かが彼の口を封じた。実際、そうほのめかす者もいる。サム、セバーガム男爵、ファーラム氏などもそう考えているようだ。生前のカロックを最後に見たのはワイコムだが、彼はあのとき鍵がかかった部屋の外にいたのだから、犯人ではない」

ロバートは足を止めて、アイアンサの隣に腰をおろした。その白い手をとったものの、彼女が緊張しているのを見てとると、すぐに離した。

「アイアンサ、あなたを怖がらせたくはないが、心配でしかたがない。お父様と話し合いをして、あなたはお父様のヒルハウスのお屋敷にいるより、ここにわたしといたほうが安全だろうということになりました。そこで、許可証がおりしだい、結婚したいのだが」ロバートは笑った。「ここはもともと要塞《ようさい》だからね」

「わたしたちは要塞に、強姦《ごうかん》犯と殺人犯とともに閉じ込められているのね」ロバートの求婚を無視して、アイアンサはぶるっと身震いした。ロバートは心のなかでため息をついた。まあ、しばらくはこのままにしておこう。いずれは説得しなければならないが。

「そのようだね。しかし怖がることはない。道が通れるようになるまで、どんな手段を講じてもあなたを守る。明日か明後日には、馬車が出せるようになるだろう。そうなれば、ほとんどの客はすぐに家に帰るだろう。殺人犯も」

「すると、犯人は……また、罪を問われずにすむのね」

アイアンサの悲しげな表情を見て、ロバートは胸が潰《つぶ》れそうだった。「その可能性はある。しかし、あと二日はやつを追うことができる。新たな情報がないので、具体的な方法はわからないが」ロバートは額に落ちてきた前髪を払った。「少なくとも、犯人はこの城からいなくなるのだから、あなたの身は安全だ」

「わたしには安全な場所などないわ」アイアンサは声を詰まらせて言った。

「残念だが、それは事実かもしれない。だからこそ、あなたの口封じを企《たくら》む殺人犯とその一味を捕まえなければいけない。それには時間がかかる……」アイアンサが体をこわばらせたのを見てとり、ロバートは彼女の手をとって、指にキスをした。「頼むから、いますぐ結婚すると言ってくれませんか。いまの関係を変える必要はない。あなたの気持ちが変わるまで、ずっとこのままでかまわないから」

「ロバート……あなたはとり返しのつかないあやまちを犯そうとしているわ。もし、わたしがそういう気持ちになれなかったら……」

ロバートは人差し指をアイアンサの唇にあてた。

「わたしはあなたの気持ちが変わると信じているよ」


不安に満ちた二日間が続いた。城の主《あるじ》としての、ロバートの客のもてなしも形式的なものになった。みな極度に怯え、夜になると部屋に鍵をかけ、誰が訪ねていってもあけようとはしなかった。廊下に見張りがいても、同じ招待客を殺した人間がこの城にいるという事実はぬぐい去れない。

ロバートもそうだった。

知らず知らずのうちに、会話の相手を観察していた。サムとともに、男性客とカードに興じながら、新たな情報を求めて聞き耳をたてた。しかし、彼らはたとえロバートの酒蔵を頻繁に訪れはしても、クリスマスのように浮かれ騒ぐことはなかったし、肝心の話には口を閉ざしていた。ただ、政治の話や、王室や、出席していない近所の家の噂話《うわさばなし》に興じ、数少ない未婚の清楚《せいそ》な女性客をものほしげに眺めていた。

退屈のあまり、ホレイス・ラウンズはメグ・ファーラムをからかいはじめたが、トーマスがあからさまに不快感を示した。スティーブン・ワイコムは、レディ・ケンダルの貞節に挑んだが、うまくいかなかった。セバーガム男爵は酒を飲み続けた。しかし口は重く、ケンダル卿は羊の群れにいる狼《おおかみ》のように獲物を狙《ねら》って歩きまわった。

アルトン卿とウェルウイン氏を取り巻く年配の男性たちは、ヴィジャヤ王子がこの城にいることに不平をもらし、ロバートはそれを不快に感じながらも、顔に出さないようにした。王子は自室にこもっていた。サムはできるだけ陽気に振る舞い、周囲を元気づけようとしていた。しかし、城内に死体があることは、誰の頭からも離れることがなかった。早く天気が回復し、明るい暖かな日が来ることを誰もが願った。

ロバートはことにそう願っていた。

レディ・ダルストンが女性のための集まりをいくつか催したが、アイアンサは気が進まず、母親が一緒のときだけ出かけていった。しかし、気は張りつめたままで、礼儀正しい会話をすることさえ難しかった。昨夜の晩餐《ばんさん》は悪夢のようだった。誰もが互いを疑いの目で見ているうえに、みんなが自分を責めているように感じた。息をひそめて時間が過ぎるのを待ち、自室の扉の前で見張りに立つバーンサイドかフェラーかロバートに守られて眠る。ロバートは、新しい使用人を完全には信用していないらしい。アイアンサのみぞおちに冷たい恐怖が広がった。

来客が去ったあとも、使用人はここに残るんだわ。

アイアンサは書きものに集中しようとしたが、物音がするたびに、飛び上がるほど驚いた。いったい、なぜこんな思いをしなくてはいけないのだろう。

二日目が終わろうとするころには、眠ることなど到底、不可能になっていた。居間の扉を叩《たた》くかすかな音にも、金切り声をあげそうになった。夜は遅く、暖炉の火は消えかかり、蝋燭《ろうそく》は溶けて受け皿に流れ出している。

こんな時間に誰……？

「アイアンサ？」ロバートの声だった。いつもは張りのある声で話す彼が、囁《ささや》くように声を落としている。

アイアンサはショールをかき寄せると、扉をわずかにあけ、隙間《すきま》から外を見た。やはりロバートだ。アイアンサは彼を迎えいれた。

ロバートは部屋にはいるなり暖炉に向かい、ふたたび火をおこすと、ため息とともに長椅子にどっかりと腰かけた。「やれやれだ！」そう言うと、隣に腰をおろしたアイアンサの華奢《きゃしゃ》な両手を、自分の大きな手で包み込んだ。「こんなに冷たい手をして……」

アイアンサは無意識に手を引こうとしたが、彼の手の温かさがとても心地よかったので、そのままにして、彼の肩におそるおそる寄りかかった。「なにかいやなことでもあったの？　わたしはずっと部屋に閉じこもっていたの。臆病《おくびょう》でしょう？　夕食もここですませてしまったのよ」

「そのようだね。ひとりにさせて悪かった。だが、あなたが安全な場所にいてくれてよかった」アイアンサが寒さに身を震わせると、彼の手が頬に触れた。

「また書きものをしていたんだね。書いてばかりいると、そのうち凍え死んでしまうよ」ロバートはもう片方の手をアイアンサの肩にまわした。

「書きはじめると、終わるまでやめられないの。寒さを忘れてしまうんです」アイアンサはロバートの大きな体から伝わってくる温かさに逆らうことができず、彼の肩に頭をのせた。

「寂しかった?」

「いいえ。ひとりでいるのは慣れているし、むしろ好きよ。でも、きょうは怖かったわ」

「もっと早く来たかったんだが、できなかった。目を光らせていないといけないことが多くてね。この城で引き金を引いた犯人を、なんとしても突きとめたくて。それに、犯人が同じことを繰り返す隙を与えたくないのだ」

「招待客がこんなに多いんですもの。ひとりで全員を見張るのは無理だわ」

「そのとおりだが、幸いサムが手伝ってくれている。みんなが互いを見張っていれば、犯行が繰り返されることはないだろうから」ロバートは、アイアンサの顔にほつれて落ちる銀色の髪を払い、すみれ色の瞳をじっと見つめた。「ひと晩じゅうあなたのそばにいて、あなたを守りたい。結婚すればそれができる。でもいまは、あれこれ噂をたてられると、あなたが困るだろうから」

アイアンサはかぶりを振った。「もう少しいてくださってもだいじょうぶです」炎の熱とロバートの体温が毛布のように体をくるみ、張りつめた気持ちが和らいでいく。彼女はロバートの肩にもたれ、彼を見つめ返した。ああ、この人はこんなにハンサムだったのね。疲労のために目の下には隈《くま》ができ、朝、剃《そ》ったきりの髭《ひげ》がもう伸びているけれど。体の奥で火花が散り、アイアンサは思わず小さな吐息をもらした。ロバートが一瞬、迷ったあと、ゆっくりと顔を近づけてきた。避けたければ、逃げる間は十分にあった。

アイアンサは逃げなかった。

彼の息の温かさがアイアンサの体を熱くした。彼女はロバートの首に腕を巻きつけた。すると、ロバートが膝の上に抱き上げ、彼女を強く抱きしめた。彼の息遣いが激しくなるのを感じ、アイアンサの息も荒くなった。そのとき、ロバートがおもむろに顔を離した。アイアンサの目を見つめ、問いかけている。

アイアンサはどう応《こた》えていいか、わからなかった。ロバートの胸に顔をうずめると、彼が髪に頬を押しあててきた。

ふたりはしばらくその姿勢でじっとしていた。やがて、ロバートがアイアンサの体を起こしてから、自分も立ち上がった。「もう休んだほうがいい。心配する必要はないよ。ひと晩じゅう、部屋の前には見張りがいるから」

アイアンサは何も言えないまま、ロバートが部屋を出て、扉をそっと閉めるのを見送った。

モリーが髪をとかすあいだ、アイアンサは激しい緊張で体がこわばっていた。結婚式が明日に迫っていた。道が通れるようになり、集まってくれた招待客が城を発《た》ってから、わずか一週間でロンドンから特別結婚許可証が届いた。家に帰ることもできなかった。父親とロバートが、馬車に乗るのは危険だと考えたからだ。馬車が嫌いなアイアンサにとっては、願ってもないことだったけれど。

ロバートのように、この冒険がうまくいくと信じられたらいいのに！　だんだんあの人のそばにいるのがいやでなくなってきている。それどころか、腕に抱かれると、安心感さえ覚える。いいえ、それだけじゃない、体のなかに未知の生き物が住んでいるように、おなかのあたりが熱くなる……。でも、そのあと決まって彼を遠ざけたくなるのは、なぜかしら。彼が礼儀正しく振る舞うのも、愛情深く接してくれるのも、その先の関係を求めているからだと、知っているから……。

そう考えると、また体が震え、手が汗ばみ、息が苦しくなった。ロバートがそばにいるときに感じる気持ちの高まりが怖かった。どうしてなのか、彼への独占欲が湧《わ》く。自分でもどうしたいのか、わからないほどに。

そのとき大きくはなをすする音がして、アイアンサは振り返った。メイドのモリーの顔が涙で濡《ぬ》れている。「まあ、いったいどうしたの？」

モリーはまた、はなをすすった。「なんでもありません、アイアンサ様」

「なんでもないなら、なぜ泣いているの？」

モリーは声をあげて泣きはじめた。「お嬢様とわたしがヒルハウスではなく、このお城で暮らすことになるかと思うと……」

「あちらの家が恋しいの？」

モリーはうなずき、泣き声がさらに大きくなった。

「それに、ダニエルがロズリー卿と一緒に帰ってしまいました。あの人の年とったお母様がヒルハウスのそばに住んでいて、面倒をみなければいけないんです」

モリーはさらに激しく泣いた。アイアンサはようやく事情がのみ込めた。「つまり、あなたとダニエルは恋仲なのね？」

「そうなんです」メイドはうなずくと、慌ててつけ加えた。「もちろん仕事中は会ってません」

アイアンサは口元をわずかにほころばせた。「わかっているわ」モリーが羨《うらや》ましかった。こんなに正直に、幸せそうに恋をしている。愛されることを恐れずに……。「将来の約束はしているの？」

「ええ、彼は結婚したいと言ってくれています。でも、まずはお金を貯《た》めないと」しゃくり上げながら言う。「いつになることやら」

人生とは残酷なものだ。わたしは恐れながら、結婚しようとしている。そのせいで、モリーが恋人と離れ離れになるなんて。ダニエルはしっかりした若者だわ。このままではこの子を不幸にしてしまう。

「泣かないで、モリー。寂しくなるけれど、わたしには別のメイドを雇うようにお父様に話しておくわ。次の人が見つかるまでここにいてくれれば、お父様にあなたとダニエルのことをお願いしておきます」

「ああ、お嬢様のもとを離れるのも、ダニエルと離れるのと同じくらい悲しいんです」モリーははなをすすりながらハンカチを探した。

「ありがとう、モリー。でも、ダニエルはあなたの将来にとって大切な人ですもの。早くヒルハウスの屋敷に戻ったほうがいいわ」

「まあ！　お嬢様のことは決して忘れません。ありがとうございます、アイアンサ様」

「わたしもよ、モリー」

　ロバートは鏡に映る自分に向かって何度も尋ねた。自分は本当に正しいことをしようとしているのか、と。明確な答えは出ない。アイアンサの感情を封じ込めた牢獄《ろうごく》の鍵――その鍵を探し出せると思うのは、わたしの傲慢《ごうまん》だろうか？　それを願うあまりに、わたしは冷静な判断ができないのだろうか？　それとも、ただ英雄を演じたいだけなのか？

　ふさふさした茶色の髪を撫《な》でつけながら、いくら鏡を見つめても答えは得られなかった。突然、シャクティの温かな体を思い出した。亡くなった妻を思い出して欲望を感じるうちは、ほかの女性と結婚すべきではないのかもしれない。しかし、シャクティとアイアンサはまったく違う。シャクティはいつでも心を開いてくれて、快活で、気がきいたが、知的なことへの関心はまったくなく、一日じゅう娘のラキと遊んでいた。

　あのころはそれで十分だった。

　しかし、アイアンサと同じ屋根の下で過ごしたことで、興味を分かち合える伴侶《はんりょ》を持つことがどれだけ大切か、わかったのだ。

とはいえ、肉体的な期待に応えてもらえないのは空《むな》しいかぎりだが。

ロバートはため息をついた。答えがなんであれ、自分はアイアンサを守ると誓った。結婚の約束も交わした。それを破るつもりはない。

牧師が下で待っている。

ロバートは鏡から離れ、バーンサイドが差し出した黒い上着を着込んだ。もう一度鏡に目をやり、真っ白な幅広のタイ《クラヴァット》はよれていないか、黒いベストと膝丈のズボン《ブリーチズ》に皺や染みがないかを確かめる。それから、バーンサイドに向かって言った。「どうかな?」

バーンサイドは首を傾《かし》げて、主人の姿をじっくり眺めた。

「よろしいでしょう」

「新郎らしく見えるかい?」

「ええ。わたしは経験がないのでわかりませんが」

ロバートは笑った。「結婚したいと思ったことはないのか?」

髪をきちんと撫でつけたバーンサイドは、しばし考えて言った。「一度や二度はありました。しかし、正気に戻ったのです」

ロバートは大声で笑った。バーンサイドが扉をあけると、ロバートは彼を従えて階下におりた。

結婚式の招待客は、すでに応接間に集まっていた。それほど多くはなかった。ロズリー卿夫妻、アイアンサの弟たちと妹、ヴィジャヤ王子、ファーラム一家、そしてサム・ブロートンの妻のアメリアがいる。バーンサイド、フェラー、ミセス・レイモンビー、執事のゲイルズビルも来ているはずだ。場所に余裕があれば、使用人も来ていいことになっている。

奥の暖炉のそばに、背が高く、髪の毛の薄い牧師と、花婿の付添人となるサムが立っていたので、ロバートはそちらへおもむき、ふたりの会話に加わった。レディ・ロズリーが、ヴァレリアのリボンが曲がっていると大騒ぎをしている。花嫁の付添人に選ばれたヴァレリアは、興奮のあまり震えていた。クリスマスパーティのときから引き続き滞在していた楽団が、結婚行進曲を奏ではじめる。アイアンサが父親と腕を組んで、部屋の入り口に現れた。

花嫁の姿を目にしたとたん、ロバートは自分の気持ちがはっきりとわかった。

彼女が欲しい。

彼女のすべてが。

9

父親の腕につかまりながら、アイアンサは震えていた。とうとう、この時が来てしまった。もう後戻りできない。アイアンサは、自分を待つ新郎と牧師に向かって、できるだけ堂々と歩いていった。

白いドレスを着るつもりは最初からなかった。母からどんなに反対されても、自分の瞳の色と同じ薄紫色の厚手のシルクを選んだ。胴着《ボディス》が胸元を控えめではあるが美しく強調し、スカートが腰の高い位置から優雅に広がっている。結い上げた髪にピンで白いレースのヴェールをつけるのは、母にまかせることにした。ヴェールは背中から、少しだけ床を引きずるドレスの裾《すそ》まで垂れている。

結婚式にはいちばんきれいな姿で臨みたかった。望んだ式であっても、そうでなくても。いずれにしても、アイアンサに決定権はなかったのだ。それでも、ロバートに、この結婚がうまくいくかどうかという不安を、これまで以上に抱かせるのはいやだった。彼の顔に泥を塗らないよう、せめて美しい花嫁姿を見せたかった。

ロバートの顔をそっと見あげ、慌ててうつむいた。異性との付き合いに乏しくても、彼の表情がなにを意味しているかはすぐに理解できた。どうかこの人をがっかりさせずにすみますように。勇気とやさしさを持ち、あるがままのわたしを受け入れてくれた、この人を。

音楽がやみ、アイアンサはふっと顔を上げた。横にはヴァレリアが興奮を隠しきれずにいる。その向こうには、泣き笑いする母の美しい顔があった。子どものころから知っている教区牧師は、温かな微笑で励ましてくれている。アイアンサは、もう一度、勇気を出してロバートを見た。

ロバートが片目をつぶってみせた。

アイアンサは笑いだしそうになった。口元を引きしめ、なんとかまじめな表情をとり繕う。さっきまで怖くて震えていたのに、今度はおかしくてたまらないなんて、まったくどうかしているわ。ゆっくりと息をして、気持ちを落ち着ける。牧師が儀式を開始する声が聞こえてきた。

聞き慣れた牧師の低い声が、静まり返った部屋に響いた。「この女性に結婚を許す者は?」

そして、これも聞き慣れた、愛する父の声が答えた。「父親のわたしです」

アイアンサの手が、父からロバートの手に預けられた。

アイアンサは心臓が止まりそうだった。手を引っ込めたいという衝動と必死に闘う。わたしはロバートのものになる。ということは、妻としての務めが生じる……。牧師は淡々と式を進めた。あと少しで誓いの言葉だ。もう引き返すことはできない。

ちゃんと言えるかしら。

ロバートが、アイアンサの瞳の奥をじっと見つめながら、誓いの言葉を言った。アイアンサは突然、自分の気持ちに気がついた。なにがあっても、この人を失望させたくない。

そして、自分の番が来ると、力強く、はっきりと答えた。「誓います」

招待客とアイアンサの家族は帰っていった。日が暮れて、アイアンサは新しい居間で、勢いよく燃える暖炉の火を前に座っていた。これまで使っていた居間よりも少し広く、居心地のよい、すばらしい部屋だ。前の部屋で気に入っていた調度品もすでに運び込まれていたし、窓からの眺めも気に入っている。

夫婦の寝室に続く壁にしつらえてある、観音開きの窓は、見渡すかぎり連なる山々に臨んでいた。ただひとつ、気になることがあった。

夫の寝室につながる扉だ。

夫が扉のすぐ向こうにいてくれれば安心だわ。でも、本当にそうかしら。わたしは、どちらが怖いのだろう。誰だかわからないけれど、わたしの命を狙《ねら》っている人たち？　それとも、隣の部屋で眠り、わたしの心をかき乱す、強くてたくましい男性だろうか？

初夜を迎えようとするいま、その答えは明らかだった。

ロバートは、わたしを求めてはこないだろう。善良で男らしい彼が、普通の花婿のように、喜びに満ちて花嫁の床を訪ねることができないのは、ひとえにわたしのせいなのだ。夫として当然、期待する権利があるのに……できるものなら、それを差し出してあげたい。

でも、わたしにはできないわ。

涙が静かに頬を伝った。アイアンサはさっと涙をぬぐい、冷静さをとり戻そうとした。負けてはだめ。乱れた思いを心の奥に押しやった。

ああ、あの人が来たわ。

アイアンサは心を決め、ほほ笑んだ。「こんばんは、あなた」白いブロケード織の服の襟元をかき合わせたい気持ちを押し留《とど》める。ボタンは顎の下まで留めてあるのに、どうしようもなく心もとなかった。ロバートはアイアンサにほほ笑み返し、部屋着のポケットに手をいれて暖炉を背に立った。「少なくともこの居間にいてくれれば、あなたが凍死する心配をしなくてすみます」

アイアンサは笑おうとしたが、絞り出すような声が喉からもれただけだった。ロバートが部屋を横切り、長椅子に座っているアイアンサのそばまで来て言った。

「怯《おび》えているようだね」

「ごめんなさい。あなたが無理強いしないことは、よくわかっているのだけど」アイアンサは顔を赤くしてうつむいた。

ロバートはデキャンタが置いてあるところに行き、ふたつのグラスにブランデーを注《つ》いだ。そしてアイアンサの隣に腰をおろすと、ひとつを差し出した。

「そのとおりだ」長椅子の背にもたれ、ブランデーをひと口飲む。「だから、安心して、ブランデーでも飲みなさい」

「ブランデーははじめて」アイアンサは色の濃い液体をじっと見つめた。「ワインでさえ飲まないように気をつけているのよ」

「どうして?」ロバートが気遣った。「ワインを飲むとどうなるんだい?」

「そうね。雪合戦をしたあとみたいになるわ」

「泣きたくなる？」

「そう。それに……」アイアンサはグラスから顔を上げて、ロバートを見た。「自分でも、ぞっとするようなことを考えてしまうの」

「自分を傷つけたくなる？」ロバートが眉根を寄せた。

アイアンサは目を伏せ、唇を噛《か》むと、少し間をおいてからロバートを見つめ返した。「いいえ。自分ではなく……」

「そうか」ロバートの顔に安堵《あんど》の色が見えた。「誰かほかの人なんだね？」

アイアンサはうなずいた。「ばかみたいでしょう。傷つけたい相手が誰かもわからないのに」

「名前はわからなくても、どんな仕打ちをされたかはわかっている」ロバートはブランデーをもうひと口飲んだ。

「ええ、そうね。だけど、そのあと……」言いようのない苦しみが体を突き抜け、アイアンサは目を閉じた。

ロバートはアイアンサをじっと見つめている。

「そのあと？」

「ほかの人たちのことを思い浮かべるの。今度は知っている人たちの顔を。そして同じように傷つけたくなる……」それ以上は続けられなかった。考えるのでさえ恐ろしいのに、まして口にするなんて。

「わたしは、怪物です」

「怪物などではない」ロバートがテーブルにグラスを置いて、アイアンサの手を握った。「怒りをぶつける相手がわからないから、ほかの人にぶつけたくなるんだよ。わたしも家族を、かわいい無垢《むく》な娘をまず、亡くしたとき、あなたと同じような気持ちになった。泣いた。涙が涸《か》れると、くよくよと思い悩んだ。それから、苦しみから逃れたくて毎晩、自分を失うまで飲んだ。金が底をつくまで飲むと、ようやく怒りを感じるようになった……」

　ロバートはアイアンサから少し離れ、長椅子の肘掛けに寄りかかって遠くを眺めた。

「だが、なにに怒りをぶつければいい？　熱病？　神？　そんな見えないものにはぶつけようがない。だから、誰かを怒鳴りつけたくて、誰かを傷つけたくて、波止場や下町に行って喧嘩《けんか》をはじめた。馬でジャングルにはいり、手当たりしだい動物を殺したこともある」

　アイアンサは首を横に振った。「あなたがそんなことをするなんて想像もつかないわ」

　ロバートは彼女の瞳を見つめた。「自分でも当時の自分がどうだったか、わからないんだ。しかし、確かにそういうことをしていた。最後には自分をとり戻したけどね。悲しみには自然のリズムがある。あなたはこれまで、それに従うことを自分に許してこなかったのだ」ロバートはそう言うと、アイアンサのグラスを指さした。「ブランデーを飲みなさい。飲んで、どうにかなってもだいじょうぶ。ふたりでなんとかしよう」

　アイアンサはグラス越しに夫を見ながら、ブランデーにそっと口をつけた。喉を焼くような熱さに、むせる。ロバートは暖炉のほうを向き、ときどき、自分のグラスを傾けている。アイアンサは長椅子に寄りかかり、姿勢を楽にして、もうひと口飲んだ。今度は前より楽に喉を通った。

　グラスがあくと、ロバートはデキャンタをとってきて、自分とアイアンサのグラスを満たした。それから、アイアンサのほうを向いて腰をおろした。アイアンサはゆっくりとグラスをあけていった。どのぐらい飲んだだろう。それまで、どんなことがあっても我慢してきた涙が湧《わ》き上がってきて、頬を流れ落ちた。止めようとしても止まらない。抵抗する気力もなかった。

ロバートはグラスを置いた。「どうして泣いているんだい？」

「泣いてなんかいないわ」アイアンサははなをすすり、ハンカチを探した。

アイアンサの嘘《うそ》に、ロバートが笑った。「そうだね。それじゃ、なにを考えているのかな？」

「その……」アイアンサはまたはなをすすった。

「しなければいけないことができればいいのに、と思っているの。新婚初夜にするべきことを……できたらいいのにと。あなたは人生最大の冒険だと言ったけれど、わたしにはできそうになくて……」残りの言葉は、涙にかき消された。

ロバートはアイアンサを抱き寄せ、膝の上にのせて、しっかりと抱きしめた。「できるよ。そのうちに。そのときが来たら、一緒に冒険をしよう」

アイアンサはむせび泣きながら、声を振りしぼった。「ごめんなさい」

ロバートがアイアンサをさらに強く抱きしめ、やさしく揺すった。「わたしこそ申し訳ない。あなたにつらい思いをさせてしまって。わたしを信頼してくれれば、受け入れることができると思うが。それには自分を解放しなければ。解放すれば、想像もできないような喜びの高みを、ふたりで極められるだろう」

アイアンサは意味がわからないまま、ロバートの部屋着の襟を握りしめ、顔をうずめて泣いた。永遠に止まらないかと思われた涙も止まり、泣き疲れたアイアンサは、彼の胸にもたれてうとうとしはじめた。やがて、薪《まき》も燃え尽きた。

ロバートはアイアンサを抱き上げ、寝室に連れていくとベッドにおろした。「部屋着は自分で脱げるね？」

アイアンサはうなずいた。

「それじゃ、もう寝よう」ロバートはアイアンサの額にキスをすると、自分の寝室に続く扉をあけて出ていった。

アイアンサはベッドに座り、閉まった扉を見つめた。寒くなってきたので、もどかしげに部屋着を脱いでベッドに滑り込み、上掛けを首までしっかりと引っ張り上げた。まるで心と肉体が別々になったような奇妙な感覚に囚《とら》われて、きょう結婚したばかりの男性のことを考える。

怖くはなかった。

このような結婚初夜を望んでいたわけではないが、ロバートの気持ちは浮き立っていた。今夜はこれまででいちばん長く、アイアンサを抱きしめることができた。それに、彼女があんなに泣くとは。心おきなく涙を流したのは、襲われて以来、おそらくはじめてだったのではないか。これは前進だ。雪嵐《ゆきあらし》のあと、氷に最初の亀裂《きれつ》がはいるような、ほんの小さなことかもしれない。だが、太陽が照り続ければ、裂け目は徐々に広がり、やがては大きな氷のかたまりも崩れて、山を転がり落ちるだろう。

しかし、次の朝、ロバートの浮き立った気持ちは急速にしぼんだ。朝食の席で、アイアンサが終始うつむき、ふたたび自分の殻に閉じこもってしまったからだ。

ロバートは立ち上がり、椅子を引いた。アイアンサは礼を言ったが、夫の顔は見なかった。よくない兆候だ。だが、この状態を続けるわけにはいかない。ビュッフェのテーブルに並ぶ朝食を皿に盛りつけると、ロバートはそれを妻のところに運び、彼女の目をじっと見つめた。「どうしたんだい、アイアンサ?」

アイアンサは手で口を押さえ、かぶりを振りながら、苦しそうに顔を歪《ゆが》めた。「頭が痛むの」

「無理もない」たちまちロバートの頬が緩んだ。

「酒をあんなに飲んだのははじめてだろうからね。慣れるにはちょっと時間がかかるかもしれないな。食べれば頭痛も治まるよ」アイアンサはこっくりとうなずいた。うつむいたまま、フォークで卵を弄《もてあそ》ぶ。「ほかにも問題があるようだね」

　アイアンサはため息をついた。「あなたに謝らなければいけないと思って」

　ロバートは眉間《みけん》に皺《しわ》をよせた。「なにを？」

「みっともないところを見せてしまったわ。これからは、もっとちゃんとします」アイアンサは深呼吸すると、フォークで卵をすくって口に運んだ。「お酒を飲むときは気をつけないといけないわね」

　ロバートは口のなかで罵《ののし》りの言葉を噛み殺した。わたしのあの告白はなんの役にも立たなかったのか？　あるいは、時間がたてば、わたしがどんなに大切なことを話したか、彼女はわかってくれるだろうか。

　ロバートはせつなかった。彼は妻の顎に触れ、自分のほうに向けると、その顔をのぞき込んだ。

「アイアンサ、なぜ、わたしがブランデーを飲ませたかわかるかい？」

　何日も城に閉じ込められたあとでは、外の空気の香りと大きく広がる空が、さぞすばらしく感じられるだろう。アイアンサがブランデーの話の意味がわからずにいるうちに、ロバートは話題を変え、遠乗りに行こうと提案した。

「あなたも、わたしと同じように外に出たくてたまらないでしょう。ずっと室内にこもっているのはよくありませんからね。馬なら危険はないと思います。馬車と違って見通しもきくし、音も聞こえますから。それに、このあたりは、待ち伏せできるような場所がほとんどありません。もちろん、フェラーとわたしは武器を持っていきます。ヴィジャヤ王子も誘ってみましょう」

ひとりで行けたらもっといいのだけれど、とアイアンサは思った。小馬のトビーと一緒に出かけたいわ。トビーの怪我《けが》は治ったが、二輪馬車は壊れたままだ。当分、あのままだろう。もちろん、わたしの命が狙われているのだから、護衛なしに出かけるのを許してもらえるはずはないけれど。

アイアンサは階段を駆け上がり、あっという間に濃紺のベルベットの乗馬服に着替えた。母が結婚祝いにくれたこの服を、やっと着ることができるわ。お父様からいただいた、優雅な葦毛《あしげ》の牝馬《ひんば》にきっと映える。

新しく来たメイドが部屋を出ていくと、ロバートが隣の寝室からはいってきて、満足げにうなずいた。

「その色は、あなたの髪によく似合っていますね」

ロバートはぐるりとまわって、あらゆる角度からアイアンサを眺めた。不意に、彼女の腰を片手で押さえたかと思うと、あいたほうの手でスカートを膝までまくり上げた。

「きゃあ！」

ブーツに革紐《かわひも》で留めた拳銃《けんじゅう》が鈍い光を放っていた。

アイアンサは真っ赤になった。

ロバートは笑った。

「思ったとおりだ。わたしに拳銃を突きつけたときのように、今度もまた武装しているんだね」彼はスカートの裾をおろし、アイアンサを解放した。「責めているのではないよ。あなたが自分の身を守ろうとしているのが嬉《うれ》しいんだ。本来はわたしの役目だが。そうだ、わたしの銃を貸そう。あなたの鞍《くら》にもつけるといい。馬上用の銃は重いが、二丁あるので」

アイアンサはためらいもせずに答えた。「ありがとう。ぜひお願いするわ」

こうして、四人は荒野に出るには不似合いなほど厳重に武装して、青空の下、澄みきった空気を吸いながら、馬に乗って尾根を進んでいった。そこかしこで雪溶けの水が斜面を走り、浅い谷に流れていく。アイアンサが急に絵が描《か》きたいと言いだした。

「明日も来られるでしょうか？　このあたりの滝を描きたいのです」

「ええ、いいですよ」ロバートが振り返り、白い歯を見せて笑った。すてきだわ。斜めにかぶった、つば広の柔らかい帽子が似合っている、とアイアンサは思った。ロバートが言葉を続けた。「滝が好きなんですね」

「ええ。なぜか心を動かされるんです」

「それなら、春が楽しみですね。アイリー城の裏手には、洞窟《どうくつ》から流れ出ている小さな滝があるんです。そこまでおりるのは骨が折れるし、登るのはもっと大変ですが、勇敢なあなたならだいじょうぶでしょう」ロバートがいたずらっ子のような笑顔になって言った。「滝つぼが深いので、泳ぐこともできますよ」

「泳ぐなんて無理です。でもその滝には行ってみたいわ」

「すばらしいところですよ。泳ぎはわたしが教えてあげます。たぶん、それまでには……」ロバートは一行に注意深く目を配りながら、言葉を濁した。

アイアンサは言葉の続きを尋ねようとしたが、斜面の下に見える人影に気づき、乗馬鞭《むち》で指し示した。

「あれはどなたですか？」

ロバートが目を細めた。「セバーガム男爵のようですね。おりていって挨拶《あいさつ》しましょう」アイアンサが戸惑うのを見て言った。「だいじょうぶですよ。よからぬことをしているわけではなさそうだし、こちらは四人ですからね」

セバーガム男爵は四頭の馬がぬかるんだ道をおり

てくるのを、手綱を引いて待っていた。アイアンサが近づくと、山高帽に手をやって挨拶した。「ごきげんよう、レディ・ダンカン」それから、ロバートにお辞儀をした。「ごきげんよう、男爵」

ロバートは握手の手を差し出した。「セバーガム男爵、きょうはどういったご用件で？」

「ちょっといい空気が吸いたくなったんです。雪に閉じ込められないうちにね」セバーガム男爵はこちらをじっと見つめた。その冷たい青い瞳は親しみを微塵《みじん》も感じさせなかった。「あれから……警戒すべきことは起こっていないでしょうね？」

「ありがたいことに」馬上のロバートは、アイアンサをちらりと見やった。「そちらは何事もなくやっていますか？」

セバーガム男爵は唇の端を上げて笑ったが、冷たい表情が和らぐことはなかった。「なんの変わりもありません。田舎ですからね。しかし、この退屈は耐えがたい。もし、よろしければ、近いうちにお邪魔させていただくかもしれません」

「どうぞ、歓迎しますよ」

セバーガム男爵はもう一度帽子を傾けて言った。「それでは失礼します。ごきげんよう、レディ・ダンカン」

四人は、セバーガムが馬をまわし、来た道を戻っていくのを見守った。アイアンサは身震いした。「変な人！」

「ああ、変わっている」ロバートは、遠くに消えていく男爵の姿を目で追った。

「用心しなけりゃならん」ずっと黙っていたフェラーが口を開いた。

「森にひそむ虎《とら》のようですね」ヴィジャヤが目をきらりと光らせた。「飛びかかろうと身がまえている」

ロバートはうなずいた。「イングランドとくらべて文明が遅れた土地に長く住んでいたから。用心深くなっているのでしょう」

アイアンサははっとした。ロバートの瞳にも用心深い光がかいま見える。あけっぴろげな彼には不似合いなまでの用心深さが。そういえば、彼も外国で長いあいだ暮らしていたんだわ。

アイアンサは、夫になったばかりの彼の新しい面を見た気がした。きっとこれからも、いろいろな発見があるのだろう。

アイアンサはいやがることもなく、ロバートの手を借りて馬からおりた。昨晩泣いた気まずさはどこかへいってしまったのだろう。出かけてきてよかった。体を動かせば、頑《かたく》なに閉ざした心も解き放たれる。

玄関ホールにはいるやいなや、ヴィジャヤ王子が急いで階段に向かった。「失礼します。わたしは暖かい土地で育ったので、寒くてたまりません。火にあたってきます」

ロバートは笑いながらテーブルの上の手紙の山を見やった。誰かが村に行って、郵便物を受けとってきたのだろう。仕分けしていると、アイアンサ宛《あて》の手紙が一通あったので、彼女に渡そうとした。そのとき、同じような不自然な字で、自分の名が書かれたものがもう一通あるのに気づいた。

アイアンサが手を伸ばした。「ちょっと待て」ロバートは手紙を引っ込めた。そして、自分宛の手紙をあけて、短い文面に目を走らせた。

ダンカンへ

おまえは売女《ばいた》との結婚を選んだ。売女が夫に与える喜びを楽しむといい。だが、その女がわれわれのことをひと言でももらせば、そのまがいものの喜びも長くないと思え。そんなことをすれば、女は死ぬ。おまえもろともだ。

ロバートは罵りの言葉をつぶやきながら手紙を握りつぶし、開封していないほうをアイアンサに見せた。「この筆跡を見たことはあるかい？」手紙は渡さずに尋ねる。

アイアンサは真っ青な顔で答えた。「ええ……。また来たのね」

「ああ」ロバートは手紙をアイアンサに渡さずに封を切った。「クリスマスにあなたの部屋の扉に差し込まれたものとは筆跡が違うようだが」

アイアンサはうなずいた。「ええ。でも、どちらの字も見たことがあるわ。これは、わざと筆跡を隠そうとしながら書いたみたい」

ロバートは彼女の表情をうかがった。落ち着き払っている。こちらは怒りに震えているというのに。

「なぜ、そんなに落ち着いていられるんだ！」つい大きな声をあげ、彼女が身を縮ませるのを見て、なだめるように言った。「すまない。大声を出すつもりはなかった。しかし、あなたは腹が立たないのか？」

アイアンサは両手を握りしめて震わせた。「怒りはなんの得にもならないわ」肩をすくめて言う。

「あなたは怒っていい。怒って当然だ」

アイアンサは背中を向け、遠くを見つめた。「それはいやなの」

「だから、罪のない人たちに怒りをぶつけたくなるんだ。怒りは然《しか》るべきやつらに向けなさい」ロバートは手紙を握りしめた手を振った。「このろくでもないやつらに！」

アイアンサは、表情ひとつ変えずにロバートを振り返って言った。「どうやって？」

ロバートはなにも言い返せなかった。

アイアンサの言うとおりだ。どうやって怒りをぶつけたらいいのだろう。こんなもどかしい思いははじめてだ。あの手紙を書いたやつの首を絞めてやりたい！　この手が疼《うず》いているのに、そいつは正体を明かさずにのうのうとしている。アイアンサを揺さぶって、氷のような冷静さを乱してやりたかった。だが、これまで女性に手を上げたことなどなかったし、これからもする気はない。彼女は小さくて、もろくて、怯えている。大声をあげたことさえ悔やまれた。

夕食後、アイアンサと夫婦の居間でふたりになったとき、ロバートはどうしていいかわからず、たわいのない話題を持ち出した。「新しいメイドは問題ないかい？」

今夜はブランデーをすすめても、アイアンサは頑として受けつけなかった。彼女はシェリーを少しと言い、わずかに飲んでから口を開いた。「ええ。カミーユはフランス人で、とても器用なの。部屋係のメイドとして来てもらったんだけど、小間使いの経験があるらしく、助かっているわ。ゲイルズビルが推薦してくれたのよ」アイアンサはほほ笑んだ。「フランス人のメイドを使っているなんて、ちょっとお洒落《しゃれ》でしょう。フランス語訛《なまり》があるのよ」

「それはよかった」ロバートはほかに話題はないかと考えた。こんな話をしたいのではない。彼女を抱きしめたいのだ。暖炉の火に顔を向けたまま手を伸ばし、隣に座るアイアンサのほっそりした手をとった。アイアンサは一瞬、身を硬くしたが、大きく息を吐いて緊張をほぐした。ロバートはブランデーをもうひと口飲んだ。

アイアンサがなにか言おうと口を開いたが、また閉じた。彼女もなにを話したらいいのかわからないらしい。ロバートはテーブルの端にグラスを置いて、アイアンサのほうへ体を向けた。

「もっとこっちに来ないか?」

アイアンサは少しためらった。「ええ、そうね」そう言って、肩が触れ合うぐらいまでロバートに近寄った。「わたしのために怒ってくれてありがとう。あなたが言うように、わたしも怒りを表したい。でも、どうしていいのかわからないの。自分がなにをしでかすかと思うと怖くて」

ロバートはなにも言えなかった。悲しみからくる怒りが暴力に変わることは、彼自身、よく知っている。アイアンサの肩に手をまわして、自分のほうに引き寄せた。「一緒に手がかりを見つけよう。昨晩のように抱いてもいいかい?」

アイアンサはしばらく黙っていたが、ようやく答えた。「そうしてください」

ロバートは小躍りしたいほど嬉しかった。アイアンサの体を自分のほうに向けて、膝に抱き上げる。アイアンサが、彼の肩に頭をあずける。ロバートは昂《たかぶ》る体を抑えながら、彼女の髪の匂《にお》いを吸い込み、自分の胸板に触れる豊かな胸のふくらみを楽しんだ。

とても心地よかった。

しかし、自分はもっと望んでいる。

これぐらいでは満足できないほどに。

男は葉巻をゆっくりとふかした。煙を血管に充満させ、鼻から吐き出して、味わう。それから透明な緑色の液体に、角砂糖の上からゆっくりと水を注ぎ、液体が乳白色になるのを見届けると、それをごくりと飲んだ。

もう脅迫状が届いたころだろう。しかし、いまはまだ、ふたりをからかっているにすぎない。いずれ機を見て、ふたりとも殺してやる。あの女はカロックの笑い声に気づいてしまった。こちらにまで火の粉が降りかかるようなことを、ひょっとすると思い出すかもしれない。ダンカン男爵は、生かしておけば、こちらの計画の邪魔になる。そのときが来るまで、せいぜい女を脅し、注意をそらしておこう。

だが、あの美しい女には、殺す前に、思い知らせてやらなければならない。自分がまったく無価値であることを。あの女は、体は汚れているくせに、純情なふりをして、身分が下の男には目もくれない。いいだろう。貴族である夫の剣と同じく、俺《おれ》の剣もあの女の鞘《さや》にぴったりはまることを思い知らせてやる。

鋭い剣だと思い知るだろう。

10

「サムとアメリアが来ているそうだ。いま、サーズビーが伝えに来た」あの忌まわしい手紙を受けとって三日後のことだった。ロバートが寝室にふらりとはいってきたとき、アイアンサは机で書きものに没頭していた。優雅な背中をきちんと伸ばして机に向かっている。

「あら」アイアンサは夫の声に驚いて振り向いた。その拍子に、慌ててかき集めた机の上の紙が落ちて床の上に散らばった。

「すまない」ロバートは腰をかがめて、「ああ、びっくりした」散らばった紙を拾った。

アイアンサは夫の手から紙をすばやくとり上げた。

「いいんです。自分で拾いますから」

「これで全部かな。いや、ここにも二枚あった」ロバートはうずくまって机の下を手探りした。

「いいんです、本当に」

ロバートは立ち上がり、紙に目を落として、首を傾《かし》げた。「親愛なるレディ・ウィズダム？」紙を裏返してみる。「これはベル・アッサンブレー誌宛《あて》だね。まちがって配達されたのかな？」

机に置こうとすると、いつもはおとなしいアイアンサが、ロバートの手から紙を奪いとった。「あなたには関係ないことよ」

「ふむ」ロバートは首をひねった。彼女はなぜ、こんなにうろたえているんだろう。まったくわからない。これほどとり乱しているのだから、その理由を探るべきだ。彼はさりげなく尋ねた。「わたしの花嫁がわたしに隠れて手紙のやりとりをしている。夫として注意するべきかな？」

アイアンサの表情が突然、変わったので、ロバートは噴きだしそうになった。しかし過去の経験から、笑えば、妻が有利になるのはわかっている。そこで頬が緩むのをぐっとこらえ、疑うように眉を上げた。

アイアンサはいじらしくも頬を染めて、ばつが悪そうにしている。妻としては当然のことだろう。

「わたしは決して……」

ロバートはこらえきれずに笑いだした。「そうだろうとも。あなたは秘密の関係などとは無縁そうだ。しかし、それならどうしてそんなに赤くなっているんだい？」

アイアンサはうつむいた。「言いたくありません」

「これは本当に心配になってきたぞ」ロバートは真顔になった。「あなたが誰にも見せずに処分していた手紙が、ベル・アッサンブレーのような女性誌と関係があるとは思えないが」

「まったく関係ないわ」

「それなら、どういうことか説明してもらえないだろうか」

アイアンサは長いため息をついた。「わかったわ。あなたに心配をかけたくないもの」

アイアンサは自分の手をじっと見つめた。

ロバートも辛抱強く待った。

「わたし……ベル・アッサンブレー誌と関係があるの」アイアンサはまるで破廉恥な情事でも告白するかのように言った。

ロバートは戸惑い、眉をひそめた。「どうもわからないな。関係とは……どういう？　なぜ秘密にしなくてはいけないのかな？」

「それは……。たいていの人は――たいていの男の人は、女性誌を愚かなものと思っているからよ。確かに服装のこととか社交話とかばかりだけど、なかにはとても役に立つ記事もあるのよ。それに……ベル・アッサンブレーは読者からの悩み相談の手紙に助言を与えているの」

ロバートはすぐさま察知した。笑いがこみ上げてくる。「それで、あなたがレディ・ウィズダムなんだね？」

アイアンサはぷんとして、ロバートに背を向けた。「笑われると思っていたわ」

ロバートは慌ててとりなそうとした。「すまない、アイアンサ。あなたのことを笑ったわけではないんだ。ほっとしただけなんだよ」アイアンサの肩をつかんで自分のほうを向かせると、できるだけ真剣な顔をしてみせた。「本当だ。わたしは決してばかになんかしていない。ほんの少し笑っただけなのに、その態度は厳しすぎる」妻はまだご機嫌ななめのようだ。最後のひと言が余分だったな。「いいかい、アイアンサ。そういう意味では……」

アイアンサは立ち上がって部屋を歩きまわった。どうやら、顔を真っ赤にしているのは、恥ずかしいからではないらしい。「男の人はいつだってそうよ。女はばかだとか、了見が狭いとか、機転がきかないとか、逆にききすぎるとか言って……。女がすることはなにも認めてくれない。女に油絵は無理だ、水彩画は気取っている、詩は感傷的すぎる、小説はおおげさな表現ばかりだ……」

アイアンサは深く息を吸うと、口をきゅっと結んで腕を組んだ。彼女が怒りを表すのは嬉《うれ》しいが、それが自分に向けられるとなると別問題。ここは奥方の機嫌をとったほうがいい。

「苛《いら》立たしい気持ちはわかるが、しかし、わたしにはそんな偏見はないよ。あなたが書いたものを読んでみたい。机の上にある質問への返答でもいいから。読ませてもらえるかい？」

「きっと笑うわ」

「そんなに面白いものなのかな？」

「いいえ」

「それなら笑わないよ」ロバートは辛抱強く妻の許可を待った。

ようやくアイアンサが言った。「これが質問で、こちらがわたしの返答よ」

思わずにやりとしてしまうようなことが書いてあったら、どうする？　ロバートはそう思いながら、二通の手紙を読んだ。夫が夜遅くまで家に帰ってこないときにはどうしたらいいのかという質問だった。相談者は妊娠中で、夫に愛人がいるのではないかと心配している。〝涙に暮れるB・Tより〟という署名があった。

親愛なるB・T様

この相談者の夫は最低の男だな。ロバートはそう考えながら、アイアンサの返信を読んだ。

ご主人が、ほかの女性のもとに通うのは、とてもつらいことでしょう。けれども、男性はわたしたちとは違う生き物なのです。女性と違い、欲求と欲望を抑制できないのです。だからといって、涙と怒りに身をまかせてはいけません。感情を抑えましょう。涙と怒りは、さらなる苦悩を生むだけで、なにも与えてくれません。

ご多幸を祈っています。

レディ・ウィズダム

ロバートは一瞬むっとしたが、顔には出さないように努めた。つまり、アイアンサは男が欲望を抑制できないと思っているということか？　知り合ってからこれまで、わたしがしてきたことをいったいなんだと思っているんだ。

いや、まだ、互いに知り合っていないと言うべきなのだろう。

ロバートは深呼吸して気持ちを落ち着けてから、手紙をアイアンサに返した。アイアンサの目が問いかけるように見つめている。ロバートにもいくつかききたいことがあった。「いつもこんな感じなのかな？　つまり……男は好き放題をして、女は感情を抑えなければいけない。あなたはいつもこんな助言をしているのか？」

「たいていはそうよ。相談のほとんどは夫に対する不満や怒りを感じているという内容なの。だけど、それを表に出しても助けにはならないわ。男の人は涙をいやがるでしょう？」

いったい、こんないい加減な知識を彼女はどこで仕入れたんだ？　わたしの前で泣いてしまったといって謝ったのも、そのせいなんだな。つまり……わかってはくれなかったのだ。わたしがこれまで言ったことも、したことも。

そして、しなかったことも。

苛立ちはおさまらなかった。「それじゃ、いつも感情を抑えるように読者に助言してきたんだね？」

「それがいちばん楽なやり方ですもの」

「なるほど」後ろ向きではあるが、確かに楽だろう。しかし、いまはそれについて議論している時間はない。「あなたがそれでいいならベル・アッサンブレー誌との関係について、とやかく言うつもりはない。さあ、早く下へ行かなければ。サムとアメリアが待っていますよ」

アイアンサがうなずいたので、ロバートは扉をあけた。少なくとも新しいことを学んだ。女性は夫になら簡単に怒りをぶつけるらしい。そして、その怒りは大きい。きょうは互いに苛立ちをぶつけ合った。これは進歩かもしれないぞ。

ロバートとアイアンサが小さな応接間にはいっていくと、サミュエル・ブロートンが立ち上がって手を差し出した。

「調子はどうだい、サム？」ロバートはいとこの手を握った。それから、身をかがめてアメリアの頬に挨拶《あいさつ》のキスをした。「元気そうですね。サムに大切にしてもらっていますか？　それとも、あなたのかわりにおしおきが必要ですか？」

「まさか」サムはにやりと笑った。それからアイアンサのほうを向いて、彼女が差し出した手をとり、ロバートのほうへ顎をしゃくった。「こいつは、みんなが自分を恐れていると思ってるんですよ」

わたしもロバートを恐れている、とアイアンサは思った。ひょろりと背の高いサムは、胸板の厚い筋肉質のロバートとくらべて、かなり見劣りする。いとこ同士なのに、ふたりはまったく似ていなかった。サムの髪は赤みがかったまっすぐな金髪で、ロバートは茶色の巻き毛だ。

ロバートは笑い、いとこの腕をふざけて拳骨《げんこつ》で叩《たた》いた。「美しいアメリアを泣かせたら承知しないぞ」

アメリアは黒い巻き毛を揺らして頭を振り、アイアンサに笑いかけた。「このふたりのことは気にしないでね。いつもこうやって言い合っているのだから」

「しかたないだろう」サムは椅子に腰をおろし、アイアンサはティーテーブルのそばの長椅子に座った。

「ダンカン男爵には、ほかに太刀打ちしようがないんだ」

アイアンサは、その口調に羨望《せんぼう》を感じとったような気がした。事実、ロバートはどこをとってもサムにまさっている。体の大きさやたくましさだけでなく、地位と富の面でも。サムは、ロバートに雇われる身に甘んじなければならないのだ。

ロバートは声をあげて笑った。「きみだって若いころは名を売っていたぞ。あちこちで喧嘩《けんか》ばかりして」

そのときゲイルズビルがお茶のトレイをティーテーブルに運んできたため、会話がとぎれた。アイアンサがお茶をいれるあいだ、サムがロバートにきいた。

「カロックの息子を殺した犯人はわかりそうかい？」

「いや」ロバートは首を横に振って、カップを脇《わき》のテーブルに置いた。「招待客は道が通れるようになったとたんに出ていったし、その後、事件の手がかりになるようなことはなにも起こっていない」

「先日、例の船会社への投資について、ウェルウインと話をするためにロンドンに行ったとき、アルトン卿《きょう》に会ったんだ。彼はいまだにヴィジャヤ王子が犯人だと言い張っていたよ」

ロバートは顔をしかめた。「王子に対する偏見から、そう思い込んでいるんだよ。厄介なことに、あの部屋の扉をあける前に、王子が一緒にいたかどうかを誰も覚えていないんだ」

「きみほど彼のことを知っているわけではないが、ぼくも彼がやったとは思えない」サムがお茶をひと口飲んだ。

「でも、もの静かな人はなにを考えているかわからないという言葉があるわ」アメリアが上品に口元をぬぐった。

「そんな変なまねをする人間ではないよ」ロバートはまた眉をひそめた。

アイアンサはなんと言っていいかわからなかった。ヴィジャヤ王子が人殺しだと非難されるのは不快だった。だが、コズビー・カロックが自分を襲った仲間のひとりに口を封じられた、という話をここで持ち出したくはない。サムが探るようにわたしを見ているわ。わたしがいないところで、ロバートと話をしたいのかしら？

お茶を飲み終わると、アイアンサはアメリアに言った。「寝室を模様替えしようと思っているのだけれど、一緒に来てカーテンについてのご意見を聞かせてもらえないかしら？」

「喜んで！　あなたの寝室を見せていただきたいわ。まだはいったことがないんですもの」

「ぼくもだよ。それに主寝室も見たことがない」サムはカップを置いた。「ロバートと昔、ふたりで城のなかを探検したものだが、叔父さんは私室にはいるのを許してくれなかったからね」

「わたしたちふたりはいたずら坊主だったから、とくにいやだったんだろう」女性ふたりが出ていくのを、ロバートは立ち上がって見送った。ふたりが階段を上がる音を確認すると、ロバートはいとこを振り返った。「書斎に移ろう。まずまずのシェリー酒があるんだ」

「お茶よりずっとましだ」サムはロバートのあとか

ら、何度も訪れた気に入りの場所まで廊下を歩きながら言った。「奥さんとはうまくいってるかい？　きみは結婚生活に向いているんだろうか？」

ふたつのグラスにワインを注《つ》ぎ、椅子に落ち着くと、ロバートは机の上に足を投げ出して椅子の背に寄りかかった。「向いていないと思ったことはないよ。できれば再婚したいと思っていたからね」

サムが暖炉のそばの椅子に腰をおろした。「最初の奥さんにも会っておきたかったな」ため息をついて続けた。「ぼくはこの国に縛りつけられている」

「それはそれで悪くないさ」ロバートはシェリーを口に運んだ。「きみは国内の状況を、わたしよりはるかによく知っているだろう。ロンドンでなにかほかに面白い話を聞いてきたかい？」

「ウェルウインとワイコムの対立ぐらいかな。原因はわからないけれど、ふたりに会ったときはかなりあからさまな感じだった」

「まあ、当然だろうな。世代が違うし、クリスマス・イブの口論からすると、政治に関する意見も合わないだろう」

「そうだな」サムは長い脚を火のほうに伸ばした。「ワイコムの意見には、共感できるものもある。ナポレオンのおかげで我が国の衰弱が露見し、フランスが優位に立ったんだからな」

「ナポレオンと戦争することになるだろうか？」

「ああ、もちろん。ぼくらがここでフランス製のワインを飲んでいるあいだにも、やつは着々と準備を進めている」サムはワインを飲み干し、ロバートは机の反対側からグラスを満たした。「ところで、きみに捜査を頼まれた件だが、アイアンサを襲った犯人の手がかりはまったくつかめていない。ただ、カロックはかなり悪い連中とつき合っていたらしい。その集団がアイアンサを襲った可能性は大いにある」

「しかし、わたしが招待したのは、そのなかの誰なのだ？　そいつを、いまここでこの手にかけてやりたい」ロバートは手に持ったグラスを思わず握りつぶしそうになり、そっと机の上に置いた。「やつらはいまだに彼女を手紙で脅している」

「そうらしいな」

「そして、今度はわたしにも脅迫状が届いた。彼女にもだ。差出人は同じだよ。彼女が読むのを止めることができたのは幸いだった」ロバートは拳《こぶし》を机に叩きつけた。「いったい誰の仕業なんだ！」

ロバートはいとこの顔を見た。

「いずれ捕まえてやる。必ずだ」

アイアンサとロバートは、ほとんど口をきかずに夕食をすませた。ロバートはアイアンサが男性に対して偏見を持ち、自分のこれまでの努力をまるでわかっていないことに苛立っていた。食後にしばらくヴィジャヤ王子と調べものをしているときも、心のなかで不満をつぶやいていた。しかし、そろそろ彼女と面と向かって話をするべきだろう。

自分の寝室にはいり、上着を脱いで幅広のタイ《クラヴァット》を外そうとしたロバートは、ぎくりとした。アイアンサの新しいメイドのカミーユが、自分のベッドを整えている。

ロバートは眉間《みけん》に皺《しわ》をよせた。「ここでなにをしている？」

メイドは落ち着き払った様子で、膝を曲げ会釈した。「奥様が下がってもいいとおっしゃったのです。その前に旦那《だんな》様の床を整えようと思いました」

彼女がロバートに投げかける視線は、慎み深さとは無縁だった。ロバートはメイドの仕事が終わるのを険しい目つきで見守った。これはどういうことだ？　わたしのベッドを整えるのは、どう考えても彼女の仕事ではない。どんな事情があるにしても、わたしの寝室にいる理由はないはずだ。しかし、探していた答えはすぐに見つかった。

仕事を終え、出入り口に向かったカミーユが、ロバートのそばで立ち止まったのだ。「ほかになにかございますか、旦那様?」

けだるい視線が投げかけられた。カミーユの突き出した顎と、とろんとした目つきが、すべてを物語っている。この女は、わたしとアイアンサがまだベッドをともにしていないのを知っているに違いない。

女の体から立ちのぼる匂《にお》いに、ロバートはぞくりとした。だいぶ長いこと忘れていた匂いだ。彼は息を深々と吸い込んだ。女の黒く美しい巻き毛と薄いオリーブ色の肌が、一瞬、シャクティを思い起こさせた。だが、シャクティの目はやさしかった。こんなに計算高くはなかった。

そもそも、妻のメイドと寝る気などない。

たとえ、妻が、男はひとりの女では我慢できないと考えているにせよ。

「いや、下がっていい」ロバートは努めて冷たく言った。

カミーユは少し迷ったようだが、結局、会釈をして出ていった。

ロバートは妻に会ったらどういう態度に出ようかと、考えながら居間にはいっていった。アイアンサが暖炉の前の長椅子で雑誌を読んでいる。ロバートは自分のグラスにブランデーを注ぐと、暖炉の近くに立った。

アイアンサは雑誌を横に置き、ロバートに静かなまなざしを向けた。なぜ彼女を理解するために、こんなに苦労しなくてはいけないのだろう? ロバートはまた苛立った。彼女がわたしをまったく理解せず、理解しようともしていないのに。これほど努力しても、ほとんどなにも得られないでいるのに。

かわりに得たのはあのメイドの誘いだ。

そして、それは殊勝にも断った。

それなのに、これはなんだ。この気まずさをなんとかしなくては。どう切り出せばいい？　彼女はわたしの気持ちなどまったく気にかけていないらしい。さて、どうしたものか。

ロバートはブランデーをあおり、勢いをつけた。「アイアンサ、きょうの午後はレディ・ウィズダムとしての、あなたの考え方について話す時間がなかったが」

アイアンサは首を傾げた。「そうね。なにかご意見でもあるの？」

アイアンサのつららのように冷たい口調に、ロバートはほめ言葉以外は言わないほうがいいと感じた。しかし、そんなことを言う気分ではなかった。「意見というわけではないが、なぜ、男をあんなふうに考えているのか不思議なんだよ」

アイアンサはぴくりと眉を動かした。「どういう意味？」

「まず、なぜ男はみんな同じだと思うのだろう？　男は涙が嫌いだとか、欲望や怒りを抑えることができないとか、ひとりの女では我慢できないとか」

「みんなそう言ってるわ」

「みんなというのは誰のことだい？　誰がそんなことを言った？」

「わたしには父と三人の兄弟がいて、女性がめそめそ泣くのをとても嫌うわ。それに父の機嫌が悪いと、母はいつも、そっとしておきましょう、言葉に気をつけてね、と言うの。わたしたちに父の気にさわることをさせないためよ」

ロバートはにっこり笑った。「しかし、あなたのお母様の機嫌が悪いときは、お父様がなんとかしようとなさるはずだ。だいいち、お父様はほかの女性に手を出したりなさらないだろう」

アイアンサは考え込んだ。「そうかもしれないけれど」

ロバートはしかめっ面をした。「不機嫌な妻と同じ屋根の下にいたいと思う男はいないからね」

「この雑誌の記事を読めば、あなたも考えが変わるかもしれないわね。誌面には、あまり賢く見られないようにしたほうがいいと女性に忠告する記事がたくさん載っているの。男性は賢い女性が嫌いみたいね。わたし自身もずっと言われてきたことだけれど」アイアンサは、これまでも多くの不幸な女性からの手紙を読んできたことを示すように、持っている雑誌を振ってみせた。「たとえば、これには、夫に実家に行くのを禁止された女性の相談が載ってるわ。口のきき方が気に入らないといって夫に殴られた女性も。それから……」

「もちろん、その人たちがつらい思いをしているのはまちがいないだろうが、すべての女性がそういう目に遭っているわけではない」ロバートはにっこりとほほ笑んだ。「わたしはあなたが賢い女性であることを嬉しく思っているよ。わたしが欲望を抑えられなかったことや、あなたの涙から逃げようとしたことがあるかい？」

ロバートは部屋のなかを行ったり来たりした。

「わたしは怒りを抑えつけないようにと、あなたに言った。あなたが拒んだので失敗したが。それなのに、男は女が怒るのを許さないというのか？」

アイアンサは、ロバートが苛立っているのに気づき、慌てて言った。「ごめんなさい。そんなつもりでは……」

「怒りだけではない。あなたは感情をほとんど表さない。めったに笑わないし、泣いたら泣いたで謝る。自分の体が冷えきっていることにさえ気づかない。なにを好んでそんなふうに……」

「好んでそうなったわけじゃないわ」アイアンサは胸に熱い怒りがこみ上げるのを感じた。「わたしが怒りを感じたらどうなるか、あの晩、説明したでしょう。それなのに……」

「試してみるべきだ。むやみに感情を抑えつけようとするのではなく」

「ひどいわ。努力しているわ。あなたとキスをしたし、それに……」

怒りはふくれ上がる一方だ。どうしよう、ここから逃げなくては。そうしないと……。

「もう下がってもいいかしら?」アイアンサは立ち上がり、扉に向かった。

ロバートが先まわりして、アイアンサの前に立ちはだかった。「だめだ。まだ話は終わっていない」

アイアンサはロバートの一歩手前で足を止めた。

「そこをどいてください」

ロバートは腕組みをし、口をぎゅっと結んだままその場を動かなかった。アイアンサは彼を押しのけた。

ロバートはびくともしなかった。

彼女は平静を保っていられなくなった。「あなた、お願い。これでわかったでしょう。乱暴なことはしたくないの。通してくださらなければ……」

「どうなる? 通さないと、どうなるんだい?」ロバートは目をそらさずに妻を見すえた。

「わからない」

「教えてあげよう。怒りを言葉や行動で表すんだよ。それがそんなにいやなことかい?」

「いやよ!」アイアンサは自分の体に腕をまわして抱きしめた。

ロバートの表情が和らいだ。

「どうして? アイアンサ、あなたがいくら力を出して向かってきても、わたしが怪我《けが》をすることはない。わたしはこのとおり強いし、あなたから傷つけられる心配はない。それなのに、なにをそんなに怖がっているんだい?」

アイアンサは腕をおろし、力なく言った。

「わたし、正気でなくなります」

11

そんなことはない、とアイアンサに言ってやりたかった。安心させたかった。人間はどんなに怒りに駆られても、正気を失うことはないと言ってやりたかった。だが、ロバートにはそれができなかった。

怒りに身をまかせたあのころ、自分がまったくの正気だったという自信はない。それでも、理性のすべてを失ったわけではないはずだ。やがて怒りは鎮まり、自分がなにをしているか、わかるようになった。そして自分を抑えることができるようになった。

昨晩、アイアンサが部屋を出ていってしまい、せっかくの機会をうまく生かせなかったことが、今朝になって悔やまれた。妻を怒らせるという目論見《もくろみ》はうまくいった。彼の苛立《いら》ちが、アイアンサの怒りに火をつけた。だが、アイアンサはそれを表に出せなかった……。

ロバートのもの思いを破るように、アイアンサが書斎の扉をあけてはいってきた。彼女もロバートと同じように元気がないようだ。手に二通の手紙を持っている。

「郵便受けにはいっていたの」アイアンサは手紙を机の上に置いた。「わたし宛《あて》のもまだあけていないわ。たぶん……また同じ手紙だと思うけれど」

ロバートは自分宛の手紙をあけると、手のなかで握りつぶした。「ああ、また連中だ」彼は暖炉のほうへ行きかけたが、考えを変え、筆跡を注意深く調べた。「しかし、書き手は違うようだ。犯人は何人だった……」ロバートは言葉を切った。アイアンサがそんな質問に答えられるわけがない。「悪かった」

アイアンサはかぶりを振った。「いいのよ。人数は……わからないわ。みんな同じような覆面をつけていたから」

ロバートは拳《こぶし》を震わせた。「犯人を突きとめ、全員、縛り首にしてやりたい。この手でやつらの首に縄をかけることになったとしても、やつらが縛り首になるのを見届けたい。なにか思い出せることはないかい？」

「必死に思い出さないようにしてきたのよ」アイアンサは自分の拳を見おろして言った。

残酷とは知りつつ、ロバートはさらに続けた。「あなたにとってはつらいだろうが、どんな些細《ささい》なことでも、やつらを突きとめる手がかりになるんだよ。年齢は？　見当がつかないのか？」

「わからない……」アイアンサは考え込むように暖炉の火を見つめた。ロバートはじっと待った。アイアンサがふたたび口を開いた。「思い出したくないけれど、全員若かったような気がするわ。どの人も、とても……」唇がぶるぶる震える。「とても力があったから」

彼女はこれ以上の質問に耐えられるだろうか？　だが、この恐怖を絶つためには、すべてを知っておく必要がある。もうひとつ、ききたいことがあるが、だいじょうぶだろうか。「やつらの服装は？　馬に乗っていたとか？」

アイアンサはこれ以上話したくないというように肩をすくめた。「わからないわ。服装はきちんとしていたような……」彼女は夫を振り返った。「お願い、ロバート。わたし、もう……」

ロバートは机をぐるりとまわってアイアンサのそばに行き、彼女の肩に手を置いた。「悪かった。つらい思いをさせたね」

「ええ」アイアンサはうつむいて、固く握りしめた拳を見つめた。「思い出そうとすると、あのときのことがよみがえってきて、息が苦しくなるの」アイアンサは両手で顔を覆った。「自分でもなにをしでかすか、自信がないわ」

「わたしを見るんだ、アイアンサ」ロバートはアイアンサの腕をやさしく揺すり、顎を持ち上げた。「恐怖や怒りで頭がおかしくなる人はいるかもしれない。しかし、わたしはだいじょうぶだった。悲しみや苦悩から立ちなおることができたのは、怒りに立ち向かったからだよ」励ますように、笑みを投げる。「それに、もし、あなたがなにかしでかすとしても、わたしがやったことよりましだろうよ」

「それはわからないわ。ときどき、どんな怖いことだってやってしまいそうな気がするの。あなたのことも、誰のことも傷つけたくないのに」

ロバートはアイアンサの額に軽く唇で触れた。

「そんな心配は無用だ」

そんなことが起こらないように、そのためにわたしはいるのだ、とロバートは思った。

アイアンサは夢のなかで叫んで目を覚まし、思わず手で口を押さえた。夢だったことに気づくと、体を起こして、両手で顔を覆った。もう三晩続けて、あの夜の出来事が夢となってよみがえる。寒さ、覆面の男たち、耐えがたい痛み。もはや封じ込めておくのは不可能だった。あの忌まわしい笑い声をふたたび聞いたせいで——あのとき自分を襲った連中が同じ城にいたとわかったせいで、記憶が呼び起こされたのだ。パンドラの箱が開いてしまった。

もう蓋《ふた》を閉めることはできない。

この三日間、目を閉じると、血のように赤く不気味な覆面が脳裏に浮かんできた。けだもののような声が耳に響き、アルコールの匂《にお》いが体を震わせた。だが、ロバートにそんなことは言えなかった。

わたしが冷静でいられなくなったのは、ロバートにも関係がある。彼のせいで、わたしは笑い、泣いた。一緒にダンスを踊って、キスもした。彼のたくましさ、男らしさに圧倒され、わたしの理性は吹き飛び、封じ込めていた感情が呼び覚まされたのだ。

日中はずっと寝室にこもっていたが、ベル・アッサンブレー誌から受けとった手紙への返事を書く気にはなれなかった。混乱する気持ちを詩にしようとしても、うまくいかなかった。絵も描《か》いてみた。だが、一面、暗い渦巻きのようなものになってしまった。アイアンサはその絵を暖炉に投げ入れた。

ベッドを出て、窓辺に立つ。風は強かったが、雪は降っていない。あのときも、こんな夜だった。

ふたたび寒さが襲ってきた。

ベッドに戻って、羽毛の詰まった上掛けを顎まで引き上げる。

彼女は横たわり、震えながら夜明けを待った。

あの夜と同じように。

彼女のために、いったい、なにができるだろうか。ロバートは夕食のあいだずっと、妻の疲れた顔と震える指先を見ていた。アイアンサはほとんどなにも口にしなかった。以前よりも怯《おび》えているようだ。心配して尋ねても、よく眠れなかったと言うばかりだ。肩を抱こうとすると体をこわばらせてしまうので、触れることもできなかった。

その夜、居間にはいったロバートは、アイアンサがショールを何枚か肩に掛け、両腕で自分の体を抱きしめるようにして長椅子で震えているのを目にした。

「寒いのかい?」部屋を横切りアイアンサの額に手をあてた。熱はないが、汗をかいている。「具合が悪いのか?」

アイアンサが首を横に振った。「いいえ、ただ寒いだけよ。ここ数日、ずっと寒気がして」

ロバートは妻の目の下に隈《くま》ができているのに気づいた。「本当にだいじょうぶ?」

アイアンサはうなずいた。

ロバートは暖炉のそばに膝をついて薪《まき》を一本くべ、もう一本くべようとさらに手を伸ばした。手にとった薪には切り落とし忘れた小枝がついていて、おかしな角度に飛び出している。これでは薪の山が崩れてしまうだろうと考え、ロバートはその薪を暖炉の手前に置き、ブーツからナイフをとり出して、小枝を切り落とそうとした。

突然、背後から絞り出すような声がした。「やめて!」

振り返ると、アイアンサが長椅子から立ち上がっていた。ショールが足元に重なるように落ちている。

「どうしたんだ、アイアンサ?」

「やめて、やめて」ロバートが歩みよると、アイアンサは後ろに飛びすさり、ショールが足に絡まった。

「危ない! 転ぶよ」ロバートが手を差し伸べた。

アイアンサは唸《うな》るような声をあげた。どうしたんだ？　そのときロバートは思い出した。ナイフのことを。はじめて会ったときのことを。

ロバートはナイフを脇《わき》に置いたが、アイアンサはふらふらと後ずさりし続けた。「やめて」彼女はつぶやき、ショールを蹴散《けち》らして、体の向きを変えようとした。

アイアンサは目を大きく見開き、怯えていた。どうやら彼の姿が見えていないらしい。ロバートはもう一度、手を差し伸べたが、腕に触れるやいなや、アイアンサはそれを振りほどこうとして、そのまま転倒した。ロバートはショールに足をとられ、片手で彼女の体を抱えたまま倒れ込んだ。

アイアンサは狂ったようにロバートを押しのけた。

「いや！　触らないで！」

自分の腕から逃れようとする彼女の様子に、ロバートは背筋がぞくっとした。本当に気がふれてしまったのだろうか？　わたしが誰だかまったくわからないらしい。「アイアンサ、わたしだ。ロバートだ！　こっちを見て」

アイアンサは顔をそむけて、ロバートの手から逃れようとした。「離して！　離してよ！」

離すわけにはいかなかった。彼女は、自分で自分を傷つけてしまうかもしれない。自分が、どこにいて、なにをしているのかもわかっていないのだ。ロバートはアイアンサをさらに強く抱きしめた。アイアンサは片手を振りほどき、ナイフに手を伸ばそうとした。危ない！

ロバートはアイアンサを床に押しつけた。彼女は金切り声をあげ、ロバートの顔や胸をどんどんと叩《たた》いた。「離して！　離して！」

ロバートはようやく理解した。アイアンサの心は、襲われたあの夜に戻っているのだ。どうしたらいいのだろう？　彼女を自由にするわけにはいかない。

しかし、このまま押さえつけているのも……。

アイアンサがロバートを引っかこうとしたので、ロバートは彼女の腕をぐいっとつかみ、体の脇に固定した。それでも、アイアンサはロバートを蹴り、体をよじり、叫び声をあげ、急に黙り込んではまたもがいて抗《あらが》った。

どのくらい時間がたっただろう。アイアンサの声の調子が突然、変わった。

「やめてください」これまでとはまったく違った声音で言い、泣きだした。

ロバートはアイアンサの手をつかんだまま、上からかぶさるようにして押さえつけていた体をずらした。それから、彼女を抱きしめ、髪をそっと撫《な》でた。

「ロバート?」アイアンサのくぐもった声が夫の名を呼んだ。

「ああ、ここにいるよ」

「よかった」泣き声がだんだん静かになっていく。

ロバートはやさしく彼女を抱きしめた。やがて、アイアンサが口を開いた。「わたし、おかしくなっていたのね」

「ああ、そういうことになるかな」

「とうとう気がふれたのかしら」アイアンサは声を詰まらせた。

ロバートは少し考えてから言った。「いや、そうではない。心が強い衝撃を受けるとおかしくなってしまうことがあるんだよ」

「あなたも経験があるの?」

「記憶がなくなったことは何度かある。なにがあったか、思い出せるかい?」

長い沈黙のあと、アイアンサは肩をすくめた。

「思い出したくないけれど……覚えているわ。またあの場所にいたの。男たちも一緒だった。ひとりがナイフを持っていて……乳母の血がついていた」アイアンサは体を震わせて、激しく泣きだした。「男は乳母の喉をかき切って、それから……わたしの首にナイフを突きつけた。わたしが動いたり、叫んだりできないように。でも、痛くて叫んだら、切りつけてきたの」

ロバートは、アイアンサの背中にまわした手にぐっと力をいれ、できるだけ穏やかに言った。「もうだいじょうぶだよ。わたしがいるのだから」

「男は息だけで話したわ」アイアンサはすすり泣きながら、小さな声で言った。

「息だけで？」

「歯を食いしばるようにして話していたの。だから、本当の声はわからない。〝動くな〟とか〝黙れ〟とか、短く命令ばかりしていた。その命令した男が最初で……」アイアンサはロバートのシャツを握りしめ、シャツに顔を押しつけると、また声をあげて泣いた。

アイアンサが腕のなかで震えだしたので、ロバートは自分の手の届く場所までショールをかき寄せ、彼女に掛けてやった。

アイアンサは昂《たかぶ》る感情を抑えて話しはじめた。

「そのあと、別の男が来て、また別の男が来て……。男たちに服を切り裂かれ、殴られて……ひとりの男はわたしを噛《か》んだわ」アイアンサは唇を噛み、泣きながら細い体を震わせた。

「ちくしょう！」ロバートは罵《ののし》り声をあげずにはいられなかった。「人を殺すことなどなんとも思わない連中なんだな」

彼は片膝を立てて、アイアンサを抱き上げ、ベッドに運んだ。ブーツを脱ぎ、自分もアイアンサの隣に体を横たえ、上掛けでふたりの体を覆った。

アイアンサはむせびながらゆっくり息を吸い込み、ロバートの顔を見つめた。「どうか、そばにいて」

ロバートは涙に濡《ぬ》れた彼女の顔を苦しげに見つめた。「地獄の軍隊が束になってかかってきても、離れないよ」

アイアンサは寒さで目を覚ました。夜が明けようとしている。ロバート？　なぜか隣でロバートが眠っている。アイアンサはびっくりして、上掛けを首まで引っ張り上げ、仰向けのまま体をこわばらせた。まもなくロバートがもぞもぞと動き、布がこすれる音がした。

ロバートが頬づえをついてこちらを眺めている。アイアンサは慌てて天井に視線をやり、上掛けを握りしめた。

ロバートが笑った。「せっかく一緒に寝そべっているのに、つまらないと思わないかい？　あなたもわたしも服を着たままなんて」

アイアンサは横目で彼を見た。「わたしたち、同じベッドにいるわ」

「夫婦なのだから、そういうこともあるよ」

アイアンサは上掛けをぎゅっと握った。「でも、わたしたちは……」

ロバートの笑みが消えた。「わかっている。だいじょうぶだよ。でも、腕に抱くくらいはいいだろう。そうすれば、あなたを温めてあげられる」

わたしに耐えられるかしら？　昨夜は気持ちが張りつめていて、とても怖かった。でも、ロバートが抱いてくれて……安心することができた。歯の根を震わせながら、アイアンサはうなずいた。「ええ」

アイアンサは体の向きを変え、ロバートの腕のなかにすっぽりと身をあずけた。「気分はどうだい？」

「よくわからない。ただ……」アイアンサは頭をのけぞらせて彼の表情をうかがった。「昨日の夜、あんなふうにとり乱して……あなたに軽蔑《けいべつ》されたんじゃないかと不安で」

「そんなことはない」ロバートはなんの迷いもなく、きっぱりと言った。「軽蔑などするはずがないだろう。あなたは昨日と同じように美しいし、すてきだ。賢く、魅力的なところも変わらない。あいつらがしたことで、あなたのすばらしさが損なわれることは断じてないんだ。ただ、わたしがその場にいて、あなたを守ってやれなかったことだけが悔しい」

「ありがとう」アイアンサは、ロバートの言葉ひとつひとつを信じたいと思った。

彼のぬくもりがアイアンサを包み込み、大きな手が背中を撫でた。ロバートが尋ねた。「なにを感じている？」

「寒いということと」アイアンサは一度、言葉を切った。それから、あえぐように声を絞り出した。「頭はおかしくなっていないみたいだということ」

彼女はロバートの胸に顔をうずめた。

「あなたは頭がおかしいわけじゃない。あんな目に遭えば、少しくらいおかしくなっても不思議はないのに」ロバートは体を少し離して、アイアンサの目を見つめた。「あなたは強い女性だ。もっと自分を信じるべきだよ。傷は癒《いや》そうと思えば癒《い》える。昨夜《ゆうべ》、あなたは自分が襲われたときのことを話したんだよ。決してこれまで話さなかった――」

「ええ、話したことなどなかった。事件の直後でさえ……。みんなもきかなかった、男たちの外見以外は。わたしはベッドに寝かされ、傷の手当をされただけで、あとはみんなわたしのまわりを忍び足で歩き、小声で話をしていたわ。回復してからも、目の前で事件の話をする人は誰もいなかった。だからよけいに、すべてを忘れるべきだと思ったの」

ロバートはもう一度、わずかに体を離し、アイアンサの首に残る白い傷跡を指でなぞった。彼は唸るように胸を震わせたが、なにも言わなかった。ただ、アイアンサをぎゅっと抱きしめて、じっとしていた。

アイアンサは体がゆっくりと温まっていくのを感じた。ロバートに身を寄せ、そのぬくもりがもっと欲しくて顔をうずめる。昨夜の恐怖が消え、穏やかな気持ちが全身に広がっていった。

こんな気分になったのは久しぶりだわ。六年ものあいだ恐怖を寄せつけまいと、つらく、長い闘いを続けてきたのに、昨夜、その恐怖が爆発した。そして、すべての苦しみが砕け散った。わたしは闘いに敗れたけれど、同時に忌まわしい記憶も力を失ったらしい。

ロバートの腕に守られて、アイアンサは恐れることなく事件のことを考えることができた。

彼の腕のなかで。夫の腕のなかで。

こんなことが自分に起こるなんて思ってもいなかった。

アイアンサは疲れていたが、自分でも驚くほど気分がよかった。読者への手紙もすらすら書けた。散歩もした。急斜面を登るときにロバートが体を支えてくれたが、自分の腰にまわされた彼の腕の感触さえ楽しんだ。

夕食もおいしかった。これまで自分の食欲が落ちていたことにはじめて気づいたほどだ。バーンサイドが監督をしながら、新しいシェフに直伝のカレーを作らせたところ、アイアンサは飢えた子どものように夢中で食べた。ワインも残さず飲んだ。食後に居間で暖炉の前に腰をおろしたときには、ロバートが注いでくれたシェリー酒も断らなかった。

彼の隣で心地よい沈黙を楽しみながら、アイアンサは暖炉の火を眺めた。もう、彼からできるだけ離れて座ろうなどとは思わなかった。ロバートの横顔をじっと見つめる。彫りが深く、美しい顔をしている。そう思ったとたん、体の奥に火がともり、彼女は戸惑った。

アイアンサの視線に気づいたのか、ロバートがこちらを見て、おいで、と腕を伸ばした。遠慮がちに体をずらすと、ロバートが肩に手をまわした。アイアンサは一瞬どうしていいかわからなかった。しかし、ひとりでに体が動いて、寄りかかるような格好になった。額に彼の温かい唇が触れると、アイアンサは大きく息を吐き、ロバートに向かってほほ笑んだ。

ロバートはグラスを置き、体を動かしてアイアンサを正面から見つめた。大きな手のひらが眼前に迫り、頬にかかる髪を払う。「あなたは本当に……汚れがない。それに、とても美しい」

ロバートの顔が近づいてきて、唇が重なった。羽根のように軽いキスだった。ロバートがアイアンサの目をのぞき込んで言った。「きみの目は夏山の上に広がる空のようだ。その瞳に飛び込んで、ふたりで空を飛びたいよ」

愛の言葉。こんなことを言われたのははじめてだわ。

ロバートの唇が、またアイアンサの唇を求めた。今度はもっと強く。アイアンサはためらいがちにロバートの顔に触れた。丹念に髭《ひげ》を剃《そ》った肌にわずかに残る粗さがいとおしい。肩を抱くロバートの手に力がこもり、唇がさらに強く押しつけられる。やがて、彼は体を離して、尋ねるようにアイアンサの顔をのぞき込んだ。

アイアンサはほほ笑んだ。「いやではなかったわ」

「いやではなかった?」ロバートもにっこりほほ笑んだ。「それではもっとすごいのをしてあげよう」

アイアンサがためらう間もなく、ロバートは体をそらしながら、アイアンサを自分の膝の上に引き上げた。片方の腕でアイアンサの頭を抱きかかえると、さっきよりも激しく唇を押しつける。アイアンサはロバートの首に手をまわし、ふさふさとした髪をそっとまさぐった。かすかにたばこの匂いがする。口をわずかにあけ、その香りを吸い込む。ロバートの舌が下唇の上を軽く撫でた。

これからどうなるの？　どうしていいかわからないけれど、どうやらなにもする必要はないらしい。唇に感じる彼の舌の感触で頭がいっぱいになる。もう何も考えられない……。彼の口がアイアンサの唇を吸い、軽く噛み、瞼《まぶた》にキスをして、また唇に戻ってきた。

アイアンサは、ロバートの温かい手が、服の上から腰にまわされるのを感じた。手が這《は》い上がってくると、唇の動きとどちらに集中したらいいかわからなくなった。そよ風にのって、大きく揺れながら、ゆったりと浮かんでいるような気分……。アイアンサは小さなため息をもらした。しだいにロバートの呼吸が速くなる。ふと見ると、彼の手がアイアンサの胸のそばまで来ていた。

両脚のあいだに緊張が走った。ロバートの親指が胸の頂をさすると、緊張はさらに高まった。アイアンサはあえぎ、頭をロバートの胸に押しつけた。彼の欲望が自分の下で大きくなるのを感じた。一瞬、逃げ出そうとしたが、胸の頂を愛撫《あいぶ》されているうちに、その思いは消え、彼にすっかり身をまかせていた。アイアンサは呻《うめ》いた。それを合図に、ロバートが彼女をきつく抱きしめ、さらに唇を重ねた。

不意にロバートの手が胸から離れた。まるで全速力で走ったあとのように息が荒い。アイアンサは彼の顔を見あげ、ロバートも彼女を見つめ返した。「たぶん……」ロバートが大きく息を吸い込んで言った。「たぶん、このへんで終わりにしたほうがいい。そうしないと、もっと先まで突き進んでしまいそうだから」

アイアンサはロバートの胸に頭をあずけ、ため息をついた。ほっとしたような、がっかりしたような気持ちだった。あの感覚には、とても抗えそうにない。自分の体が思うようにならないなんて。ロバートはちゃんと抑制しているように見えたけれど。アイアンサは怖くなった。わたしは耐えられるの？　ロバートをそこまで信頼しているの？

なんという進歩だ。アイアンサが愛の行為に応《こた》えてくれた。ロバートの心は弾んだ。こちらがはやる気持ちを抑えれば、彼女に触れるのが喜びであるように、彼女もまたこの体に触れるのを苦痛とは思わなくなるのではないか。昨夜は頭に血がのぼり、危うく自分を止められなくなるところだった。あの細い体をこの腕に抱いたとたん、欲望に火がついた。あまり無理をしてはいけない。ちょっとしたことでひとたび恐怖を感じたら、彼女は一生、夫と触れ合いたいとは思わないだろう。

そういいながらも、ロバートはアイアンサと触れ合う次の機会が楽しみでならなかった。残念だが、今晩は無理だろう。ふたりでアイアンサの実家を訪ね、一泊することになっているからだ。

ロバートは、大型四輪馬車で出かけて安全かどうか考えたが、問題ないと判断した。バーンサイドとフェラーを先に行かせて様子を探らせれば、待ち伏せに遭う危険はないだろう。自分も彼らも、危険な場所を旅するのには慣れている。アイアンサの不運な旅に無防備で同行した、イングランドの田舎育ちの若者たちとは違うのだ。

ヒルハウスの正面玄関に向かう途中、ロバートは別の馬車が厩《うまや》に引かれていくのに気づいた。いったい誰が来ているのだろう？　応接間に通されると、すぐに答えがわかった。部屋にはいったふたりに声をかける人々の向こうに、でっぷりと太った銀行家と、鷹《たか》のような顔をした補佐役の姿があった。

「ウェルウイン！」ロバートはすぐにふたりのところへ行き、握手をした。「ワイコム、きょうはなんの用だい？」

銀行家がお辞儀をした。「投資についての検討をしているところです。ロズリー卿《きょう》が火薬工場についてお話しくださるというので」

「そういうことでしたら……」レディ・ロズリーが優雅にほほ笑んだ。「アイアンサとわたしは失礼しますので、どうぞお仕事の話を続けてください」男たちは立ち上がり、ふたりが出ていくのを見送った。

「さあ、座って、座って」ロズリー卿が座り心地のよい椅子をすすめた。「マデイラ酒はいかがかな？それともお茶がよろしいか？」

全員が迷わずマデイラ酒を希望し、ロズリー卿はグラスに酒を注ぎ、みなに渡した。それから、椅子に腰かけると、片方の足をそっと足台にのせた。また痛風の具合がよくないらしい。

「工場についてなにを話せばいいのかね。火薬へ投資したい人なんているんですか？」

「います」ウェルウインはワインを飲んだ。「いま、火薬に関心が集まっているんです。我が国がボナパルトとの戦争に踏みきるのは時間の問題ですから。そこで……」ワイコムはワインを大きくあおった。

「わたしどもはこの界隈《かいわい》で見込みのある工場をいくつか調査しています」ウェルウインはグラスを置くと、たっぷりした腹に両手をのせた。「追加の投資をお受けになるつもりでしたら、紹介させていただきますよ」

ワイコムはグラスの中身を飲み干した。「もちろん、経営状況についてもう少しお知らせいただかないといけませんが」

ロバートは話を興味深く聞いていた。義父がさらに資金を必要とするなら、自分が出してもいい。なかなか有望な投資のようだ。あとで義父と相談しよう。イングランドが戦争に突入したら、火薬の需要は確実に増えるはずだ。

ロズリー卿は、工場の利益と生産高に関する資料を、代理人を通して銀行家に提出することになった。それから、四人はヨーロッパの情勢や、王の狂気がひどくなってきたことや、色事の噂《うわさ》などを話した。楽しい午後だった。

しかし、ロバートは妻とふたりだけで過ごしたかった。ふたりきりの時間がなによりも欲しかった。

12

アイアンサは、居心地のいいレディ・ロズリーの居間に通された。「ああ、アイアンサ！」母は娘を軽く抱きしめ、頰にキスをした。「会いたかったわ。元気だった？　うまくやっているの？　幸せかしら？　ダンカン男爵は……」

「わたしは元気よ、お母様」キスを返すと、アイアンサはお気に入りの長椅子に座った。「ダンカン男爵は、とてもやさしくしてくれるわ。思いもしなかったほどに」アイアンサはスカートをかき寄せ、隣に母が座る場所を作った。

「男爵は気遣ってくださるの？　つまり……」母が首まで真っ赤に染めながら言った。

アイアンサは心のなかでくすりと笑った。お母様ったら、あのことを知りたいのね。でも、どう伝えたらいいのかしら？「これ以上ないというほど気遣ってくださるわ。無理は決して言わないのよ」

「まあ、そうなの。それはよかった」そう言いながらも、夢見がちな母は、少しがっかりしているらしい。

「でも、時間がたてば、きっと深く触れ合えると思うの」

「もちろんよ」母の顔が輝いた。「互いに安らぎを与えられるようになるまでは、時間がかかるものよ」

「いまでも彼といれば安らぐのよ、お母様。わたしのことは心配しなくてだいじょうぶ」

「心配しますとも。だってお城で人が殺されたんですもの。それに脅迫状のこともあるし……。もう、送られてこなくなった？」

アイアンサは一瞬、嘘《うそ》をつこうかと考えた。しかし、母に嘘をつきたくなかった。いずれにせよ、わかってしまうことだ。

彼女は息を吸い、気持ちを落ち着けてから話しはじめた。「また三通来たの。でも心配しないで。犯人はいつも脅すだけで、実行したことはないのだから。それに、ロバートがこの事件については憤りを感じてくれて、いろいろ動いてくれているの。彼は犯人を捜して捕まえるつもりなのよ。法の裁きを受けさせるって」

レディ・ロズリーはため息をついた。「それはお父様もなさったわ。あらゆる手を尽くされたのよ。自警団にも調査を依頼したけれど、有力な手がかりはつかめなかった」

「わかっているわ。でも、お母様、わたし……あの夜のことを少しずつ思い出してきたの」

「まあ、アイアンサ！　だめよ！」レディ・ロズリーは身をのりだして、娘の手を握った。「あのときのことなど思い出さないでちょうだい」

アイアンサは顔をしかめた。「どうしようもないの。だって……」どう説明したらいいのかしら？「突然、よみがえってくるのよ。気がつくと、あの場所にいるの……本当はそうじゃないってわかっているんだけど」膝の上でハンカチを握りしめる。「たぶん……わたし、頭がおかしいんだわ」

「まさか！」レディ・ロズリーは娘を抱いた。「そんなはずないわ。あなたがそんな。あなたはいつも落ち着いているし、そんなに賢いのに」

アイアンサは口角を少し持ち上げてほほ笑んだ。「ありがとう、お母様。でも、それとこれとは話が別よ」

「ええ、話は聞いたことがあるわ。とても頭のいい人がある日、突然……」母親は言葉を切り、しばらく窓の外を見つめてから、アイアンサのほうを向いた。「つらい経験を忘れろというほうが無理よね。まだ赤ちゃんだったあなたのお兄様が死んだときがそうだった。あなたはまだ二歳だったから、覚えていないでしょうけど。あの子が呼んでいるような気がして、夜中に目が覚めるの。それで、子ども部屋へ様子を見に行くと、揺り籠《かご》は空っぽで……」レディ・ロズリーは言葉に詰まり、涙をぬぐった。「ああ、あの子は死んだんだ、とわかるのよ。そしてまた、あの子が死んだときとまったく同じ絶望感に襲われる」涙が止まらなかった。「わたしは繰り返し、繰り返し、あの子を亡くしたの」

「ああ、お母様！」この六年間ではじめて、アイアンサは母を抱き返し、ふたりで泣いた。

晩餐《ばんさん》はロズリー卿《きょう》の皮肉のこもったユーモアと、ウェルウインの冗談とみんなの笑い声がまじった陽気なものになった。ロバートは、その前にキースレイ家の子どもたちと会った。子どもたちと楽しく過ごしながらも、アイアンサの妹のヴァレリアを見ると、ラキが生きていたらいまごろどんなだろうと考えずにはいられなかった。ラキは金髪ではなかったが、ヴァレリアと同じように目立たない魅力があったのだ。ロバートは、ラキを思う気持ちで沈みがちだったが、にぎやかな晩餐の席を楽しんだ。

本当はアイアンサとふたりきりになりたかった。会話に耳を傾けるふりをしながらも、視線はアイアンサを追い続けた。アイアンサはいつものように静かに、控えめに振る舞い、食事をしながら、父親の冗談によく笑った。

ようやく、ふたりで部屋に下がることができた。ロバートはふたりの銀行家の冷やかすような目つきと、アイアンサの両親の心配そうな視線を感じた。まあ、新婚なのだからしかたがない。普通の新婚夫婦がすることをするためにそそくさと退出するのであれば、本当にいいのだが。だが、手ごたえはある。勝利は目前だろう。

寝室に戻ると、上着を脱いで幅広のタイ《クラヴァット》を外し、バーンサイドに手伝わせてブーツを脱いだ。それから、バーンサイドを下がらせた。部屋着は着る気になれなかった。鍛え上げた体は、室内の寒さなど感じないのだ。

レディ・ロズリーが気を遣って、ふたりの寝室を隣同士にしてくれた。ロバートは隣の部屋への扉をノックしながら、くすりと笑った。義母は、なんとかわたしの力になろうとしてくれているのだろう。

アイアンサが部屋の外をうかがいながら細く扉をあけ、ロバートだとわかるとさらに大きくあけた。おやおや、まだわたしのことを怖がっているのだろうか。ロバートはため息をついた。「おやすみを言いに来ただけだよ」アイアンサの緊張が少し和らいだのを見て、ロバートは彼女の体に腕をまわした。

しかし手が触れたとたん、いっそう体をこわばらせた。「どうした？」

アイアンサは首を振った。「知らない人たちがいるから落ち着かなくて」

本当にそれが問題ならいいのだが、そうではないだろう。「昨日の夜は怖かったかい？」ロバートはきいた。

アイアンサはしばらくうつむいたままだった。

「いいえ、怖くはなかったわ」彼女は顔を上げて言った。「とても興味深くて、いやな気はしなかった。ただ、自分が抑えられないんじゃないかと……。わたしの体、変なの。おかしな感覚が体のなかに起こって、それを止めることができないの」

「止めたかったのかい？」

アイアンサはちょっと考えてから答えた。「いいえ、止めたいとは思わなかったわ」

ロバートの顔に笑みがこぼれた。「それを聞いて励まされたよ」アイアンサの両腕を撫《な》でながら言う。「いいかい、愛の行為とはそういうものだ。冷静でいられなくなり、自分が自分でないような気がする。それなのに、やめたくないんだ」

「あの感覚が……心地いいから？」

「そうだよ。慣れれば心地よくなる。男はもちろん、女もほとんどの人がそうだろう」

アイアンサは首を傾《かし》げ、考えるように言った。「相手のことをかなり信頼しないといけないわね」

ロバートははっとした。「そうだ。慣れるまでは難しいかもしれない。男は力がずっと強いからね。だが、男にとっても信頼は大切なんだよ。男は熱情のあまり、無防備になって、最後は女性に屈するんだから」

「あなたが無防備になるなんて想像がつかないわ。賢くて落ち着いていて、それに体も大きくて、強いのに。あなたには、力のオーラを感じるわ」アイアンサは不思議そうにロバートを見つめた。

「わたしは、あなたに対して無防備だ。そうは思わないかい？　昨夜《ゆうべ》はわたしも自分を抑えられなくなりそうだった。きみに屈しそうになったんだ」

「わたしが？」アイアンサはびっくりした。昔は、わたしもいつか自分を愛し、求めてくれる人と結婚して、幸せになると信じていた。でもあのことがあって、そういう日は決して来ない、誰からも見向きもされないと思うようになった。けれども、いま、わたしには夫がいて、わたしを求めてくれる。それならば、わたしはもっと努力しないといけないのかもしれない。「あの感覚に慣れればいいのね。たぶん、そうなると思うわ」アイアンサはロバートの肩にそっと手をやり、彼の顔を見あげた。

ロバートは大きな手でアイアンサの顔を包んだ。

「そのための協力は惜しまないよ」

ロバートの唇が、アイアンサの唇を塞《ふさ》いだ。アイアンサは一瞬、身をこわばらせたが、肩の力を抜くよう自分に言い聞かせた。意識を集中すればいいのよ。彼の唇の感触に、顔に触れる温かな手のぬくもりに、押しつけられる彼の欲望の高まりに。

恐怖がまた襲ってきた。なにを怖がっているの？　これこそ、さっきロバートが言ったことじゃない？　わたしが顔に触れ、彼の体に抑えのきかない変化が起きた。彼に触れられて、わたしが自分を抑えられなかったように。アイアンサはロバートの首にしがみつき、腰を押しあてた。

ロバートが呻《うめ》き声をあげ、アイアンサの腰をつかむと自分のほうに引き寄せた。一歩下がって足を開き、壁に背中をあずけて、彼女を抱きしめる。そして欲望の高まりをアイアンサの体に押しつけながら、唇を首に這《は》わせた。

彼の熱い息を首筋に感じ、アイアンサの下半身にこれまでに経験したことのない熱い緊張が走った。

その焼けるような感覚は下腹部から下へと広がり、太腿のあいだに集まっていく。

ロバートがアイアンサの腰を抱えたまま、部屋着を脱がせ、その下の夜着の紐《ひも》を解いた。夜着を左右に開くと、彼女の胸があらわになった。ロバートは両腕をアイアンサの腰にまわし、白い胸のふくらみに顔を押しあてた。

たちまち、あの熱い感覚が体のなかで大きくなった。アイアンサは背中をそらし、知らず知らず胸を突き出していた。ロバートの口が待っていたようにふくらみをとらえ、舌がゆっくりと湿った跡をつけていく。

彼の唇がくまなく胸のふくらみを這いまわる。その唇が胸の頂に近づいてくると、アイアンサは激しくあえぎ、立っていられなくなってロバートの肩をぐっとつかんだ。ロバートは息を荒らげ、しばし、うっとりした表情になった。彼は上体を起こし、体を入れ替えて今度はアイアンサを壁の前に立たせた。

床に膝をついて、アイアンサの夜着をさらに開く。大きな手のひらで胸のふくらみを包み、愛撫《あいぶ》しながらささやく。「きれいだ」指先で頂を弄《もてあそ》ぶようにつまみ、ぼんやりした瞳でアイアンサの顔を見あげた。「いやならやめるよ」

アイアンサはロバートの目がやめたくないと訴えているのを感じとった。彼女はただ首を横に振り、ロバートの肩にのせた手に力をこめた。

ロバートが片方の手で胸の頂に触れたまま、もう一方のふくらみを口に含んだ。アイアンサが呻くと、彼はあいた手で彼女の腰を引き寄せた。アイアンサの脚が震えはじめた。膝から力が抜け、背中がずるずると壁を滑り落ちる。

ロバートはアイアンサの腰を支えながら、そっと床に横たえた。それから、自分も並んで横たわると、ふたたびアイアンサの胸を貪《むさぼ》った。

わずかに残っていた彼女の自制心が逃げていこうとする。慌てて捕まえようとしたが、間に合わなかった。いいわ……もう解き放っても。アイアンサは自分にそうつぶやいた。

ロバートの唇が執拗《しつよう》に胸のふくらみを愛撫する。彼は知らぬ間に片方の手をアイアンサの腹に滑らせ、肌を撫でさすっている。その手のぬくもりが徐々に下に移動して、夜着の裾《すそ》をめくった。抗《あらが》う間もなく、ロバートは彼女の秘めやかな場所にそっと指を置いた。

アイアンサは息を荒らげながらも、その手に向かって腰を突き上げた。指は生き物のようにゆっくりと円を描き、少しずつ速度を増す。甘美な感覚が彼女の体を刺し貫き、耐えがたいほど激しい喜びに変わった。やめて――そう懇願しようとしたとき、それが弾《はじ》け、体がそり返った。脚のあいだから未知の衝撃が走り、顔や足先までその波が達した。ほとばしる絶叫を、ロバートの口が塞いだ。

やがて波が引くように衝撃がおさまると、アイアンサはあえぎながらぐったりと横たわった。

嗚咽《おえつ》がもれた。

ロバートが彼女を引き寄せ、ぎゅっと抱きしめた。しばらくして嗚咽がやむと、ロバートは腕の力を緩め、彼女の目を静かに見つめた。「なぜ泣くんだい？」頬に残る涙の跡に口づけながら言う。

アイアンサはかぶりを振った。「だって、のみ込まれそうだったの。こんな感じは……はじめて」

「特別な経験なんだよ。怖かったかい？」

「ほんのちょっと」アイアンサは正直に答えた。「でも、あとは……わからない。考えるのをやめたの。わたし、あんなふうに反応してしまったけれど、よかったのかしら？　変じゃなかった？」

「まったく、あなたときたら！」ロバートが笑い、その振動がアイアンサの胸にも伝わった。「もちろん、あれでいいんだよ。あなたは情熱的ですてきだ。とても嬉《うれ》しいよ」

「嬉しいですって？　本当に？」

「もちろん」

「あなたも同じように感じたの？」

「今回はそれはなかったけれど、いつか近いうちにきっとね。そのときは一緒に感じよう」

アイアンサはふと、彼の高まりがまだ自分にあたっているのに気づいた。「あなたもしたい？　つまり……」アイアンサの顔がほてった。「男の人が、あの、高まったときには……」

ロバートは声をあげて笑った。「いまでなくていい。あなたにとってはじめての経験なのだから、これで十分だ」

「でも、それじゃあなたが……」アイアンサはつぶやいた。

ロバートが呻き声をあげて、軽くのけぞった。


「いいんだよ。男は自分でもどうしていいのかわからないぐらい、よくこうなるんだ」ロバートはしかめ面をしてみせた。「慣れているからだいじょうぶ。あなたを腕に抱いているあいだ、本当に楽しかった。あなたがもう少し楽しめるようになったら、今度はわたしのほうもお願いするよ。急いでまた、あなたを怖がらせてもいけないからね」

アイアンサは目を丸くしてロバートを見つめた。

「それは心配ないわ。今晩あなたがしてくれたことは、あの日起こったこととはまったく違っていたもの」


わたしは裏切り者かもしれない、とロバートは思った。シャクティの夢を見た。上掛けをはねのけ、ベッドの端に腰かけて、冷気に身を晒《さら》した。アイアンサに触れながら欲望を遂げられなかったのだから、夢を見るのはしかたがない。

しかし、なぜシャクティなのだ？

いまでもまだ、シャクティのしなやかな金色の体を、ときどき思い出す。のぼりつめたときの叫び声が聞こえるような気がする。しかし、今夜はアイアンサもその情熱を見せてくれたのだ。しかも、自分を最後まで誘おうとしてくれたではないか。

欲望を成し遂げられなかったのは、神の思《おぼ》し召しだ。アイアンサの心の準備ができるまでは待たなければいけないのだ。

しかし、愛を自由に与え、与えられたころが懐かしかった。

家族が恋しかった。踊る小さなラキ、金色の肌のシャクティ。孤独感に圧倒されそうになる。窓辺に立って外を眺めると、涙があふれ出てきた。月明かりの下に、荒野が寒々と広がっている。ここに慰めはない。隣の部屋に行ってアイアンサのそばに横たわり、その体を抱き寄せたかった。


しかし、それはできない。

アイアンサへの欲望は、決して満たされないだろう。

ただ、少なくともふたりで一緒にいることはできる。アイアンサは、さまざまな話題について、ロバートと語り合えるほど賢い人だ。すでに古書の読み方を教えはじめたし、ふたりで詩について話をすることもある。シャクティのときにはなかったことだ。

それなのに、アイアンサは、いつも、正体のわからない壁の向こう側にいる。

手が届かない場所に。

ロバートはため息をつき、ベッドに戻った。

その壁は、その日の午後も立ちはだかっていた。ロバートは、馬車の座席の反対側で外を眺めるアイアンサに目をやった。昨夜はあれほどうまくいったのに、またもとに戻ってしまった。まるでダンスだ。

窓から外を見つめ、ふたたびロバートを振り返った。「あなたといるのが気恥ずかしくて。わたし……ひどくふしだらだったから」

ロバートは笑いながら、片手で彼女の手を握った。「夫婦のあいだで、ふしだらなんてことはないよ」

「そうね。たぶん、淫《みだ》らというべきかしら」アイアンサはロバートと握り合った手を、まるではじめて見るもののようにじっくり眺めた。

手を引っ込めることはしなかった。ロバートはそれに励まされ、アイアンサを引き寄せて、唇に軽くキスをした。「ふたりとも淫らな気持ちにならないと、愛の行為の喜びを十分に知ることはできないんだよ」

「でも、昨日の夜はそうではなかったわ」問うような目でロバートを見る。

「ああ。あなたを怖がらせたくなかったからね」

アイアンサは少し考えた。「では、わたしが怖が一歩進んで、また一歩下がる。忍耐が必要なことははじめからわかっていた。しかし、アイアンサの横にいて、彼女を求めながら我慢するのが、こんなにつらいとは思ってもみなかった。

もうこれ以上、我慢できないかもしれない。

ロバートは椅子の背にもたれ、もの思いにふけっているアイアンサを眺めた。彼女はまだ外の景色を見ている。

もうたくさんだ！

「アイアンサ、なにをそんなに真剣に考えているんだ？」

アイアンサはびくっとして、慌ててロバートを振り返った。「いいえ、大事なことではないの」

「昨日の夜のことなら、とても大事なことだと思うよ」ロバートは穏やかに言った。

アイアンサは顔を真っ赤にして、おずおずとロバートを見た。「そうね。大事なことね」そう言うと、るのではないかと心配しているあいだは、あなたは完全には楽しめないの？」

ロバートはうなずいた。「そういうことだ。だが、急ぐのはよくないからね。ふたりの距離が徐々に近づくのなら、わたしは喜んで待つつもりだ。しかし、なにかするたび、あなたは離れていってしまう」

「ごめんなさい」アイアンサはうろたえた。「そんなつもりではなかったの。はじめてのことばかりで、慣れてなくて……」ため息をつき、言葉を続ける。「もうずっと、愛情を示すことなんてなかったから。それに、愛の行為は……」アイアンサは眉根を寄せた。「なにもかも見せることになるでしょう」

ロバートはアイアンサのもう一方の手もとって、両手を握った。

「そうだよ。体だけでなく、すべての自分をね」

アイアンサはうなずいた。「だからつらいの。でも努力はしているのよ」

「わかっている。急《せ》かすつもりはない」

「少しは急かされたほうがいいのかも」アイアンサは、はにかんだ笑みを見せた。

「そういうことなら……」ロバートはアイアンサを引き寄せ、後ろから抱くようにして膝にのせた。「いや、乗り物のなかでは難しいな。でも、あなたの体がこんなに冷たいとは」膝掛けを引っ張り上げ、ふたりの体をすっぽり覆うと、アイアンサがロバートの肩にもたれかかってきた。ロバートは満足げに彼女の髪に頬を押しつけた。

孤独はいくらか和らいだ。

とても寒い日だった。アイリー城に着くまでずっと、空は鉛色に垂れこめていた。また雪になりそうだ。道中はほとんどロバートの腕に抱かれていたのに、城に着くころには体がすっかり冷えきっていた。ロバートでさえ、旧館から玄関ホールにはいりながら、息をかけて両手を温めている。ふたりが戻ったのを聞きつけて、ゲイルズビルが迎えに出てきた。

「おかえりなさいませ。書斎を暖めてあります。お茶をお持ちしましょうか？」

「ありがとう」アイアンサは執事の手を借りて外套《がいとう》を脱いだ。「お茶をお願いするわ」

アイアンサは書斎に行きかけたが、足を止め、振り返ってロバートを見た。ロバートはホールのテーブルに置いてある手紙の束を集めている。「いま行くよ。ゆっくり見るとしよう」

机の上に郵便物を置くと、ロバートは暖炉の近くに椅子を二脚用意し、それぞれの膝に手紙の束を分けた。アイアンサにはベル・アッサンブレーから何通かと、姉から一通が届いていた。手紙はあとで読もうと脇《わき》に置いて、紐でくくってある小包を見た。

「誰からだい？」ロバートが顔を上げた。

アイアンサは包みを裏返した。「わからないわ。誰の字かしら」

「貸してごらん」ロバートは、アイアンサから包みを奪い、破ってあけた。紙が一枚出てきて、ふわりと床に落ちる。

アイアンサは身をのりだして紙を拾い、書いてある文字を見て、はっと息をのんだ。大きな字で、こう書き殴られていた。〈もうすぐ〉

恐怖で目が眩《くら》みそうになった。紙を床に落として振り返ると、ロバートの手のなかのものが目にはいった。深紅のサテンの布地。布地には、目と口用の穴があいている。「これはなんだ？」

これは――この六年間、悪夢のなかで見続けた覆面が、ロバートの手のなかにあった。妻のただごとではない表情に、ロバートは罵《のの》り声をあげた。

突然、なにかがアイアンサの体を駆け抜け、めまいが消えた。アイアンサは勢いよく立ち上がると、その忌まわしい覆面をロバートの手から奪いとった。

指を穴に突き刺して、激しく引き裂く。布は小気味よく破れた。何度も何度も、引きちぎるうちに、気持ちが昂《たかぶ》ってきて呼吸が荒くなる。覆面がずたずたになり、もはや裂くこともできなくなると、アイアンサはその残骸《ざんがい》を火に投げ入れた。

アイアンサは大きく息をついたかと思うと椅子に倒れ込んだ。

ロバートは驚いて妻を見た。床に落ちた紙を拾い上げ、火にくべる。

「それでいいんだ」

奇妙な感じだった。奇妙に前向きで、解放された気分だった。脅しに屈せず覆面を破ることで、恐怖心が消えて別な感情が生まれたようだった。長いあいだ、恐怖しか感じられなくなっていたのに。

六年間ずっと。

その夜、アイアンサは食事をしながら、ロバートの服の下に隠れた筋肉の動きや、顔の表情の動きを見つめていた。夫はおどけてみせたり、まじめな顔をしたりした。顔をほころばせると、それに応《こた》えるようにアイアンサの体が熱くなった。その熱さの秘密にアイアンサも気づきはじめていた。ロバートの温かな手、強い肉体、やさしい愛撫は、暴行犯から受けた仕打ちとはまったく違うものなのだ。

ロバートはわたしのために自分を抑えてくれている。わたしを慰め、理解し、家と、結婚と、欲望を感じる機会を与えてくれた。彼には感謝することばかりだわ。それなのに、彼がわたしに望むのは、愛の行為について学ぶことだけだなんて。

彼の望みをかなえてあげたい。

ベッドにはいる前、アイアンサはカミーユに、これまで着たことのなかった夜着を用意させた。姉のアンドレアから結婚祝いにもらったものだ。純白のシルクの布地は、襟ぐりが深くあき、スカートのひだが腰と太腿に優雅にまとわりついた。透ける生地でできた揃《そろ》いのローブは腰が隠れる長さで、胸元をふたつのリボンで上品に留めてある。アイアンサは寒さで震えた。こんなものを着ていたら、凍えてしまうわ。でも、これほど多くを与えてくれた彼のために、これぐらいはしてあげないと。

カミーユは、アイアンサがこの夜着を出すように言うと、訳知り顔でほほ笑んだ。しかし、髪を梳《す》いてもらうときに、ドレッサーの鏡に映った彼女はふてくされているように見えた。この若いメイドのことはまだよくわからない。わけをきいたほうがいいのかしら。そっとしておいたほうがいいのかしら。

アイアンサが迷っているうちに、カミーユは笑いながらリボンを使って髪を高く結い上げた。「旦那《だんな》様は喜んでこの髪をほどくのでしょうね」

アイアンサは顔を赤らめた。どう反応していいのかわからないので、ただ、微笑を返した。「ありがとう、カミーユ。下がっていいわ」

メイドは膝を曲げて会釈をすると、部屋を出ていった。

アイアンサは居間へと続く扉をじっと見つめた。

そして、深呼吸をすると扉に向かった。居間にはいると、ロバートはもう長椅子に座って、夜のブランデーを楽しみながら古い文書に目を通している。アイアンサはどうしていいかわからず、ロバートのところではなく暖炉の前まで行って、体を温めた。

ロバートが顔を上げた。グラスを口に運びかけた手を止め、滑稽《こっけい》とも思えるほど目を見開いた。アイアンサは顔がかっと熱くなった。ロバートは彼女を見つめたまま、ゆっくりと、注意深くグラスをテーブルに置いた。

ロバートがようやく笑った。

13

「こんばんは、奥様。とてもすてきだ」

隣に座るように言われると思っていたのに、ロバートはなかなかそう言ってくれなかった。かわりに熱いまなざしでアイアンサを見つめた。薄いシルクの布地越しに肌を焼くかと思われるほど、視線が痛い。彼は腕を伸ばして言った。「そこに立っているあなたを見ているのもいいものだが、やはり、もっと近くに来てほしい」そう言って膝を叩《たた》いた。「さあ、ここにお座り」

アイアンサは、どう返事をしていいかわからなかった。頬を赤く染め、長椅子に近づき、言われたとおりにロバートの膝に座った。自分の体がどうなっているかわからないほど緊張していたが、彼の脚の温かさは心地よく感じた。アイアンサはなんとかほほ笑んだ。

ロバートは、文書を傷めないようにテーブルの上に置いた。それからブランデーグラスをとり上げ、アイアンサの口に持っていった。アイアンサはほんの少しだけ口をつけ、それから思いきってごくりと飲んだ。喉がかっと熱くなり、彼女は咳《せ》き込んだ。

「急がなくてもいい。今夜はたっぷり時間があるから」ロバートもひと口飲むと、にっこりほほ笑んで、アイアンサにまたひと口すすめた。「ブランデーも、ゆっくり味わったほうが楽しめる」

今度はゆっくりと飲み込んだ。力が抜けるような、気持ちのいい感覚が体じゅうに広がり、おなかが熱くなった。ロバートがアイアンサの夜着にある一番上のリボンに指をかけ、結び目をそっと引っ張った。リボンがほどけて、夜着の前が開き、アイアンサは首から上が真っ赤になるのを感じた。

ロバートは前かがみになり、アイアンサの首筋に軽く口づけた。「すてきだ。肌が真っ赤だよ」

アイアンサは、ロバートが唇に運んでくれたグラスから、またひと口飲んだ。彼が二つ目の結び目をほどくと、胸の部分がはだけた。大きな手のひらがゆっくりと片方の胸のふくらみを覆う。胸の先端が熱くなり、アイアンサは大きくあえいだ。ロバートはアイアンサにもうひと口ブランデーを飲ませ、自分も残りを飲み干して、グラスを置いた。片方の胸に手を置いたまま、胸の谷間にキスをして、心ゆくまで肌を味わう。唇を喉に向かって這《は》わせ、キスを続ける。ほてった肌に彼の湿った唇の跡が残った。

唇と唇が重なり、キスが深くなっていく。ロバートの指は胸の頂を探しあて、弄《もてあそ》んだ。アイアンサが呻《うめ》いた。彼の高まりが太腿にあたるのを感じる。彼女が腰を動かすと、ロバートは指先に力をこめ、短く息を吐いた。それに応じるようにアイアンサはふたたび腰を動かした。

「ああ、いまはそこまでだ。お楽しみをこんなところで終わらせたくないからね」ロバートはアイアンサを長椅子の上に横たえてから、彼女の両膝を割って、脚のあいだにひざまずいた。

ああ！　ロバートにすべてを見られている。体に緊張が走り、アイアンサは両手で顔を覆った。

ロバートは、アイアンサの両手を顔からやさしく払い、瞳をじっと見つめた。「いいかい？」

アイアンサは深く息を吸い込んだ。「いいわ」彼女はやっと答えた。これで本当の夫婦になるのね。怖いなんて思ってはいけない。落ち着いて。ああ、でも、やっぱり……。「ちょっと待って」

ロバートはうなずくと、アイアンサの髪に手を伸ばしてリボンを引き抜いた。髪を指で梳《す》き、肩にかかった銀色の巻き毛を撫《な》でる。アイアンサはカミーユの言葉を思い出して、笑いをこらえた。

アイアンサは彼の手をとり、自分の頬に押しあてた。彼の親指が顎を撫で、唇をなぞる。アイアンサもロバートの手のひらにキスを返した。まず片方、そしてもう一方に。それから唇を離し、深く息をすると、気分が和らいだ。ロバートの手が肩におり、夜着を落とす。その手が彼女の腕を伝い、やがて太腿に置かれた。彼のまなざしはアイアンサにじっと注がれている。

アイアンサはなんとか笑ってみせた。「だいじょうぶだと思うわ」

「本当に？」

うなずくと、ロバートの手が待っていたように腰に移った。彼はアイアンサの腰をぐいと自分のほうに引き寄せ、ふたたびキスをはじめた。彼の唇が白い胸の谷間を探っている。やさしく口づけながら舌が夜着を濡《ぬ》らし、徐々に胸の頂に近づいていく。ついに目的の場所に辿《たど》りつくと、アイアンサはため息をもらし、思わずロバートの肩をつかんだ。

不意に彼の息遣いが激しくなり、アイアンサはそれが自分のものなのか、そうでないのかもわからなくなった。指が巧みに太腿をまさぐり、唇が胸の頂を愛撫《あいぶ》する。アイアンサはたまらず、呻き声をあげた。

ロバートが床に座り、アイアンサの体を長椅子からおろして、自分の上にのせた。彼女の胸の位置が自分の口の高さになるようにする。夜着をめくり、彼女の脚のあいだに自分の膝をねじ込んだ。アイアンサも知らず知らず両脚を開いていた。

こんなことをしていいのかしら？

でももうなにも考えられなかった。胸の頂に口づける彼の唇の感触に陶然となり、思考が吹き飛んでしまった。彼も欲望が高まっているのを感じる……。

ロバートの指がアイアンサの太腿の奥に触れると、

一瞬、目の前が真っ暗になった。闇《やみ》——恐ろしくて暗い闇。しかし、闇はきらきら輝く無数の破片となって砕け、気がつくと、アイアンサは叫んでいた。光る破片が飛び散ると同時に、彼女はロバートの胸に倒れ込んだ。待って……この感触はなあに？

ロバートがわたしのなかにいる！　彼がなかにはいっているわ！

アイアンサは動転して本能的に体をこわばらせ、彼にぎゅっとしがみついた。ロバートが大きく呻き、腰を揺らした。動きがだんだん速くなる。動きながら、彼はかすれたような荒々しい勝利の叫びをあげた。しだいに動きが緩慢になり、やがて止まった。彼はそのままアイアンサをきつく胸に抱き、ふたりの呼吸が静まるまでずっと動かずにいた。

終わったわ。ようやく彼と本当の夫婦になれた。わたしは乗り越えることができたんだわ。

ロバートは、アイアンサをかたわらの絨毯《じゅうたん》の上に寝かせると、肘をついて自分も寝ころび、彼女の顔をのぞいた。「だいじょうぶ？　痛くなかったかい？」

アイアンサは首を横に振った。「いいえ。気づかなかったくらいよ。あなたがいつ……」

ロバートは笑った。「よかった。すごく気をつけたんだよ。あなたを怖がらせたくなくて。それでも怖かったかい？」

「一瞬だけ。わたし……夢中で、すぐにはわからなかったの。ちょっと怖いと思ったけれど、平気だったわ」

「ずっと欲しくてたまらなかったから、少しせっかちだったかもしれないね」ロバートはにっこり笑った。「今度はあなたもひとつになる喜びを味わえるよう、ゆっくりやろう。だが、はじめてのときはこれぐらいがちょうどいい」それから真顔になって言った。「じきに楽しめるようになるさ。きっとだ。

とてもすばらしいものだよ」

「いまだって、とても楽しかったわ。すごく緊張したけれど、それを通り過ぎると、気持ちよかった。どうしようもないくらい」アイアンサは少し考えるような顔つきになった。「あんなふうにするのだとは思っていなかったわ。わたし、あんなふうでよかったのかしら？」

ロバートが額にキスをして言った。「自然に、思ったとおりに動けばいい。それが情熱の証《あかし》で、それを見るのがわたしの喜びなんだ。ああしたのは、あなたがあのとき……」

ロバートが不安な顔を見せたので、アイアンサはうなずいた。「わたしがあのとき地面に押さえつけられたからね」

「だから、そうしたくなかった」

「ありがとう、ロバート。わたしのことを本当にわかってくれているのね」アイアンサはロバートの肩に頬を押しあてた。ロバートの強い腕が、アイアンサの体を抱きしめた。

神様、感謝します。ロバート・アームストロングをわたしの夫にしてくださったことを。


その夜、アイアンサはロバートの腕のなかで眠った。ヴァレリアが小さかったころは、怖い夢を見たと言ってはアイアンサの寝室に逃げ込んできて、朝まで一緒に寝たことがある。だが、それもあの事件が起きる前のことだ。

今度は立場が逆だった。アイアンサは、悪い夢を見た子どものように夫にしがみついた。固く封じ込めたあの悪夢。いまはそれに向き合わないといけない。起きたことを知るのはいいことだわ。わたしを大きく解き放ってくれたもの。

それでも、まだ怖かった。

だから、ロバートの力で守ってもらいたかった。

しかし、目を覚ましたとき、彼はいなかった。

目覚めるとすぐに、ロバートは妻のベッドを抜け出した。昨夜、ついに完全にアイアンサとひとつになることができ、朝になると、また彼女が欲しくなった。朝の光のなかで愛し合うことをアイアンサがどう思うかわからなかったので、我慢して、そのまま彼女を寝かせておいた。あと少し我慢するくらいなんともないだろう。望みはある。愛に満ちた未来がやってくるのだ。

口笛を吹きながら髭《ひげ》を剃《そ》っていると、アイアンサの寝室に続く扉からノックの音がした。ロバートは驚いたが、振り返って言った。「どうぞ」

扉が開き、アイアンサが顔をのぞかせた。ロバートは剃刀《かみそり》を置き、顎に残った石鹸《せっけん》を拭《ふ》いた。後ろを向くと、アイアンサが白いシルクの夜着をはためかせ胸に飛び込んできた。彼女を裸の胸に抱き、髪に自分の頬を押しつけながら、ロバートはほほ笑んだ。

「いったいどうしたんだい?」

アイアンサがいっきに言った。「起きたらあなたがいなくて急に怖くなったの」

「だいじょうぶだ。わたしはここにいる」ロバートは、アイアンサの柔らかい髪を撫でた。「なにを怖がっているんだ?」

「わからないわ。ただ、このごろとても怖いの。冷静でいることができなくて、いろいろな感情が不意に襲ってくるの。怖い夢を見た子どものように」アイアンサは首をそらしてロバートを見つめた。

ロバートは急に罪の意識に襲われた。「わたしのせいだね。何年もあなたは感情を表に出さずに生きてきた。わたしはそれをやめさせようと思った。そのせいできみが恐怖に怯《おび》え、人生を楽しめないのではは不幸だと信じていたからだ」それはまちがいだったのだろうか?

アイアンサはため息をついた。「あなたの言うとおりだと思うわ。でも、わたしにとっては、とても難しいことなの」

ロバートは妻の頭を自分の胸に押しつけた。「すまない。だが、わたしは決して諦《あきら》めないよ」

ロバートの胸に頬をすりつけアイアンサがうなずいた。「信じているわ。そして、感謝しています」

感謝？　わたしが妻に望んでいるのはそんなことだったのだろうか？

その日の夕方、ロバートはアイアンサの寝室の扉を叩いた。「どうぞ」妻の短い返事が聞こえ、ロバートは扉をあけた。そして、そのまますぐ出ていきたくなった。

薬はききすぎるほどきいたようだ。このあいだまで、あれほど感情を抑えつけていたアイアンサが、手紙の束を振りまわしながら部屋を行ったり来たりしている。アイアンサは見事に、自由に感情を表す自分をとり戻したらしい。

彼女の怒りが自分に対するものでないことを、ロバートは願った。

アイアンサを刺激しないよう、彼は何げないふうをよそおい、部屋にはいっていった。

アイアンサはロバートのところまで来て、手紙を振ってみせた。「これを見てちょうだい！」

ロバートは手を伸ばした。しかし、アイアンサは身を翻して部屋の反対側にある机に向かい、その手紙を机の上に投げつけた。「まったく男という人種ときたら」

これはまずいところに来てしまった。ロバートは眉を上げてみせただけで、意見を言うのは控えた。

「男は自分たちが世界を支配していると思っているんだわ」アイアンサは足音をたてて戻ってくると、腕組みをしてロバートの前で立ち止まった。ロバートは平静を装い続けた。「そして、女を自分たちに仕えるためだけにいると思っているのでしょう？　この手紙の夫は収入をすべて賭事《かけごと》に注《つ》ぎ込んでおいて、家事ができていないと彼女を罵《ののし》るの。そして、この夫は……」

　最初の手紙を床に落とし、次を手にとった。

「この夫は、使用人の前でさえ奥さんを手荒く扱うし、昼夜に限らずいつでも、彼に応じることを強要する。でも、この手紙の夫よりは絶対にましだわ」三通目を手にとる。「この夫は、妻が詩を書きためていたのを見つけてばかにしたあと、それを暖炉に投げ込んだのよ。信じられる？　彼女の心の奥は恐怖と欲求で……」アイアンサはいからせた肩を落とし、心配そうにロバートを見た。「わたしったら、大きな声をあげてしまって……。ごめんなさい」

　ロバートは危険が去ったのを知り、慎重に妻に近づいていった。女性はひとりの男性に対する怒りを別の男性に転嫁することがよくある。

　ロバートは努めてまじめな顔をした。「その男たちは確かにろくでもないやつらだ。しかし、わたしがそういう男たちとはまったく違うということを理解してもらえるとありがたいのだが」言うそばから、笑みがこぼれた。

　恐れていたとおり、アイアンサは苛立《いら》ちを見せた。

「ええ。それはわかっているし、あなたに文句を言っているわけではないわ」

「それはまことにありがたい。奥方が不機嫌なのが、わたしのせいではないとわかって」ロバートはアイアンサの腕に触れた。

　アイアンサはロバートの顔をじっと見た。「もちろん、あなたのせいじゃないわ。あなたに腹を立てる理由などないもの。それに、この男の人たちだって、まったくの他人だし……。それでも……」ため息をついて続けた。「今朝言ったように、急にいろいろな感情に襲われるようになったの。抑えることができないの」

ロバートはアイアンサを引き寄せて言った。「あまりに長いあいだ、抑えつけてきたからだよ。それをやめたのだから、一度に噴き出してくるのもしかたがない」

「わたしもそう思うわ」アイアンサはロバートの胸に頭を押しつけた。「でも、なんだか落ち着かないの」

「そうだろうね」ロバートはアイアンサの顎を上げて、唇にやさしくキスをした。体が震えた。一瞬、またベッドで人生最大の冒険を試してみよう、と言いたくなったが、彼女が昼も夜もかまわず求める夫に激怒していたことを思い出し、やめておくことにした。運試しはしないほうがいい。ロバートは妻から離れた。「遠乗りに行かないか？　絵の道具も持っていくといい。外は暖かいよ」

「行きたいわ」自分を見あげてほほ笑む彼女の顔を見ると、ロバートはまたもや彼女をベッドに誘いたくなった。「着替えるから、二、三分待っていて」

まあ、それは、あとでもいいだろう。

ロバートは岩に寄りかかって、のんびり読書をし、アイアンサは岩だらけの低い丘の頂から見える眺めを絵に描《か》いていた。暖かいとまではいかないが、それほど寒くもない。冬の穏やかな日の光が降り注ぎ、岩を温め、眠気を誘う。アイアンサは小柄で体が冷えやすいので、寒がってはいないか、ときどき注意して見てやらなければならない。

馬のそばの日溜《ひだ》まりで昼寝を決め込んでいるフェラーと交代で、周辺の様子を探りに行く。見まわったのち、何事もなければ読書に戻るつもりだった。

突然、狭い谷の向こう側から銃声が聞こえた。

アイアンサの叫び声がした。急いで戻ると、イーゼルが斜面を転がり落ちていくところだった。ロバートは大岩の陰から飛び出し、アイアンサの腰をかかえて、また岩陰に戻ると、ポケットから小さな拳《けん》銃《じゅう》をとり出した。フェラーがすぐにやってきて、鞍《くら》から外した大ぶりの馬上短銃を渡した。フェラーも自分の銃を持ち、アイアンサもスカートの下から隠していた武器をすばやくとり出した。

物音ひとつしない緊張のときが続いた。

三人は息を殺した。ロバートの全身の筋肉がこわばった。

数分たっても相手が撃ってくる様子がないので、ロバートは銃の先に自分の帽子をかぶせ、岩の上に突き出した。

なにも起きなかった。

ロバートがうなずくと、フェラーはそっと大岩の陰を離れ、山頂の向こうへ背後を確認しにいった。

ロバートは地面に伏せ、岩に体を預けて谷の向こうの斜面を見た。斜面は少し植物がはえているだけで、なにかが動く気配はない。大岩の陰に隠れていたあいだに、狙撃《そげき》手はこっそり姿を消したのだろうか？それとも、仕留める機会をうかがって、どこかに隠れているのだろうか？

ロバートはアイアンサが拳銃を握ったまま自分にもたれかかり、向こう側をうかがっているのに気づいた。「伏せていなさい！　姿を見せてはいけない」ロバートは鋭い口調で言い、アイアンサを連れて後ずさりした。

ふたりは岩陰に身を寄せた。アイアンサが顔をしかめて言った。「相手を見ないと撃てないわ」

「そのとおり。相手が見えないということは、相手もあなたを撃てないということだ」ロバートもアイアンサに向かって顔をしかめた。アイアンサが恐怖ではなく、固い決意をみなぎらせているのが救いだ。

「あなたは姿を見せてはいけない。狙《ねら》われているのは、あなただ」

アイアンサは一歩も引かずにロバートを見つめ返した。「びくびくするのはうんざりなの。逃げずに闘いたいのよ」彼女はため息をついてうなずいた。

「わかったわ。だけど、犯人はあなたのこともかまわず殺そうとしているのではないかしら。そしてフェラーも。ふたりを危険な目に遭わせてしまったわ」

ロバートはアイアンサの顔を手ではさみ、親指で唇をなぞった。「心配しなくてだいじょうぶだ。フェラーとわたしは、これまでも一緒に危険をくぐり抜けてきたのだから」

自分の名が呼ばれたのがわかったかのように、フェラーが戻ってきた。「こっちには誰もいませんよ。少なくとも撃ってくるやつはいなかった。谷の向こう側に隠れているのでしょう。銃声は一度きりしか聞こえなかった」

「わたしも一度聞いただけだ」ロバートは少し考え込んでから、ほっとしたように言った。「向こうはおそらくひとりだろう。それがはっきりするといいのだが」

「あそこにいるかどうかもわからないわ」アイアンサは岩から頭が出ないようにしながら、向こうをうかがっている。「もう行ってしまったのではないかしら」

「帽子を見せても撃ってこなかった。まあ、そんな陳腐な仕掛けはお見通しなのかもしれないが」太陽が沈みはじめ、空気が肌寒くなってきた。冷え込んでくる前に帰らなければ。ロバートはフェラーに向かって言った。「どうする？」

フェラーが顎を撫でた。「わしが先に行っておびき寄せましょう」

「だめよ！」立ち上がりかけたアイアンサを、ロバートがしゃがませた。アイアンサが険しい目つきでロバートを見た。「わたしのかわりに誰かが撃たれるのはいや。暗くなるまで待ちましょう」

ロバートは首を横に振った。「寒くなってきたし、暗いなかを城まで帰るのは時間がかかる。尾根づたいに歩いていけるところまで行き、丘を下って、そこから馬を走らせよう」

「それがいちばんでしょう」フェラーは少しずつ馬に近より、尾根まで三頭を引いて連れていった。

ロバートが銃でアイアンサに合図すると、アイアンサは身を低くしたまま、歴戦の兵士のように斜面をおりていった。まったくたいした女性だ。ロバートは彼女が誇らしかった。アイアンサの絵の道具をかき集め、イーゼルを拾い上げて、絵をケースにしまう。尾根に出たが、どうやら襲ってくる気配はない。

フェラーと合流して尾根づたいに進んでいくと、やがて道がとぎれた。馬の陰に身を隠し、丘を越える。ロバートは注意深く周囲を見まわしてから、ふたりに馬に乗るよう合図した。薄闇が迫る道を、三人は全速力で馬を走らせ、城に戻った。

三人は、使用人たちが驚いて迎えるなか、薄暗い厩《うまや》に駆け込んだ。厩は暖かく、アイアンサはほっとした。ロバートとフェラーはもう馬からおりて、人を呼びに走っていった。アイアンサは荒い息をしながら鞍をおりた。

ロバートが急いで戻ってきた。「だいじょうぶかい?」

「ええ。息が切れただけ……興奮しているからだと思うわ」

「興奮?」ロバートはにやりとした。「そう聞いて安心したよ」彼はアイアンサの腰に腕をまわし、にこやかに城の階段を上がっていった。

「冒険をしたくてたまらなかったの」そう言って笑

顔を見せるアイアンサを、ロバートはひしと抱き寄せ、激しいキスをした。

唇を離すと、彼はアイアンサの顔を見つめて言った。「言っておくが、わたしが考えていたのはこんな危険な冒険ではないよ。あなたを本物の危険に晒《さら》したくはないんだ」

「冒険に危険はつきものよ」アイアンサがまたキスをしようと顔を近づけてきたので、ロバートは喜んで応じた。

顔を離し、息を吸ってから、ロバートは首を横に振った。「ちょっとした興奮と銃で撃たれることとを一緒にしてはいけない」

「でも……」アイアンサはロバートの目を見つめて考えた。「怖いというよりぞくぞくしたの。とくに馬で疾走したときは」

「あきれた奥方だ」ロバートはアイアンサの顔に触れた。「ほかにもぞくぞくするものはある。どうだい、二階へ行かないか?」

アイアンサは同意し、ロバートに従って、外套《がいとう》も脱がずに玄関ホールを通り抜けた。経験したことのない渇望に襲われる。どうやら、ロバートも同じらしい。まっすぐに寝室に向かっている。

アイアンサは理由を尋ねなかった。

ロバートは、アイアンサをすばやく抱きしめキスをすると、彼女の外套を脱がしはじめた。外套を肩からするりと床に落とし、反対向きにさせて服のボタンを外していく。外套と服が床の上に重なり、彼は後ろからアイアンサを抱きしめた。両手が彼女の胸を包む。アイアンサはロバートにもたれかかり、ため息をもらした。

冷たく、ごわごわした毛織の外套が背中に触れ、温かい手が胸のふくらみを愛撫する。下半身に湧《わ》いた欲望の波が大きなうねりとなり、体全体に広がっていく。アイアンサはロバートの下腹部が緊張するのがわかった。彼は愛撫の手を休めて外套を脱ぎ、ベッドの端に座ると、アイアンサを自分のほうに向かせた。そして彼女の腰を撫でながら、ベッドに横たえた。それからブーツを脱がせ、自分もブーツを脱いだ。

ロバートがベッドにはいってきた。彼はもどかしげに彼女の胸の頂を貪《むさぼ》り、味わった。アイアンサは頭がくらくらした。まるで快感の雲にのって空に浮かんでいるようだ。

いつの間にか、アイアンサはロバートの体の上にのっていた。脚のあいだのずんとした響きで、彼女はわれに返り、地上に引き戻された。ロバートが彼女の欲望の中心を目指して、腰をぶつけてくる。アイアンサはふたたび体が宙に浮くのを感じた。そして、例のわけのわからない感覚が訪れるのを待った。ロバートの動きが激しくなり、やがて世界が真っ暗になったかと思うと、白く光って、弾《はじ》けた。

なにも考えられなかった。彼女はただ、全身をこわばらせ、頭からつま先に駆け抜ける衝撃を感じ、自分の叫び声をどこか遠くで聞いた。

ロバートの声が、それに応《こた》えるように聞こえてきた。

アイアンサはロバートの上に崩れ落ちた。ふたりは空気を求めてあえいだ。アイアンサが上からおりて、かたわらに横たわると、ロバートはにやりと笑った。

「この冒険はお気に召したかな」

きょうの午後は最高に愉快だった。ばか者どもは本気で殺されると思っていた。

もちろん殺してやるとも。

しかし、まだ早い。

いまやれば、自分が犯人だとわかってしまう。それでは目的を果たしたときの楽しみが台無しになる。

それにしても、あいつらが慌てふためき、隠れているのを見るのは愉快このうえなかった。こちらは暖かい家に帰るために早々に抜け出したのに。寒い戸外でじっと待機していたのだろうからな。

くっくっと低い笑い声がもれた。

恐怖と寒さに震えながら、あいつらは、ずっとあの場所にいたのだろう。

あのお高くとまった売女《ばいた》は、殺す前にたっぷり楽しませてもらうつもりだ。あの傲慢《ごうまん》な女につきまとい、貶《おとし》めてからずいぶん月日がたった。今度は、あの女に哀れみを乞《こ》わせ、〝ご主人様〟と呼ばせてやる。

殺す前に。

14

次の日の午後、応接間でセバーガム男爵が待っていると執事に告げられ、アイアンサは驚いた。お邪魔するかもしれないとは言っていたが、あの無口な隣人が本当に来るとは思わなかった。儀礼訪問をするような人間には見えないので、本当に退屈しているに違いない。アイアンサがはいっていくと、セバーガムは立ち上がってお辞儀をした。

「レディ・ダンカン、お元気ですか」青い目はどこまでも鋭く、アイアンサへの気遣いなどまったく見られなかった。

彼に会うのは少しも嬉《うれ》しくなかったが、アイアンサはほほ笑んだ。「とても元気です。ありがとうございます。きょうはどうされたのですか」

「冬は退屈ですからね。いや、もちろん、あなた方にお目にかかりたかったのですよ」セバーガム男爵は口元にかすかな笑みを浮かべた。彼の言葉はまったく信じられない。なにか目的があるに違いないわ。アイアンサが口を開く前に、ロバートがはいってきた。

「こんにちは、セバーガム男爵。ゲイルズビルからあなたがここにいると聞いてきました」ロバートは部屋を横切り、握手をすると、アイアンサのほうを向いた。「お茶は言いつけたかい？　男爵はワインのほうがいいかな」

セバーガムはうなずいた。「ありがとうございます。ワインをいただきたいですね」

この人はもうたっぷりと飲んでいるはず。息がぷんぷん臭《にお》うわ、とアイアンサは思った。驚くことはない。夜だけでなく、昼でもお酒を飲む男性は大勢いるのだから……。しかし、セバーガムは酔っているようには見えなかった。彼は奇妙な臭いがした。ワインの匂《にお》いではない。たばこ……たばこだろうか。アイアンサは背筋がぞくっとした。

彼女は失礼にならない程度にできるだけ離れた椅子に座り、男たちのたわいもない会話を聞いていた。ロバートがデキャンタからシェリー酒を注《つ》いだ。

「カンバーランドの冬にはうんざりします。雪と寒さがつらい」セバーガム男爵はワイングラスを大きく傾けた。「カリブにいるあいだに血が薄くなってしまったようでしてね。今年は早めにロンドンに出ようかと思っています。みなさんより少し先に」

早く行ってくれればいいのに、とアイアンサは思った。この人は好きになれない。この人の臭いをかぐと、なんだか胸が悪くなるわ。

ロバートはまじめに相手をしている。「わたしは冬が好きですね。インドにいるときは冬が恋しかった。ヴィジャヤ王子はつらそうですが」

「ああ、あの怒っていたあなたの友人ですね」太い眉の片方が少しだけ上がり、気取った顔が笑うように歪《ゆが》んだ。「彼とはみなさんと一緒に道でお会いしたきりですが、お元気でしょうね？」

「はい。ただ、寒さのせいであまり部屋から出てきません」

ゲイルズビルが入り口に現れて、もうひとりの来客を告げた。「ブロートン様です。奥様、お茶をお持ちしましょうか？」

「ぼくなら結構」サムがふらりとはいってきて、アイアンサの椅子の前に立った。「お元気ですか」アイアンサの手に礼儀正しくキスをし、男たちに挨拶《あいさつ》した。

アイアンサはロバートのいとこにほほ笑んだ。

「ようこそ、サム」サムは、夫をからかってばかりいるけれど、どうしても憎めない。アイアンサは執事に言った。「わたしはお茶をもらうわ、ゲイルズビル」

サムがロバートとセバーガムのそばに座って会話に加わり、アイアンサはお茶を飲みながら耳を傾けた。男の人って、本当に狩りや競馬の話が面白いのかしら？　女性が同席していなければ、もっと別の話をするんじゃないかしら。それでも、女性が好きな噂話《うわさばなし》やファッションの話とくらべたら、こちらのほうがまだ楽しめるわ。自分の書きもののことをぼんやり考えていると、セバーガムが立ち上がって、いとまを告げた。

ロバートはセバーガムを戸口まで送っていった。サムは自分でワインのおかわりを注ぎ、アイアンサの近くの椅子に移って、からかうように笑った。

「ぼくのいとこは、よき夫として務めを果たしていますか？」

どう答えるべきか迷っているところへ、夫が戻ってきた。「当然だ。どんな答えを期待していたんだだ?」」

　サムがにやりとした。「きみにもひとつくらい欠点があるかと思ったのさ」それから顎をしゃくり、出ていった客を示した。「セバーガムの目的はなんだったんだ?」

　ロバートは肩をすくめた。「見当もつかない。退屈だと言っていたが」

「そんな理由でやってくるやつじゃないと思うがね。なにかあるはずだ」サムは足台に両足をのせて、くつろいだ。「あいつはあまり好きじゃない」

「なぜだ?」ロバートも足台を引き寄せた。アイアンサも同じようにしたかったが、行儀よく背筋を伸ばして座っていた。女性は人前で足を崩すこともできないのだ。

「とくに理由はないが、どこかうさんくさい。同年代なんだが、子どものころはあまりよく知らなかった」サムは記憶を辿《たど》りながらワイングラスをまわした。「大きくなってからは、素行が悪く、父親は彼を南米に行かせた。きみがインドに行ったころだ。何年か前に、こちらに戻ってきた。父親が死んだのでね。それからときどき町で見かけるようになった」サムは顔をしかめた。「フレイザー家の跡取りは彼しかいなかったから、若いころの放埓《ほうらつ》ぶりにもかかわらず、男爵の領地はあの男のものになった。運のいいやつだ。すばらしい土地だよ」シェリー酒を飲み干して、グラスを置いた。「アイリー城ほどではないがね」

「きょうの用件は火薬工場のことだろう?」ロバートもグラスを空にして置いた。

「ああ、きょうはきみの代理人として来た。投資としてはとても面白そうだぞ。向こうの部屋で話そう」ふたりは立ち上がった。

　アイアンサはカップを置いた。「わたしもすることがありますからお気になさらず」

ロバートは身をかがめてアイアンサの頬にキスをした。「じゃあ、あとで」

アイアンサは彼が口づけたところに片手を触れ、ロバートの広い肩が扉の向こうに消えるのを見守った。

体の奥がぽっと熱くなっていた。

アイアンサは書きものに夢中になっていたので、ロバートが寝室にはいってきて背後に立ったのに気づかなかった。ロバートが肩に触れ、かがんで髪にキスをすると、アイアンサは飛び上がった。「びっくりしたわ」

「ごめん。驚かすつもりはなかった」ロバートはそう言って、アイアンサの肩越しに机の上をのぞき込んだ。「ベル・アッサンブレー誌の読者への返事かい?」

アイアンサは机の上に広げていたものを見やった。

「ああ、だめ!」急いで紙をかき集める。「これは……」

ロバートの大きな手がそれを邪魔しようと紙の山を押さえつけた。「またなにかやましいことをしているのかな、奥様?」

アイアンサはロバートの顔をうかがった。黒い瞳の奥がからかうように光っている。「違うわ」

ロバートは紙の山を押さえたまま、もう一方の手で、アイアンサの顔にかかった髪を後ろに撫《な》でつけた。表情は厳しいが、目は笑っている。

「それなら、なぜ慌てて隠そうとする?」

アイアンサは椅子の背に寄りかかり、腕を組むと答えた。「恥ずかしいことはしていないわ」

「わかっている」ロバートは体の向きを変え、机の端に腰かけた。「さあ、見せて」

「男の人が読んだら笑うわ」

ロバートは首を横に振った。「おいおい、わたしがレディ・ウィズダムの手紙を見て笑ったかい？」

アイアンサは一瞬、考えてから答えた。「笑ったわ。一度きりだけど」

ロバートは指を振って否定した。「あれは、ほっとしただけだよ。あなたにそういう才能があるのはすばらしいことだと思っている。ただ、なにを書いているのか知りたいんだ」

アイアンサは大きくため息をついた。だめと言えば、無理強いはしないだろう。でも……。「ええ、いいわ。いずれわかってしまうことだもの」アイアンサは紙の束を指して言った。「小説を書いているの」

「小説？」ロバートの顔が好奇心で輝いた。「どんな？　道徳的なもの？」

アイアンサは笑って首を振った。「違うわ。そういうのは嫌い」

ロバートは明るく笑った。「わたしもだ。それじゃ、どんなものを？」

「冒険小説よ。でも、あなたに会うまでは、どんなことを書いていいかわからなかったの。やっとうまく書けるようになってきたわ。昨日のことも書くつもり」

ロバートはにやりとした。「最初から最後まで？」

アイアンサは顔を真っ赤にした。「いえ、最後のところは書けないわ。お行儀がよくないもの」

ロバートは脇《わき》の下に手をいれて、アイアンサを立たせた。「行儀は悪いが、ぞくぞくする？」

机に座ったまま、脚のあいだにアイアンサをはさみ、両腕をまわして唇を重ねる。そのあいだ、会話は中断した。

ロバートは唇を離すと、アイアンサを抱いたまま、ふたたび口を開いた。「サムと昨日の事件について話していたんだ。とても心配していたよ」

「わたしだって心配よ」アイアンサは体をそらして

ロバートの顔を見た。ロバートは手を離し、ふたりは暖炉のそばの椅子に座った。「サムはなんと言っているの？」

「見当もつかない、と。密猟者の可能性もあると思ったが、密猟者なら、あなたを撃つはずがない。わたしは彼らのことは大目に見ているんだ。彼らも、たまには野うさぎの肉をシチューにいれたいだろうからね」

アイアンサは長いあいだ窓の外を見つめていた。「わたし、あの夜のことを、またひとつ思い出したの」

「本当に？」ロバートが身をのりだした。「どんなことだい？」

「臭いよ。セバーガム男爵が来たときに思い出したの。あの夜と同じ臭いがしたわ。ワインと……たばこがいりまじったような」

ロバートがうなずく。「アブサンだな。それに、やつはたしか、たばこも吸っている」

「アブサン？　それって強いお酒でしょう？」

「ああ、とても強くて、独特の香りがする。飲むと気がふれると言われているが、実際にそうなった人は知らない。わたしは自暴自棄になっていたときでさえ、試そうとは思わなかった。そんな危険な酒を飲むなんて、セバーガムは本当に退屈しているんだな」ロバートはじっと考えながら、アイアンサの顎を撫でた。「やつは昨日の午後、どこにいたんだろう。調べたほうがいいな」

「彼がわたしたちを撃とうとしたなんてことがあるかしら？　きょうここに来たときも、まったく悪びれた様子はなかったわ」

「顔には出さないだろう。鉄面皮だから」

「本当に退屈な人。それに冷たいし」アイアンサは身震いした。「好きにはなれないわ」

「一緒にいてもまったく面白くないやつだよ。あのあと、サムが来てくれて助かった」ロバートは笑いながら首を振った。「サムはいつだって笑わせてくれる。まじめな話をしていてもそうなんだ」

アイアンサはほほ笑んだ。

「そうね。サムのことはとても好きよ。でも、ときどき、あなたを羨《うらや》むような言い方をするでしょう」

ロバートは顔をしかめた。「わたしを羨む理由などないだろう」

「そんなことないわ。あなたのほうが体格がいいし、ハンサムだし。それに爵位も領地もある」

ロバートの目が丸くなった。「サムよりわたしのほうがハンサムだって？」彼は急に笑いだした。

アイアンサは頬を染めた。「ええ、そうよ。そう思うわ」

ロバートは身をのりだし、アイアンサの唇にやさしくキスをした。「ありがとう。だが、サムはああ見えても、ものすごく喧嘩《けんか》が強いんだ。わたしをからかっているだけだ。羨ましがってはいないよ」

「冗談でしか本当のことを言えない人がいるわ」

「サムは違う。父親からすばらしい領地を受け継いでいるし、ロンドンに立派な家もある。わたしの代理人をして蓄えも増えてきているし、事業への投資も一緒にしている」

「でも、アイリー城と男爵という歴史と格には太刀打ちできないわ。それに、投資しているのもあなたが貸したお金でしょう」

「それは昔のことで、ずっと前に返してもらった。サムとは兄弟同然だ。インドにいるときには寂しくてしかたがなかった。ヴィジャヤ王子と親しくなったのもそのせいだろうな。ヴィジャヤ王子には兄弟がいたけれどね。ところで、彼は小説に登場するかい？」

「もちろんよ、とても個性的ですもの」

「そうだな。それで、主人公の男性は？」

アイアンサはうつむいて答えた。「あなたにしようかと思って」

ロバートはいとおしそうに妻に手を伸ばした。

「それはいい」

アイアンサはいまにも叫び出しそうだった。もう何日も城のなかに閉じ込められ、退屈なこと、このうえなかった。狙撃者《そげき》が誰かわかるまで遠乗りは禁止だと、ロバートに言われている。彼の一方的な態度に怒りを感じないわけではない。でも、彼はわたしを守ろうとしているのだ。反抗するなんて、まちがっている。

そこで、絵の具を持って銃眼のある城壁――狭間《はざま》胸壁に行き、新たに描《か》くべきものはないか景色を眺めることにした。下の玄関ホールまでおりて旧館にはいり、また昇るのは面倒だったので、自分の寝室のある階を通って旧館へ行こうと思いついた。

そのはずだった。

だが、いくら歩きまわっても目当ての通路は見つからず、まったく来たことのない棟にはいり込んでしまった。うろうろしているうちに、ようやくこれかもしれないと思う扉が見つかった。

扉をあけて、なかをのぞいた。「まあ！ どうぞお許しください。わたし、また迷子になってしまったみたいで」

ヴィジャヤ王子は驚いた顔で、読みふけっていた巻物から目を上げた。「レディ・ダンカン！ どうぞおはいりください」

「そんな。お邪魔するつもりはなかったんです。旧館への通路がわからなくて」

王子は立ち上がった。「邪魔などではありませんよ。ただ、残念ながら、お探しの扉はわたしにもわかりません」

アイアンサは、居間の内部をのぞいて驚いた。まるで、東洋の異国の風景をそのまま持ち込んだような部屋だった。彫刻を施した椅子、象牙《ぞうげ》をちりばめたベンチ、高くて大きなチェストにはさまざまな情景が彫刻され、彩色されている。壁には鮮やかな色のシルクのパネル画が並び、低いテーブルにはいくつか彫像が置いてあった。

「すごいわ！　すべてインドから持ってきたのですか？」

王子はアイアンサを招き入れた。「はい。国を離れても寂しくないように」

「美しいわ。重々しいイングランドの室内装飾とはまったく違うのですね。お国が恋しいですか」

王子はため息をついた。「ええ、ときには」そう言って暖炉のそばまで行った。「ことに、こちらは寒いのがこたえます」

「部屋を拝見してもいいですか？」

「もちろん」ヴィジャヤは手で部屋全体を示して言った。「ご主人のご好意で、この続き部屋を使わせていただいているのですから」

「まあ、そんなふうにおっしゃらないでください。あなたがいてくださって、光栄に思っているのですから。本当にすてきなものばかりね」アイアンサは石版画の前で足を止め、目を細めて、描かれた人物を見た。「これはなにを……」質問しかけてやめ、顔を赤くした。それは、複数の男女がなまめかしい愛の行為をしている絵柄だった。どの人物も幸せそうにほほ笑んでいる。

アイアンサが真っ赤になっているのを見て、ヴィジャヤ王子は石版画の前にそっと衝立《ついたて》を置いた。「これは、現在は廃墟《はいきよ》となった寺院に、その昔、飾ってあったものです」

「これが寺院に？」アイアンサは信じられないというように言った。

ヴィジャヤは微笑した。「そうです。インドでは愛の行為は恥ずかしいものではないのです。男神と女神の交合の延長だと考えられています。性愛をテーマにした芸術は尊いものなのです」

「そうなのですか。女性の神様がいるのが、奇妙な感じがします。キリスト教では、神はたったひとりで、男性ということになっているので」

「権威者はたいがい男性ですからね」

アイアンサは眉を曇らせた。まさに事実だ。権威ある者は女性が目立つことをするとすぐに否定する。ロバートは別だけれど。

ヴィジャヤ王子が話を続けた。「インドにはたくさんの女神がいますよ。地母神シャクティもそのひとりです」

「シャクティは、ロバートの元の奥さんでは？」アイアンサの胸が嫉妬《しっと》でほんの少し痛んだ。

「ええ、その女神から名前をもらったのです」王子のやさしい目に悲しみが見えた。

「お知り合いでしたの？」

「もちろん。わたしの姉です。大切な人でした」

「まあ。知りませんでした。それは、お気の毒なことを」

ヴィジャヤ王子がうなずく。「ありがとうございます」

女神と同じ名前だったのね。またしても胸がちくりとした。アイアンサは顔をそむけ、低い大理石のテーブルの上に並んだたくさんの小さな立像を見た。

「これもみんな神様ですか？」

「はい」ヴィジャヤは、大きな黒い目を見開いてたずんでいる像を指した。「これは宇宙の神、ジャガンナート様です。この目でわたしたちみんなを見守っていらっしゃいます」

「興味深いわ。わたしたちの神とよく似ています」アイアンサはその像をじっと見て言った。

「共通点はたくさんあります。インドは大きな国で、古くから文明が栄えました。多くの民族が移住してきたので、時代ごとにそれぞれの民族が信仰していた神様が存在するのです。ですから、ヒンドゥ教には多くの神々がいるのです。わたしの故郷には現在も原始的な部族が居住しているので、部族の神である、最高神ジャガンナート様を信仰しています。ジャガンナート様にも、もちろん奥様がいるんですよ」

「まあ。女神は男神と同じように、崇《あが》められているのですか？」

ヴィジャヤは大きくうなずいた。「もちろんです。女神は知と養育、愛と美、ときには破壊の神でもあります」

「破壊？」

ヴィジャヤは厳粛な顔でうなずいた。

アイアンサはじっと考えた。そうしているうちに、男性の部屋にあまりに長くいることに気づいた。もう行かなくては。「貴重なものを見せてくださってありがとうございました、殿下。いつかまた、インドの神様について話してください」

「喜んで」ヴィジャヤはお辞儀をして、アイアンサを送り出した。

アイアンサは考えにふけりながら、もと来た通路を戻っていった。

破壊するほどの力を持つ女神。

女神は笑い、喜びながら愛を交わしていた……。

その夜、アイアンサは新しい夜着を着ることにした。ひだがたっぷりとってあり、胸前から足元の裾《すそ》にかけて銀色のリボンが並んでいる、ばら色の透けるシルク地のものだった。居間にはいっていくと、ロバートは巻物から目を上げてほほ笑み、読んでいた羊皮紙を横に置いて、腕を伸ばした。アイアンサを膝のあいだにはさみ、胸の谷間に唇を押しつけると、大きな手で脇腹をなぞり、夜着の上からアイアンサの体を確かめるように触れた。

さらに触れようとする手を、アイアンサは止めた。昼間、ヴィジャヤ王子から聞いた神様の話をしたかったのだ。アイアンサは夫の唇にキスをしてから、体を引いた。

ロバートが笑顔のまま手を離し、アイアンサは彼の横に座った。「ヴィジャヤ王子と一緒に研究している書物のなかに、インドの女神は出てくるの？」

ロバートはさっきまで見ていた巻物を手にとった。

「ああ。ほとんどが宗教関連のものだからね。古い言語だけでなく、神学の成り立ちについても研究しているんだ」

「インドにはたくさんの女神がいるんでしょう？」

「そうだよ。ドゥルガーは力の女神だ」ロバートは羊皮紙を脇のテーブルに置いた。「面白いことに、母性愛を象徴する神が同時に破壊の神でもあるんだ。同じような例はほかにもたくさんある」そう言って、からかうように笑った。「もっともたいていの男は、そんなことは承知しているがね」

「そんなはずないわ」アイアンサはけしきばんで言った。「この国では女性は無力だもの」

「それはどうかな」ロバートは妻を膝にのせた。「この国でも、女は神様のように男に幸福をもたらすが、同時に男の心を粉々に砕くこともある」

「男性がその女性を本当に愛していればね」

「そのとおり。だから、愛にも分別が必要なんだ」そう言って、ロバートはアイアンサの耳を軽く噛《か》んだ。

「分別……そうね、わたしのところに来る相談の手紙を読んでも、そう思うわ。逆に、男の人が女性の心を砕くこともある。いろいろな意味で」

「もちろんだ。インドの女性もその点では、結構、苦労しているよ。しかし、どうしてそんなことに興

「じつは、わたしも同じものを持っているのだ」耳の後ろにやさしく息を吹きかける。

アイアンサの体が震えた。「そんなにすばらしいなら、王子のベッドを見てみたいわ」

「いつか、夜に貸してもらおうか」ロバートが二番目のリボンを解いた。

「だめよ！　なにをするかわかってしまうもの」

「彼なら喜んで貸してくれるさ」ロバートが、あらわになった胸の谷間に唇を押しつける。

「そうね」アイアンサは囁《ささや》いた。こんなことをされたら肌がほてるわ。「ご存じ？　インドでは、寺院に、愛の行為をする人たちの彫刻が飾ってあるのよ」

ロバートはなおも胸のふくらみに口づけながら、知っているよ、と呻《うめ》くように言った。

「みんな笑っているの」

「そうだろうね」ロバートはアイアンサを見あげて味があるのかな？」ロバートが銀色のリボンを解いたので胸元がはだけ、アイアンサはいやいやをした。彼女の髪が銀色にきらめきながらふわりと広がった。

「きょう、ヴィジャヤ王子の部屋に迷い込んでしまったの。そしたら、なかに通してくれて、インドから持ってきたすてきな物をいろいろ見せてくれたのよ。ぜひ、絵に描きたいわ」アイアンサはロバートの肩に寄りかかった。

「彼のベッドはどうだった？」

「ベッドですって！」アイアンサは慌てて頭を起こした。「ベッドなんか見ていないわ！」

ロバートが愉快げに笑った。「それは残念だ。すばらしいベッドなのに。あなたが気に入ったのなら、同じようなものが物置にあるから、それを出そうかと思ったんだが」

「ひどいわ。からかったのね」アイアンサはまたロバートの肩にもたれた。

にやりと笑った。

「それに、女神にも力があって、男神と愛を交わすのよ」

「男は女の前にひれ伏すしかない。神でも人間でも同じだ」ロバートの唇が胸の頂におりてくる。

「でも愛の行為のとき、わたしは完全にあなたに支配されているわ」

アイアンサの口調があまりに真剣だったので、ロバートは思わず顔を上げた。「今晩は、わたしがあなたに支配されようか?」

アイアンサはしばらく何も言えなかった。「どうしていいのか、わからないもの」

ロバートは長椅子に寄りかかり、目を輝かせた。

「わたしにしてもらいたいことを言えばいいんだ。あなたの命令に従うよ」

ふたたび沈黙が流れた。

アイアンサはロバートの膝の上で身を起こした。

「あなたが服を脱いだ姿を見たことがないわ」勇気を出し、大きく息をして言う。「服を脱いだあなたが見たいわ」

ロバートは嬉しそうに首を傾《かし》げた。「喜んで。ただし、ブランデーが一杯必要だな」

そうね、ブランデーを飲めば……。

「そうしましょう。それに、わたしの寝室に行ったほうがいいと思うの」

ロバートが同意すると、アイアンサはよろめきながら立ち上がった。彼はブランデーをグラスに注ぎ、アイアンサに渡した。

「では、あとからついていくとしよう」

アイアンサはうなずき、自分の寝室に向かった。

15

アイアンサは後ろを振り返っても夫の姿がないので驚いた。「ロバート？」

ブランデーをベッド脇《わき》のテーブルに置いて居間に戻ると、入り口でロバートと鉢合わせになった。ロバートがすかさずアイアンサを抱きとめた。「ヴィジャヤの話で思い出した。彼が結婚のお祝いにくれたんだ」

「なにかしら？」茶色い物がはいった小さな大理石の鉢に、アイアンサは目をやった。

ロバートは鉢をベッド脇のテーブルに置いた。

「お香だよ。たくといい香りがする」顔を近づけて匂《にお》いをかいだ。「記憶違いでなければ、パチョリの香りだ。結婚祝いにぴったりだよ」ロバートはにやりとした。

ロバートがよじった紙で火をつける様子を、アイアンサは興味深く眺めた。「どういう意味？」

ロバートは振り返ってアイアンサを抱き、髪に鼻をすりつけた。「欲望をかき立てる香りと言われているんだ。ああ、あなたの役目を奪ってしまった」

顔を上げて、アイアンサをベッドにいざなう。「今夜はあなたの言うとおりにするんだったね」

ロバートが一歩後ずさり、アイアンサはベッドに腰かけた。急に顔が熱くなった。「わたしに……できるかしら」

「それじゃだめだ」ロバートは腕を組んだ。「さあ、あなたの命令を待っているんだから」

わたしには力がある。

女性だけが持ちえる偉大な力が。

アイアンサはブランデーを口に含むと、顎をぐいとと突き出した。「わかったわ。ベストとシャツを脱いで」

ロバートが命令に従うというよりは、見せつけるように、ゆっくりボタンを外していった。全部のボタンを外すと、ベストをそばの床に投げ、上体を伸ばしてシャツを頭から引き抜いた。たちまち、男らしい匂いが立ちのぼり、その匂いがパチョリの香りと混ざり合って、アイアンサの体を燃え上がらせた。

身を焦がす炎に、思わず目を閉じる。思いきって目をあけ、厚い胸とその前で組んだたくましい腕を見つめる。アイアンサは大きく息を吸った。

美しくて、怖くて、強い。

この力で襲われたら、自分を守ることはできないだろう。彼にしろ、ほかの男性にしろ。それは痛いほどわかっている。

でもロバートは、ほかの男性とは違う。彼がそんなあさましいことをするわけがない。

アイアンサはブランデーのグラスを傾けて、またひと口飲んだ。視界には、彼の濃い胸毛が目にはいっている。胸毛は腹部に向かってだんだん細くなり、ズボンのなかへと続いている。体がかっと熱くなり、アイアンサは息をついた。

ロバートが次の命令を待っている。

アイアンサはまたブランデーに手を伸ばした。ふた口ほど飲んで、目と目を合わせる。「今度はズボンを脱いでくださる？」

ロバートはにやりとした。「ブーツを履いていては無理だよ」

「まあ。それじゃブーツを脱いで」

ロバートは椅子に腰かけると、ブーツと靴下を脱いだ。

「靴下を脱げとは言っていないわ」アイアンサは精いっぱい意地悪な口調で言った。

「申し訳ございません、奥様」ロバートは悪びれずに言った。「だが、靴下だけだと、男は間抜けに見えるんだよ」ロバートは立ち上がって、にやりとした。「それで、どうするんだっけ？」

「下に着けている物を脱いでと言ったのよ」なめし皮のズボンの上からでも彼の高まりを感じる。勇気がくじけそうになったので、アイアンサはまたブランデーに頼った。

　ロバートは前のボタンを外すと、ズボンと下着をいっきにおろした。それから背筋を伸ばして立ち、アイアンサをじっと見つめた。アイアンサは彼のこわばった部分を見て、両手で口を覆った。まあ！　深く息を吸って呼吸を整えようとしたが、香の匂いにむせて咳《せ》き込んだ。

「だいじょうぶかい？」ロバートが心配そうに見ている。「服を着ようか？」

「いいえ。こっちに、隣に座って」

「いいのかい？」ロバートはアイアンサの横に腰をおろし、肩に腕をまわした。「驚いたようだね」

「なんと言っていいかわからないわ。あのときは暗くて……あの人たちは暗闇《くらやみ》から突然現れて……わたしは見ないようにしていたから」アイアンサはロバートの肩に頭をあずけた。「もうなにも言いつけられそうにないわ」

　少し間をおいて、ロバートは言った。「それはいけない。なんとかしないと。さあ、なにをしてほしいか言ってごらん」

「キスして。キスだけ」ロバートが上体をかがめると、唇が触れた。アイアンサは顔を上げてキスに応じたが、ロバートはそれ以上深く求めようとしなかった。軽く口を開いてみたけれど、それでも舌を絡ませる気配はない。いいわ。アイアンサは自分から舌で彼の唇をなぞった。すると、ロバートもまねをして、アイアンサの唇をなぞった。

　口をさらに開き、アイアンサはとうとう自分から舌を差し入れた。ロバートもまねをして、ふたりは舌のダンスを楽しんだ。しばらくはそれで十分だったが、アイアンサは、彼にもっとほかのことをしてほしいと思っている自分に気がついた。

「胸に触ってもいいわ」ロバートの温かな手が触れると、アイアンサはあえいだ。もっと、もっと欲しい。「胸にキスして」

ロバートはアイアンサをベッドに仰向けに倒してから、胸の頂に円を描くように口づけた。彼の唇が頂にキスすると、アイアンサは体をそらして、甘い吐息をついた。

「もう片方もよ」

ロバートの唇がもう片方の頂に移り、彼の指が、離れたばかりの頂を弄《もてあそ》んだ。アイアンサは呻《うめ》いた。ロバートが高まりを押しつけてくる。アイアンサは頭がくらくらして、自分を支えていられなくなった。耐えきれずに体をそらすと、膝と膝とがぶつかった。

「もっと……欲しいわ」アイアンサはあえいだ。

「なにを？」ロバートはじらすように言い、アイアンサの胸を貪《むさぼ》り続けている。

「触れて……わたしに」

ロバートは片方の手をアイアンサの脚のあいだにあてがい、ゆっくりと奥に滑らせた。唇は相変わらず胸の頂を愛撫《あいぶ》している。激しい口づけに、アイアンサはもだえながら、声を絞り出した。

「お願い……」

ロバートの指がさらに奥に滑り込んでくると、アイアンサはびくっとした。

どういうこと？　彼の愛撫にわれを忘れながらも、彼女は首を振った。「違うの。あなたが欲しいの」

ロバートは仰向けになると、アイアンサを自分の上に跨《また》がらせた。そして、覆いかぶさろうとする彼女の体を起こして言った。「自分で手にいれてごらん」

はじめはなんのことだかわからなかった。次の瞬間、彼の手がふたたび胸のふくらみに伸びて、頂をまさぐった。彼が腰を突き上げる。

「ああ！」ロバートが呻いた。アイアンサは太腿できつく彼のウエストをはさみながら、ふたりの体がひとつになるように腰の位置をずらした。ロバートがびくんと体を震わせた。アイアンサはまた腰を少し浮かして、それからおろした。

ロバートが目を閉じて喉の奥で唸《うな》っている。アイアンサはようやく力を得た気がした。わたしは彼を支配している。

首の後ろで両手を組み、胸を前に突き出す。もう一度、腰を持ち上げる。そして、おろす。もう一度。ロバートが目を見開き、それに応《こた》えるように腰を激しく動かした。

体が痙攣《けいれん》し、アイアンサはもう抑えがきかなかった。ロバートの声も自分の叫び声にかき消されて、聞こえない。彼女はひたすら快感のうねりに身をまかせた。

喜びが爆発し、アイアンサはついにロバートの上にぐったりと倒れ込んだ。彼の腕がアイアンサの背中にまわされ、ふたりは抱き合った。ロバートは全力疾走をしたときのように、はあはあと激しく息をしている。アイアンサも同じだった。

ロバートが耳元で囁《ささや》いた。

「これでわかっただろう？　あなたはわたしを支配できるんだよ」

「また嵐《あらし》になりそうだな」ロバートは卵料理を皿に盛り、アイアンサはコーヒーをふたりのカップに注《つ》いだ。テーブルに戻ったロバートが、アイアンサの頭のてっぺんにキスをした。

アイアンサはロバートに笑顔を向けた。わたしの夫がこの人で本当によかった。昨晩の愛の交わりによって、これまでにないほど彼に気を許している自分に、アイアンサは気づいた。

とても心地よかった。

スコーンにバターを塗る。「そうね。今朝、着替えをしているとき、風が立つ音がしたわ」

「厳しい冬になりそうだ」皿をテーブルに置くと、ロバートは話題を変えた。「きょうはヴィジャヤ王子と一緒に書斎で研究をするつもりだ。彼の部屋の内装や美術品を描《か》きたいなら、どうぞ、と彼が言っていたよ」ロバートはウインクした。「彼のベッドが見たいなら、ヴィジャヤをずっと引きとめておいてあげよう」

アイアンサは赤くなった。「プライバシーに立ち入るつもりはないわ」顔をしかめてみせる。

ロバートは大きな声で笑った。「なんだ、つまらないな。冒険がしたいと言っていたくせに、口ほどにもない。ヴィジャヤなら、のぞかれても気にしないさ。できた作品を見たいと言っているのに」

アイアンサは笑いだした。「実を言うと見たかったの」

「それなら、見に行くといい。ところで、セバーガムを晩餐《ばんさん》に誘おうと思っているんだ」ロバートはアイアンサの顔をうかがった。「あなたがやつに耐えられればの話だが。やつが本当にカンバーランドを出たかどうか知りたいんだよ」

「ええ、そうね」アイアンサは鼻に皺《しわ》をよせた。「いい考えね。あの人には会いたくないけれど。でも、もう発《た》ってしまったんじゃないかしら」

ロバートがうなずく。「心からそう願うよ」

朝食が終わるとロバートが書斎に向かったので、アイアンサは部屋に戻り、戸棚から明るい色の絵の具をとり出した。パステルは好きだけれど、今回は使えないわ。王子の部屋を訪ねて扉をノックする。返事がないので、扉をあけてなかをのぞいてみた。

やはり留守らしい。
アイアンサは絵の具箱をおろして、部屋を見まわした。どこからはじめようかしら？　部屋じゅうが異国の香りに満ちている。美しい置物をひとつひとつ見ながら居間を抜けると、奥に銀製の衝立《ついたて》があった。衝立の向こうに、ヴィジャヤ王子の寝室がある。なかをのぞいたとたん、アイアンサは息をのんだ。

彼女は静かに寝室にはいっていった。

王子の寝台はロバートの言うとおり、いや、それ以上にすばらしいものだった。天蓋《てんがい》付きのベッドは天井が高く、ヘッドボードには凝った彫刻と銀箔《ぎんぱく》が施されている。天蓋からは深みのある色の豪華なカーテンが下がり、ベッドを包み込んでいる。アイアンサは近づいて、シルクのベッドカバーに手を滑らせた。この世のものとも思えない手ざわりだ。彼女は慎みも忘れてベッドに上がると、中央に座ってみた。腕を組み、あぐらをかいて、顎を上げる。インドの女神のように誇り高く、堂々と。

支配する女神――アイアンサはなにを描くか、決めた。

数時間後、アイアンサは部屋の扉をノックする音でわれに返った。顔を上げると、サーズビーがメモを差し出した。

「奥様の寝室の前で見つけました。すぐにお見せしたほうがいいと思いましたので」

「ありがとう、サーズビー。捜しに来てくれたのね」アイアンサはにっこり笑って、メモを受けとった。

「当然のことです。奥様」サーズビーはお辞儀をして出ていった。

アイアンサはもう一度、ほほ笑んだ。お仕着せを着ていると、剣の舞のときよりずっと立派に見えるわ。将来はいい執事になるわね。そう思いながら、アイアンサはメモを開いた。

いとしい妻へ

旧館の裏口の扉で待つ。見せたいものがある。

ダンカン

見せたいものってなにかしら？　窓の外に目をやると、強風が雪を巻き上げている。雪嵐でなにか面白いものか、きれいなものができたのかしら。

アイアンサは絵の具を片づけた。絵はすでに完成していた。満足のいく出来だ。絵の具がまだ乾いていないので、こすらないように気をつけながら、絵の具箱と一緒に部屋に持ち帰った。カミーユの姿が見えない。アイアンサは自分で衣装戸棚から毛皮の外套《がいとう》を出し、それを着て、来た道を戻った。ロバートから旧館への通路を教えてもらっていたので、今度は迷わずに行くことができた。

旧館は、嵐のせいで驚くほど寒かった。ポケットに手をいれ、すりへった階段を注意深く、一番下までおりて曲がると、使われなくなった調理場を抜けた。大きな石造りの、アーチ型の高い天井に足音が響く。古い井戸を避けて進むと、大きな暖炉の横に目指す木の扉があった。

「ロバート？」声が、唯一の光の入り口である銃眼を配した城壁――狭間《はざま》胸壁にぶつかって響きわたった。いったいどこにいるの？　アイアンサはかんぬきが外れているのに気づいた。彼女はそっと扉をあけ、外をうかがった。「ロバート？」

突風が吹いて、アイアンサは扉もろとも雪のなかへ押し出された。おお、寒い！　室内へ戻ろうと重い扉と格闘しているところへ、今度は逆向きの強風が吹いた。扉はアイアンサの手を離れ、音をたてて閉まった。

「ロバート？　どこ？」答えたのは吹きすさぶ風の音だけだ。いないのかしら。待ってもわたしが来ないので、帰ってしまったのかもしれない。メモはだいぶ前に廊下に置いてあったのね。

アイアンサは扉を引いた。

動かない。

不安に思いながら、もう一度強く引いた。やはりびくともしない。いったいどうしたの？　なにかが引っかかっているのかしら。かんぬきがかかっているみたいに固いわ。

強風で吹き飛ばされそうになり、取っ手にしがみついた。早くなかに入らないと冷えきってしまう。震えながら、外套をかき合わせる。だが、寒さはそれを突き抜けてきた。

ここにずっといるわけにはいかない。ぐるりとまわって、建物の正面に出て、ノッカーのある玄関扉を叩《たた》こう。アイアンサはフードをかぶり、壁に張りつくようにして城をめぐる狭い小道をじりじりと進んだ。建物の裏は切り立った崖《がけ》になっていて、足元の石は凍りはじめている。

注意しなければ。そう言い聞かせたとたん、アイアンサは足を滑らせて斜面を落ちていった。


ロバートはなかなか文献に集中できなかった。昨晩のアイアンサは、はじめて出会ったときの彼女とは別人だった。あの運命の午後に、雪嵐のなか助け出した、冷ややかなほど礼儀正しく、相手をはねつけた女性とはまったく違った。この手には、まだ彼女の細い腰の感触が残っている。この体が、脇腹を締めつける彼女の両脚の感触と絶叫を思い出して、まだ反応している。集中などできるはずがなかった。

ロバートは深く息を吸い、椅子の背にもたれて、暖炉の火を見つめた。胸の奥底にこごっていた冷たい孤独のかたまりが、ようやく溶けていくような気がした。そういえば、ここ数日シャクティの夢を見ていない。

ラキは別だ。かわいいラキ。あの子はよく夢に出てくるし、自分でもおそらく、あの子の夢を見たいと思っているのだろう。あの子とのつながりはもうそれしかないのだから。

机の反対側にいるヴィジャヤ王子が写本から顔を上げ、咳払《せきばら》いをしたので、ロバートはそちらに目をやった。王子が愉快そうなまなざしを向けている。どうやら、ロバートがなにを考えているか、わかるらしい。

ヴィジャヤはにやりと笑って羊皮紙を指さした。

「ここがよくわからないのです。なにか関連した文献を読んだことが……」

扉を軽く叩く音がした。アイアンサのメイドがはいってきたので、ヴィジャヤは言葉を切った。ロバートはメイドのほうを見た。「どうした、カミーユ？」

カミーユは膝を曲げ会釈した。「お邪魔して申し訳ありません、旦那《だんな》様。奥様の姿をご覧になりましたか？」

「いや」ロバートは顔を曇らせた。なぜか心が騒いだ。「ヴィジャヤ王子の部屋で絵を描いているのでは？　あそこは見てみたかい？」

「ええ、旦那様。でも、いらっしゃいませんでした」カミーユはメモを差し出した。「さっき、ここで旦那様のお声を聞くまでは、ご一緒なのかと思っていました。お声を聞いてこれをお持ちしたのです。一時間ほど前に、奥様のドレッサーの上で見つけました」

ロバートはメモを受けとった。頭のなかで警報が大きく鳴った。

「こんなものを書いた覚えはない！」ロバートは立ち上がった。「バーンサイドとフェラーを見つけて、すぐに旧館に行くように言ってくれ」
ロバートはヴィジャヤを従え、のしかかる不安を振り払いながら部屋を飛び出した。

もうどれくらいここにいるのかしら？　アイアンサは外套をしっかりと体に巻きつけ、滑り落ちた大岩の陰に隠れて風をよけた。落ちたのは、ふたつの巨大な岩のあいだだった。岩は氷のように冷たく、アイアンサの背より高かった。さいわい風はよけられるが、足首が岩と岩の隙間《すきま》にはさまって、何度引っ張ってみても抜けない。

どうしよう。アイアンサは体が冷えていくのを感じた。

何度か助けを呼んだが、聞こえてくるのは風の音ばかりだった。ロバートはどこにいるの？　なぜ、あんなメモを残して、扉のかんぬきを抜いたまま、わたしを待たずに行ってしまったの？　ひょっとして……ああ、まさか！　ある考えが頭に浮かび、アイアンサは息が止まりそうになった。ロバートも落ちてしまったのかも……。もしそうなら、ふたりとも死んでしまうわ。

恐怖とともに、にわかには正体のわからない感情が湧《わ》いてきた。冷静にならなくては。おかしいわ。ここしばらくはそんなふうに思ったことがなかったのに。でも、いまは冷静にならなければ。落ち着いて考えるのよ。ここから出る方法を考えるの。ロバートがわたしの助けを待っているかもしれないのだから。

このブーツさえ脱げれば……。でも、ブーツを脱いだとしても、大岩のあいだにできたこの裂け目は狭くて滑りやすい。よじのぼるのは無理だろう。アイアンサは冷たい岩に力なくもたれかかった。変ね。暖かくなってきた。それに、眠い。アイアンサはほっとした。前に聞いたことがある。凍死する人は死ぬ前にこんな感覚を経験すると……。体を岩から引き剥《は》がし、まっすぐに立つ。

だめよ！　諦《あきら》めてはだめ。

風のなかから、かすかに人の声が聞こえてきた。誰かがわたしの名前を呼んでいる。

「ロバート！」アイアンサは夢中で足を引き抜こうとした。「ロバート、ここよ！」ああ、気づいてくれますように。「ロバート！」今度はもっと近くで聞こえた。「ロバート、気をつけて！　わたし、ここに落ちてしまったの」

ロバートは斜面を横這《ば》いになっておりていった。アイアンサが見あげると、大岩のてっぺんから、こちらをのぞき込むロバートの顔があった。

「足首がはさまってしまって。岩の裂け目から抜けないの」

「怪我《けが》は？」風の音の向こうから、ロバートが心配そうに呼びかけた。

「た、たぶん、だいじょうぶ」歯の根が合わず言葉が出てこない。「と、とても、寒いわ」

「よかった」ロバートは岩の裂け目をうかがった。「心配ない。すぐ出してやる」そう言って振り返ると、斜面の上に向かって叫んだ。「いたぞ。フェラー、ロープを持ってきてくれ」強風にのって、フェラーの返事がかすかに聞こえてきた。

ロバートが腹這いになって手を下に伸ばした。「この手につかまることはできるかい？」

アイアンサは精いっぱい手を伸ばした。かじかんだ指がわずかにロバートの手に触れたが、それを握ることはできそうになかった。ロバートがさらに身をのりだした。アイアンサは心臓が止まりそうになった。

「だめよ！　あなたまで落ちてしまうわ」

ロバートはうなずき、振り返った。「もうすぐフェラーが戻ってくる」

その言葉に応えるように、フェラーがロープを体にくくりつけ、慎重に斜面を滑りおりてきた。その背後には、ヴィジャヤの鮮やかな服が、舞い踊る雪にまぎれてぼんやりと見える。これでロバートもわたしも助かる――アイアンサはほっとして、めまいがした。止めようとしても体の震えが止まらない。

ふたりの男はロバートの隣までおりて、そばにひざまずくと、アイアンサが落ちた岩の隙間をのぞき込んだ。

「しっかり持っていてくれ」ロバートはふたりに言い、腰にロープを巻いて、岩の縁に足をかけてそろそろとおりてきた。背中を片方の岩にあずけ、両足をもう片方の岩に突っ張るようにして、アイアンサのところまで来た。「両足がはさまっているのか?」

「いいえ、片方だけ。ブーツを脱げば、足首が抜けると思うんだけど」

少し考えてロバートは言った。「それはやめたほうがいい。体をこれ以上冷やしてはいけない」ロバートは自分の体から外したロープをアイアンサの体に巻き、ヴィジャヤとフェラーを見あげて声を張り上げた。「ゆっくりと引いてくれ。だが、落ちないように気をつけろ」

ふたりがロープを引くと、アイアンサのくるぶしにたちまち痛みが走った。アイアンサの叫び声に、ロバートは声をあげてふたりを止めた。弱気になったアイアンサがはらりと流した涙が、寒さで凍りついた。

「しかたがない」ロバートは落ち着きはらっている。「ブーツを脱げるかい?」

アイアンサは、狭い穴の底でなんとか身をかがめた。かじかんだ手で膝丈のブーツのボタンを外そうとするが、うまくいかない。ロバートが片手でロープにぶら下がりながらナイフを引き、すばやく留め具を切った。足にあたる刃の冷たさも感じないほどあっという間のことだった。アイアンサの足がとたんに自由になった。

「ロープを握れるかい？」

硬くなった指先を動かしながら、アイアンサはうなずいた。「やってみるわ」指を開いてロープを握りしめる。「だめだわ。感覚がないの」

「それでは、わたしの首に抱きつけるか？」

アイアンサはうなずいた。「それならできると思うわ」ロバートの首に両腕をまわし、たのもしい体にしがみついた。

「よし、しっかりつかまって」ロバートは両足を踏ん張り、ロープを強く握りしめると、岩を登りはじめた。

もうだいじょうぶ――そうアイアンサが思った瞬間、激しい衝撃とともにふたりは落下した。

「足をかけるところがない！」ロバートが上を見て叫んだ。「もう一度、引っ張ってくれ」

「だめです、旦那様。こちらも足がかりがないです。氷ばっかりで」フェラーの声が遠くから聞こえる。「わしらは上に戻って足場を見つけ、そこからもう一回引いてみます」

ふたりが苦労しながら城までの斜面を登っていくのが、ロープの揺れから感じられる。ロバートが励ますように言った。「もうすぐだ。心配するな」

アイアンサははなをすすり上げて、こくりとうなずいた。それから大きなかけ声が聞こえ、体が引き上げられるのを感じた。何秒か心もとない思いをしたあと、ロバートが大岩のてっぺんに足をつけた。アイアンサも自分の足で立とうとして、ロバートの肩にまわした腕を外しかけた。そのとたん、バランスを失い、アイアンサは叫び声をあげた。

また落ちる、と思ったとき、ロバートのたくましい腕が彼女の腰を捕らえた。

ロバートが落ち着いた声で言った。「だいじょうぶだ」

そこからどうやって上まで登ったか、アイアンサはほとんど覚えていない。気がつくと風があたらない場所にいて、まわりに人が集まり、たくさんの手が差し伸べられていた。ひどく震えているヴィジャヤとフェラー、それからバーンサイド、サーズビー、カミーユ……。

使用人たちの顔を認めると、アイアンサは暗闇にのみ込まれていった。

ロバートは暖炉で体を温めることもなく、バケツの湯をバスタブに注いだ。アイアンサのそばに誰も近づけたくなかった。危うく彼女を失うところだったのだ。肩を痛め、手がロープで擦れてやけどしたように痛んだが、自分で運ぶと言って譲らず、彼女を抱えてふらつく足で階段を昇った。

ぬるま湯にいれると、アイアンサは悲鳴をあげた。彼女は涙をこぼしながら、指先とつま先に感覚が戻る痛さに耐えた。歯を食いしばって、泣き声をあげないように我慢している。ありがたいことに、凍傷は免れたようだ。感覚が戻っても、アイアンサはがたがたと震え続けた。ロバートはバケツに一杯ずつ湯を足しては妻の体にかけてやった。そして、衝立の陰ですすり泣いているカミーユに空のバケツを渡し、次の一杯をまた受けとるのだった。

「まだ痛むかい？」カミーユが部屋を出ていくと、ロバートはバスタブの横に膝をついて、湯のなかのアイアンサの手をとった。その手をひっくり返しながら、傷はないかと調べる。

アイアンサは首を横に振った。「いいえ。感覚はもう戻ったし、痛みも感じない。体もだいぶ温まってきたわ」そう言って、細い体をぶるぶる震わせた。

ロバートの手をとり、手のひらを見る。「あなたも怪我をしているわ」

「たいしたことはない」ロバートは肩をまわした。斜面を引き上げられるとき、片方の腕でアイアンサを抱えたので、もう片方の肩にふたり分の体重がかかったのだ。「たぶん、バーンサイドが寝室で軟膏《なんこう》と包帯を持って待ちかまえているよ。あなたの体を温めてから、バーンサイドに手当をしてもらうよ」そう言って、彼は顔をしかめた。「まったく肝を冷やしたよ。わたしを白髪にする気かい？」

ロバートはうつむいて、ふさふさとした茶色の髪を見せた。アイアンサは吹き出した。「白髪なんてないわ。それじゃ、あのメモはあなたが書いたんじゃないのね？」

ロバートはうなずいた。「本物だと思ったのかい？」

アイアンサは少し考えてから言った。「ええ、あなたが書いたものを見たことがないもの。サインさえも……。研究メモは見たことがあるけれど、あれは……」

「汚くてとても読めたものではない」ロバートはにやりとした。「お世辞はいいよ。自分でも読めないくらいだから」彼はしばらく考えている様子だった。「あなたの言うとおりだ。あなたはわたしが書いたものを見たことがなかったね」

「〝ロバート〟ではなく〝ダンカン〟と署名していたから少し驚いたけれど、爵位の名まえを署名する人はたくさんいるもの。でも、言われてみれば、わたしに対して使うのは変よね」

ロバートはアイアンサの額から濡《ぬ》れた髪を払った。「妻にそんなよそよそしい署名をするはずがないだろう。ああ、カミーユが温めた煉瓦《れんが》を持ってきたよ。カミーユに煉瓦をベッドにいれてもらい、わたしがあなたを抱いて寝かせよう。足首に負担をかけてはいけないから」

ロバートは彼女の体をぬぐい、温かい服を着せて、カミーユが煉瓦をくるんだ布をベッドに並べるのを待った。彼女を抱き上げ、煉瓦の列のあいだにそっと寝かせる。それでもまだ十分ではない気がした。彼はメイドを下がらせ、服を脱いだ。煉瓦をすべてアイアンサの背中のほうに動かして、隣に横たわる。そして、彼女の体を抱きかかえ、自分の体温で温めようとした。アイアンサが胸に寄り添うと、彼は穏やかな満足感を覚えた。

ロバートはこの城に裏切り者がいると思いたくなかった。アイアンサに起こったことを考えたくなかった。起こったかもしれないことも考えたくなかった。危うくこの人を失うところだったのだ。

16

「それがわかれば、こんなところでワインなんか飲んでいるはずないだろう」ロバートは激しい口調で、いとこに向かって言った。アイアンサをなんとか救出することができた翌日、ふたりは応接間で会っていた。ヴィジャヤとアイアンサも同席している。アイアンサは怪我《けが》をした足を足台に品よくのせて、手にはお茶のカップを持っている。彼女はなんでこんなに落ち着いているんだ、とロバートは思った。

ふだんは皮肉ばかり言うサムも、深刻な顔つきで考え込んでいる。「しかし、メモは城のなかの誰かが書いたんだろう。昨日の吹雪のまっただなかに外からここにはいってくるのは不可能だ。きょうだってやっとの思いで来たんだから。フェラーにきみからの伝言をもらって、太陽が顔を出していたから来たけれど、そうじゃなかったら、とても来る気にならなかった」

ロバートは手で顔をぬぐった。肩が痛かった。

「そうだな。サム、来てくれて感謝しているよ。あたり散らしてすまない。アイアンサのことが心配で、冷静に考えられないんだ」ロバートはいっときたりともアイアンサから目を離したくなかった。それほど恐れていた。「だが、いつまでもこうしているわけにはいかない。そこで、きみの知恵を借りたいんだ。きみは冷静だからね。わたしは怒りで、犯人を殺すことしか考えられない」

サムは眉間《みけん》に皺《しわ》をよせた。「誰かにメモを渡されたということだったが」

「サーズビーが、わたしの寝室の前にあったと言っていたわ」アイアンサは受け皿を置き、足をずらした。

「そのときどこにいたんですか?」サムがアイアンサのほうを向いて言った。

「ヴィジャヤ王子の部屋にいました。絵を描《か》いていたの。その……内装が興味深いので」

アイアンサが赤面すると、ロバートは機嫌が悪いにもかかわらず、どんな絵を描いたのか興味を持った。このところ妻はよく赤面する。それは心の奥で凍りついていた情感が溶けだした証拠ではないか。喜ばしいことだ。

それなのに、誰かがまた彼女を永遠に凍らせようとしたのだ。

怒りがぶり返し、ロバートは大きな音をたてて椅子の肘掛けに手を叩《たた》きつけた。部屋にいたみんなが飛び上がってロバートを見た。「わたしの大事な人をこんな目に遭わされてたまるか!」

誰も何も言わなかった。言いようがなかった。アイアンサはロバートにそっと触れ、サムとヴィジャヤは黙って飲み物を口に運び、ロバートが落ち着くのを待った。ロバートは苛立《いら》たしげに肩をすくめ、首筋をさすった。

ややあって、サムが口を開いた。「なぜ、サーズビーはその階にいたんだろう？　用事でもあったのか？」

「わからない」ロバートはしかめ面で答えた。「なぜ、そのことに気がつかなかったのだろう。いますぐきいてみる」ロバートは椅子から立ち上がると、勢いよく呼び鈴を引いた。

サーズビー本人がやってきた。「旦那《だんな》様、ご用でしょうか？」

ロバートは鋭いまなざしをサーズビーに向けた。「サーズビー、レディ・ダンカンの部屋の前でメモを見つけたということだが、なぜ、そんなところにいたのだ？」

サーズビーは顔を赤くしてうつむいた。

「どうした？」ロバートの視線がさらに険しくなった。

サーズビーは深く息を吸い、主人の目をまっすぐに見て言った。「カミーユに会えるのではないかと思いまして」

「それで会えたのか？」

「はい、旦那様」サーズビーはまた真っ赤になった。

ロバートはしばし考えた。あのメイドは主人から使用人にのり換えたのか。それとも、すべての男に対して色目を使うのか？

「それはメモを見つける前か、あとか？」サムが横から尋ねた。

「もちろん、あとです」サーズビーはサムを見て答えた。「仕事はいつもきちんとやっています」

「ううむ」サムはその言葉を信じていないようだ。

「本当です。ぼくは……」

ロバートがサーズビーを手で制した。「気にするな、サーズビー。わたしはおまえを信じている。下がっていいぞ」使用人が去ると、ロバートはため息をついた。「サーズビーが関《かか》わっているとは思えない。気のいい青年なんだ」

「ううむ」サムはまだ疑っているようだ。

ロバートはサムを睨《にら》んだ。「わかった。サーズビーのことも心に留めておこう」それからアイアンサに向かって言った。「さっき、カミーユと話をした。メモはドレッサーの上にあったと言っていたが」

「ええ。そこにメモを置いて、あなたに会いに行ったの」

「もうひとつの疑問は……」サムは言葉を切り、シェリー酒を飲んでから言った。「誰がかんぬきをかけたかだ。メモを書いたやつなのか、それとも別の人間か」

「本当にかんぬきがかかっていたの？」アイアンサは驚いてロバートを見た。「扉がなにかに引っかかっていたのではなくて？」

ロバートは顔をしかめて、首を振った。「ヴィジャヤ王子とわたしが行ったとき、かんぬきがかかっていたのだ。あなたが回復するまで黙っていようと思ったんだが」

「そんな！」アイアンサは頬に手をあてた。「それじゃ、誰かがわたしを締め出したの？」一同を見渡して言葉を続けた。「そんなはずないわ。わたしが外に出るのを見ていた人は誰もいないんですもの」

同意する者はいなかった。

「あなたは誘い出されたんだよ」ロバートは苦々しい思いで真実を伝えた。

アイアンサは椅子の背に深くもたれた。「そうね。ただ、そう思いたくはなかったの。このお城の人がそんな……」

「わたしだって信じたくない」ロバートは頭が疼《うず》い

て額に手をあてた。「だが、そう考えるしかないんだ。クリスマス以降、不穏な動きがなかったので、殺人犯は招待客の誰かで、もう城にはいないと愚かにも思い込んでいたんだよ」

「いや、それはそうなのでしょう」ヴィジャヤが意見を言った。「ただ、共謀者がいるのだと思います」

「そのとおりだ。安心してはいけなかったんだ」ロバートは宙を見つめて考えた。「サム、ここの使用人はどうやって集めたんだ?」

「年配の者はロンドンの職業紹介所からだ。うちの使用人もそこの紹介だ。その提携先がカーライルにあるので、若い者のほとんどはそこから来ている。すぐに手紙を書いて、使用人たちの詳しい経歴を問い合わせよう。情報が集まるまで少し時間はかかるが」

「それがいい。進めてくれ」ロバートはさらに考えをめぐらせた。「警備をもっと固める必要があるな。だが、バーンサイドとフェラー以外は、新しい者を雇っても信用できるかどうかわからない」

「お父様なら、きっと誰かよこしてくれると思うわ。実家の使用人は何年も仕えてくれているから」アイアンサが割ってはいった。

「ああ。そうしてもらえるとありがたい。すぐにフェラーに伝言を持っていかせよう」これで肩の荷が少し軽くなった。

「ぼくも、もう少しここにいるよ」サムは空のグラスを脇《わき》に置き、真剣な顔でロバートを見た。

「でも、アメリアが……」アイアンサが言った。

サムが手を上げて、最後まで言わせなかった。「雪が溶けて……道が通れるようになったら、呼びにやるよ」サムはにやりと笑った。「ひとりで眠りたくはないからね」それから、ロバートに向かって言う。「味方は多いほうがいいだろう? 目が行き届く」

ありがたい、とロバートはうなずいた。サムなら信頼できる。「きみなら腕っぷしも強いし。恩にきるよ。心強い」

ゲイルズビルが部屋にはいってきた。「旦那様、ブロートン様をお迎えに参りましたときに、フェラーが郵便物を持ってきました」

ロバートは執事が差し出した手紙を受けとった。見覚えのある筆跡だった。罵《のの》しりの言葉を吐きながら、封をあけて読む。怒りのあまり言葉を失い、ロバートは無言のまま、手紙をサムに差し出した。

サムが声に出して読み上げた。「売女《ばいた》を黙らせておけ」

夕食の席は、サムが軽口を叩いたり、話題を提供したりする以外は、ほとんど誰も口をきかなかった。幸いなことに、セバーガム男爵は本当にロンドンに行ってしまったとフェラーが告げに来たので、不快な客を迎えるという重荷からは解放された。しかし、ロバートはいつになく不気嫌だった。アイアンサは身近な人間が自分に危害を加えようとしていると知って、ふたたび恐怖に怯《おび》えている。城のなかにいれば安心だと思っていたのに……。

アイアンサはカレーをのろのろと口に運び、ロバートは暗い顔でワインを飲んでいる。裏切られたんだわ。信頼していた人が、わたしたちをだましたのね。

それだけじゃない。ほかにも手紙を出した人がいる。それも、昨日の事件の前に。誰かが、どこか遠くで糸を引いているのだ。アイアンサは、フォークを置いてため息をついた。この悪夢はいつまで続くの？

犯人たちは、わたしに正体を知られたかもしれないと思っている。でも、わたしがもっとずっと前から犯人に気づいていたかもしれないのだから、ロバートが言うように、わたしを怯えさせ、傷つけることで、自分たちに力があることを感じて楽しんでいるのだろう。

でも、わたしは負けないわ。いまは、怖いというよりも怒りのほうが強い。怒りは、あのころにはなかった力をわたしに与えてくれた。ロバートと一緒に犯人の正体を暴き、なんとか法の裁きを受けさせてやりたい。それを成し遂げるまで、わたしたちの心が休まることはないのだ。

食事が終わった。しかし、男性がポートワインを飲めるようにと、アイアンサが席を外すことはなかった。ロバートがそうさせなかったのだ。そのかわり、一同は居間に行って、ヴィジャヤと一緒にお茶を飲んだ。誰も事件の話は話題にしなかった。

お茶を飲み終わると、みなそれぞれの寝室に引き上げた。ロバートは着替えをしに自室へ戻ることもせず、ずっとアイアンサのそばについていた。カミーユが女主人の髪をとかし夜着を並べているあいだも、ついていた。衝立《ついたて》の裏側でカミーユがアイアンサのドレスのボタンを外し終えると、アイアンサは彼女を下がらせ、服を脱ぎだした。

脱いだ服を衝立にかけ、夜着に手を伸ばしたとき、ロバートが声をかけた。「待って。夜着はまだ着ないでくれ」

衝立の陰からのぞくと、ロバートが裸でベッドに座っていた。服はきちんとたたまれて、暖炉の前の椅子の上に置いてある。アイアンサはロバートのところまで行くと、笑いながら正面に立った。だが、ロバートは妻の笑みに応《こた》えなかった。

「あなたが無事で生きていることを感じたい。あなたの命を。すべてを」ロバートはアイアンサを引き寄せ、そのままベッドに倒れ込んだ。

彼はアイアンサに馬乗りになり、彼女の両手首をつかんで頭の上まで持っていって押さえつけた。

アイアンサは息もできなかった。

ショックのあまり目を大きく見開いた。のしかかるロバートの体が重く、つかまれた手首が痛い。

「いけない」ロバートははっとしたようにつぶやき、急いでアイアンサの体からおりた。「わたしは……なんということを。アイアンサ、許してくれ。あなたが欲しくてたまらないんだ」

「だいじょうぶよ。わたしは……あなたに急に倒されて……ただ、驚いただけなの」

ロバートは首を横に振った。「あのいやな出来事を思い出させてしまったね。申し訳ない」

アイアンサはロバートの肩をつかんでほほ笑んだ。

「いいえ。わたしはもう強いのよ」夫の顔を見つめて言う。「新しく得た力を試してみたいの」

ロバートの暗い表情が遠慮深い笑顔に変わった。

彼はまた真顔になり、そっとアイアンサに覆いかぶさった。尋ねるように、彼女の目をのぞき込む。

「だいじょうぶ。あなただとわかっているもの」

夫の安堵《あんど》の吐息を、アイアンサは耳ではなく、体で感じた。

彼はふたたびアイアンサの手をとり、指と指を絡ませて、やさしく頭の上に伸ばした。ふたりの体がぴったりと重なった。

ロバートはアイアンサの瞳をじっと見つめた。

「ずっとこうしたかった。あなたはもう、わたしにとってかけがえのない人だ。あなたを失うかもしれないと思ったとき、怖くてしかたがなかった……」

額と額をすりつけて言う。「こうしていると、とても安らぐよ」

額から伝わってくる彼の体温を感じながら、アイアンサは胸が熱くなった。ロバートが、わたしに安らぎを見いだしているなんて。わたしは自分の安らぎを見つけることばかり考えて、彼が家族をなくした悲しみを癒《いや》したいと思っていることに気づきもしなかった。この人も助けを求めていたのに。いつも冷静で強くて、明るく振る舞う彼も、わたしと同じように助けを求めていたのに。

アイアンサはロバートの背中をさすった。「悲しいの、ロバート？」

ロバートが大きく息を吐き出した。「そうかもしれない。わたしは、怒ることで悲しみから逃げていたような気がする。だが、いまは悲しい。あなたを失いたくない。もう誰も失いたくないんだ！」

「かわいそうに」ロバートの涙がアイアンサの頬に落ちた。「ふたりが恋しいのね？」

「ああ、そうだ。とくに娘が……ラキが恋しい。あの子には絆《きずな》を感じていたんだ」言葉がとぎれ、喉が鳴った。

「ラキとはどういう意味？」

「ラクシュミ――愛と美の女神だ」

アイアンサはロバートの髪を撫《な》でた。「あなたはふたりの女神を失ったのね」

「でも、もうひとりの女神を手にいれた」ロバートは顔を上げて、アイアンサと目を合わせた。涙をぬぐい、少し悲しそうにほほ笑む。「あなたはわたしの美しい銀色の女神だ」

「わたしにしてあげられることは？」アイアンサはロバートの頬に手をあてた。

「抱きしめてくれ。わたしを抱きしめて、あなたを愛させてくれ」

アイアンサはロバートを抱き、ロバートはやさしくキスをした。アイアンサは夫の体が欲望で高まるのを感じた。舌と舌を絡ませ、キスが深まっていく。アイアンサは彼の髪に指を絡ませた。もどかしげに腰を押しつけると、ロバートがすぐに反応し、待っていたようにアイアンサも脚を開いて彼を誘い入れた。

ロバートは、唇をアイアンサの唇に重ね、両手の指を絡ませ、握りしめて、ため息とともに彼女の体に身を沈めた。アイアンサの体が熱い奔流で満たされる。ロバートの動きがいちだんと激しくなった。
熱のかたまりが爆発し、炎となって砕け散る。歓喜の瞬間、ふたりは同時に叫び声をあげた。

ふたりはしばらくじっと横たわったまま息を整えた。ロバートはアイアンサから身を離し、彼女の髪に唇をあてて囁《ささや》いた。

「ありがとう、わたしの女神」

二日後、銀行家のウェルウインが訪ねてきた。ウェルウインはクリスマスの招待客のひとりだ。疑いの目を向けられても不思議はない。しかし、ゲイルズビルに案内されてはいってきた彼は、礼儀正しい挨拶《あいさつ》で迎えられた。

ロバートは手を差し出し、すぐに話しだした。

「ようこそ。こんな雪の日に、どのような用件でカンバーランドまでおこしになったんですか？　火薬工場の調査でも？」

「いいえ、ダンカン男爵。もっと不愉快なことです」ウェルウインはロバートとサムと握手をすると、ポケットから大きなハンカチを引っ張り出して、丸い赤ら顔をぬぐった。

「不愉快とは？」ロバートはいとこと視線を交わした。

ウェルウインは、ロバートがすすめる椅子に腰をおろした。「恐ろしいことが起こりました」部屋は少し寒いぐらいなのに、ウェルウインの顔には汗が吹き出している。「スティーブン・ワイコムが殺されました」

ロバートもサムも驚きの声をあげた。だが、アイアンサはなにも感じなかった。ワイコムのことはどうしても好きになれなかった。狡猾《こうかつ》そうだし、いつも興奮しているようなひどい体臭がした。暴行犯を思い起こさせたのも、たぶんそのせいだろう。犯人のなかにそういう男がいたからだ。だからといって、彼の死を望んでいたわけではない。本当はもっと悲しまないといけないのだろうが。

ロバートが椅子に戻り、サムも座った。ロバートは眉間に深く皺をよせて言った。「それは大変なことになりましたね。しかし、なぜ？」

ウェルウインはまたハンカチで顔をぬぐった。「彼とその親友の射殺死体が、ロンドン郊外の路上で見つかったのです。状況は……なんとも申し上げにくいのですが……」アイアンサにちらりと目をやる。「おそらく、レディ・ダンカンはお聞きにならないほうがよろしいかと」

ロバートは鋭いまなざしでウェルウインを見やってから、アイアンサに視線を移した。サムは眉を大きくつり上げている。「どういうことです？」ロバートは顔を曇らせた。「わたしの妻と、どんな関係があるのですか？」

「関係がないことを祈っていますが、残念なことに、わたしの情報が正しければ……」ウェルウインはちらっとアイアンサを見た。

暴行犯のことがなにかわかったのかしら？アイアンサはぐいっと顎を上げた。「わたしに関係があるのなら、ここにいさせてください」

銀行家はうなずいて上着のポケットを探り、小さな包みをとり出した。「これを見ていただけますか？あなたを襲った犯人たちは覆面をつけていたそうですね？スティーブン・ワイコムと友人はふたりとも覆面をつけていたのです」

アイアンサはうなずいて、手を差し出した。「同じものかどうかを確かめればいいのですね」

「アイアンサ」ロバートが椅子から腰を浮かした。「わたしが――」

アイアンサは首を横に振った。「いいえ。本当に敵を見つけ出す手がかりになるかどうか、ちゃんと確認したいの。わたしが見ます」

　ロバートが立ち上がり、つかつかと歩いてきた。彼はアイアンサのそばに来ると横に立って、妻が包みをあけるのを見守った。なかからははたして、深紅のサテンの覆面がふたつ出てきた。六年前、あの悲惨な出来事が起きた寒い夜に見たのと同じものだ。アイアンサはふたつの覆面をじっと見つめた。それから、嫌悪感もあらわに視線を足元に落とした。

　こんなものに負けやしない。わたしは、ずっとこの覆面の記憶と闘ってきた。次から次へとわたしに襲いかかる覆面の男たちの記憶と。

　でも、ようやく、その恐怖に勝てそうだ。

「そうです。あの夜、わたしが見たものと同じです」アイアンサはウェルウインを見て静かに言った。

　ロバートが大きく息を吐いた。アイアンサが落ち着いているのを知り、ほっとした。ロバートは銀行家にきいた。「すると、ワイコムと友人は暴行犯の一味だったのですね？」

　ウェルウインはうなずいた。「そうらしいですな」

「あるいは、誰かがそう見せかけようとしたのかも」暖炉のそばの椅子で考え込んでいたサムが、口を開いた。

「残念ながら、彼自身がかなり深く関わっていたようです」銀行家は悲しそうに首を振った。「わたしはあの男の真の姿を知らなかったようだ。ワイコムの死後、事務所で書類を調べていたとき、彼の机の引き出しに――秘密の場所に日記が隠してあるのを見つけたのです。若者というものは、わたしのような年寄りも昔は若かったということを知らないらしい。昔、会社で働きはじめたころ、わたしもあの机を使っていたのに」

「その日記には、なにが書いてあったのですか？」ロバートが尋ねた。

「彼は国を売るスパイだったのです」ウェルウインはうなだれた。「あのような者を心から信頼していたとは……」そう言って目頭を押さえた。

「損害は大きかったのですか？」サムは立ち上がると、シェリー酒を注《つ》いで、老いた銀行家に渡した。

「まだわかりません。ありがとうございます」ウェルウインは酒を受けとって口に運んだ。「たいしたことにならないといいのですが。どうやら、イングランドの財務状況についての情報を集めていたらしいのです。もし、日記に書かれている情報がフランスに伝わっていれば、我が国は大陸封鎖令によって大打撃をこうむるかもしれません。それから、火薬製造に関する情報もありました」

「では、あの投資もワイコムが考えついたものですか？」ロバートはみんなにもシェリー酒を注いだ。

「そうです。しかし……」ウェルウインはわずかに顔を輝かせた。「この投資が非常に有望なものであるのは変わりません。まもなく火薬が必要になるのはまちがいありませんから」ウェルウインはふたたび深刻な顔に戻り、アイアンサのほうを向いた。

「奥様には本当に申し訳ないと思っています。あんな怪物をここへ連れてきてしまって。あなたのお父様の屋敷にまで連れていってしまいました。もし、わかっていれば……」

「謝ることはありませんわ、ミスター・ウェルウイン」アイアンサはほほ笑んだ。「あなたも被害者ですから」

「しかし、また謎《なぞ》は残っている」サムは立ち上がって、部屋を歩きまわった。「ワイコムは、誰に、なんのために殺されたんだ？」

アイアンサはうなずいた。「それに、どうして、いまさらあの覆面をつける必要があったのかしら」


いまごろあの女は恐怖に震えているだろう。貴族の娘が、狙撃《そげき》されたり、城から閉め出され吹雪のなかに放《ほう》り出されたりして平気でいられるはずがない。

まさに狙《ねら》いどおりだ。怯える女を意のままにするのはたやすい。このあいだは逃がしてしまったが、今度はそうはいかない。

あの女に、夫が死ぬところを見せてやろう。希望も何もかも奪いとってやろう。

男はゆったりと椅子の背にもたれ、女が目の前にひざまずく姿を想像した。

あの女を前からも後ろからも辱め、このブーツで踏みつけにしてやる。

待っているがいい。いくら怯えても無駄だということを、あの女に教えてやろう。

17

執事が突然の来客を告げ、アイアンサは飛び上がって喜んだ。懐かしい声が聞こえ、階段から玄関ホールまで駆けおりると、ゲイルズビルが客たちから外套《がいとう》をもらい受けていた。

「お母様、お父様!」アイアンサは母に抱きついた。「どうして前もって来ると知らせてくださらなかったの?」

母は一瞬、驚いたが、力をこめて娘を抱き返した。「いてもたってもいられなかったのよ。元気そうね。頬がばら色に輝いているわ」

父がそばまで来て、ちょっとためらった。アイアンサは自分から両手を差し出した。「お父様」

ロズリー卿《きょう》はおずおずと娘を抱いた。「わしのお転婆娘は元気かい？」

父から昔のように呼ばれ、アイアンサは目に涙を浮かべた。「とても元気よ、お父様」

ロズリー卿が一歩下がり、アイアンサの目を見つめた。その目もまた潤んでいた。「恐ろしい目に遭って、塞《ふさ》ぎ込んでいるとばかり思っていたぞ」

「もうだいじょうぶ。大変な思いをしたけれど、一週間も前のことだし……」

「それを聞いて安心した。ところで」ロズリー卿は戸口に立つ人物に目をやった。「びっくりする人を連れてきた」

騎兵隊の制服を着た、背が高い、濃いとび色の髪の若者が近づいてきた。アイアンサは兄のもとに駆け寄り、その胸に飛び込んだ。「ジョン！」

ジョンは立ち止まり、妹を抱きとめて銀色の髪に頬ずりした。「アイアンサ」

「ああ、会えて嬉《うれ》しいわ！」涙があふれ、アイアンサの頬を伝った。「もうずっと会っていなかったんですもの」

「そうだね。結婚式に出られなくてごめんよ。とても元気そうだ。前よりずっと……」

そのとき、別の馬車に乗ってきた一団がはいってきた。「アイアンサ！」

アイアンサはかがんで妹を抱きしめた。「ヴァレリア！　ああ、会いたかったわ！」

ヴァレリアは姉の腰に抱きついた。「わたしも会いたかった。でも、どうして泣いてるの？　病気なの？」

アイアンサは涙を拭《ふ》いた。「違うわ。ただ、みんなに会えて嬉しいの」

しばらく、誰も口をきけなかった。無理もないわ。みんなの前で泣くのは何年ぶりかしら？　そういえば、嬉しくて泣くなんてはじめてかもしれない。これまで、こんな気持ちになったことはなかった。不幸を経験して、はじめて本当の幸せがわかったのね。アイアンサがはなをすすり、ハンカチを探していると、ロバートのたくましい腕がさっと伸びてアイアンサの腰にまわされた。

「ようこそいらっしゃいました、レディ・ロズリー、ロズリー卿」ロバートは一方にお辞儀をして、もう一方と握手を交わした。

「ありがとう、ダンカン。息子を紹介しよう。ジョン・キースレイ少佐だ」

「はじめまして、少佐。アイリー城にようこそ」ロバートは妻の兄と握手をして、歓迎の意を表した。

ジョンは頭を下げた。「ありがとうございます、男爵。妹から結婚の知らせを受けとって以来、ずっと会いたいと思っていました」

アイアンサは、ふたりが互いに品定めをするように視線を交わしているのを見てとった。そこに、ふたりの弟が、姉の気を引こうと近づいてきた。

「トーマス！　ナサニエル！　ふたりともこのあいだ会ったときより背が高くなったんじゃない？」兄弟は争うように姉を抱きしめた。

「そうだよ、アイアンサ」ナサニエルは片足を突き出した。「見て、ズボンがこんなに短いの。すぐにお兄ちゃんに追いつくよ」

「そんなはずないだろう」トーマスが弟の頭に肘をのせた。「ぼくはおまえより速く大きくなっているんだから」

ふたりは笑いながら、押し合いをはじめた。

「これ、ふざけるのはやめなさい」ロズリー卿が思いのほか厳しい口調で言ったので、男の子たちはすぐにおとなしくなった。

「ふたりともどんどん大きくなっているわ」レディ・ロズリーがため息をついた。「服がすぐに小さくなってしまうの」

「まるで昔のサムとわたしを見ているようです」ロバートは笑って言い、応接間へ続く階段を示した。「みなさん、どうぞこちらへ」

客人と階段を上がりながら、ロバートはアイアンサの変化に驚いていた。彼女は嬉しいと言って泣き、父親と兄を抱きしめたのだ。ロバートは幸福感で胸がいっぱいになった。彼女は生まれ変わりつつある。わたしに対してだけでなく、家族に対しても。わたしの新しい女神は、日々輝きを増している。

陽気な晩餐《ばんさん》のあとは、みなで応接間に移った。子どもたちはボードゲームで遊び、しばらくして母親に寝る時間だと告げられると、ヴァレリアの家庭教師に連れられて部屋を出ていった。

子どもたちが出ていくと、ロズリー卿がロバートにきいた。「このあいだ、娘を城の外に閉め出した犯人は見つかったのかね?」

ロバートは首を横に振った。「残念ながらまだです。そうだ、ダニエルをよこしてくださってありがとうございます。とても心強いです」

「ああ、あいつは頼りになる。今回はハリーも連れてきた。彼も役に立つだろう。それに、ジョンもいる」

「まあ、ジョン。しばらくいられるのね」いつも自分を守ってくれた兄と一緒に過ごせると思うと、アイアンサの心は弾んだ。

ジョンはうなずいた。「ああ。長期休暇の願いを出したんだ」ジョンはロバートに言った。「ダンカン男爵、ぼくでよければ、手伝わせてください。アイアンサを苦しめ続けるやつらをこらしめてやりたいんです」

「ありがとう、少佐。とてもありがたい」ロバートはうなずいた。「犯人の手がかりはまったくつかめていないんだ。もちろん、ワイコムは別だが。やつが殺されたとすれば、仲間がもっといるということだろう」

「それはまちがいない」サムが口を開いた。「やつがスパイ行為に手を染めていたのなら、共謀者がいるはずだ。そして、その共謀者はワイコムを信頼していなかった。だから、彼を殺したのだろう」

「六年前にわたしが襲われたことと、なにか関係があるのかしら？」アイアンサは男性たちの顔を見渡した。「どうして、彼らはあの覆面をつけていたの？」誰も答えられなかった。母親が気まずそうに体をもぞもぞさせた。

「わたしは下がらせていただきますわ。思ったより疲れているみたい」レディ・ロズリーが立ち上がると、男性たちもみな席を立った。

かわいそうなお母様。まだ、あの話を聞くのは耐えられないのね。「どうぞ、お母様。わたしも部屋まで行くわ」

「わしも一緒に失礼しよう」ロズリー卿が妻の腕をとった。

ジョンはロバート、サム、ヴィジャヤに向かってうなずいた。「ぼくも下がらせてもらいます。昨夜《ゆうべ》はトーマスにつき合わされてほとんど寝ていないんです。さあ、トーマス、おまえもさっきから欠伸《あくび》ばかりしているぞ」

少佐はアイアンサに腕を差し出し、トーマスを従えて一緒に部屋を出ていった。アイアンサは階段を昇りながら、これまでにないほど家族を身近に感じていた。夫の住まいで身内を迎えるのがこんなに幸せなんて知らなかった。この城がとうとう自分の家になったんだわ。それがこんなに嬉しいなんて、数カ月前には想像もできなかった……。

廊下を歩いていくと、アイアンサの部屋からカミーユが出てくるのが見えた。カミーユは扉の前で見張りをしているダニエルにうなずくと、後ろを向いて扉を閉めた。そして、顔を上げてアイアンサたちが近づいてくるのを知ると、その場に凍りついた。

ジョンが足を止め、つられてアイアンサも立ち止まった。ふたりの踵《かかと》を踏みそうになったトーマスが慌てて後ろに退いた。

アイアンサは一瞬、彼女の目に紛れもない驚きの色を見たような気がした。しかしカミーユはそそくさとまた扉をあけ、女主人を部屋に招き入れた。


アイアンサはベッドの上で欠伸をした。ロバートはもう起きている。呼べばすぐ飛んでくる場所にいるのに、隣に彼がいないのが寂しかった。そばにいればいつも安心なのに。かすかに頭をもたげた不安を抑え、アイアンサはロバートの枕《まくら》に顔をうずめた。彼の匂《にお》い。たばこと石鹸《せっけん》と革の匂い……。

ロバートはわたしにとってこんなにも大切な存在になっている。彼がわたしを守ってくれるからというだけではなく、あんなに恐れていた体の触れ合いが、いまでは本当に人生最大の冒険だと思えるようになった。いいえ、それ以上に、彼の手の感触、肩の線、ふさふさした髪がいとおしく、彼のよく響く低い声を聞くだけで、心が喜びで震えるのだ。

アイアンサは、はっとした。これはまさに恋の症状だわ！　このわたしがついに恋をしたの？

人生の大いなる冒険が、またひとつ、はじまろうとしているのね。

犯人に殺されなければ。

その考えを頭から押しやり、ベッドに横になって呼び鈴の紐《ひも》を引いた。枕に頭をうずめると、ふたたび満ち足りた気分になった。夫と家族がそばにいる。自分が誰かに狙《ねら》われているのは怖いけれど、それでも、いまはこんなに幸せだわ。どうして、これほど長いあいだ、家族さえも遠ざけようとしていたのかしら？　もう二度とそんなことはしない。なにがあっても。

ココアをのせたトレイを持ち、扉をあけて現れたのはカミーユではなかった。二階の部屋係のメイドの姿にアイアンサは驚いた。「おはようございます、奥様」

「あら、おはよう、エレン。カミーユはどうしたの?」

若いメイドは顔を赤くしてトレイを置くと、アイアンサが枕を整えるのに手を貸した。「それが、よくわからないのです、奥様」

アイアンサは眉間《みけん》に皺《しわ》をよせた。「どういうことなの、エレン? 部屋にはいないの?」

「はい、奥様、調理場にもです。ミセス・レイモンビーに言われてサーズビーが捜しに行ったのですが、見つかりませんでした。それで、わたしがかわりに来たのです」

アイアンサはカップを手にとり、体を起こしたまま、顔をしかめて考えた。「城のどこかにいるはずよ。縫い物部屋は見た?」

「サーズビーが見てきたそうです、奥様。お着替えを手伝いましょうか?」

「ええ、ありがとう」アイアンサは飲み物をベッド脇《わき》のテーブルに置いて、床に足をおろした。「いったいどうしたのかしら。呼んでも来ないなんておかしいわ。グレーのあや織の服にしてちょうだい、エレン。そう、それよ」

エレンが服を並べているあいだに、アイアンサは舌をやけどしないように急いでココアを飲み干した。それから、ベッド脇のテーブルの引き出しをあけて、いつもスカートの下に装着している拳銃《けんじゆう》をとろうとした。

ところが、それはそこにはなかった。

変ね。アイアンサは衣装戸棚をくまなく捜したが、見つからない。困ったわ! あれがないと不安だ。身に着けてさえいれば安心できるのに。

急いで服を着て、ドレッサーの前に座り、エレンが髪をとかしつけ銀の櫛《くし》で留めるのを待った。髪が整うと、ほどなく隣の居間へ続く扉から軽くノックの音がした。向こうからロバートの声がする。「アイアンサ、着替えは終わったかい？」

「ええ、ちょっと待って」エレンにコーヒーとスコーンを持ってくるように言いつけると、アイアンサは扉をあけた。「ロバート、おかしなことが起きたの。カミーユがどこにも見あたらないのよ……。あら、ジョン、あなたも一緒だったのね」

「ちょうどその話をしようと思って来たんだ」ロバートは扉を引いて、アイアンサを居間に通した。「ジョンが興味深い事実を教えてくれた」

アイアンサが長椅子に座ると、ロバートは、暖炉のそばで立ったまま火にあたっているジョンのところに自分の椅子を持っていった。

「いったいなにかしら？」

「ジョンは以前、カミーユに会ったことがあるそうだ」

「まあ！　それで昨夜、彼女の様子がおかしかったのね」

「そうなんだ。廊下で会ったとたん、彼女だとわかった。むこうもぼくだと気づいたようだった。今朝から姿が見えないのはそのせいだと思うよ」

アイアンサは目を細くして兄を眺めた。「どういうこと？」

「ジョンは、彼女がホレイス・ラウンズと一緒にいるときに会ったそうだ」

「ラウンズ？　アルトン卿の息子ね。クリスマスにここに来ていたわ。どうやって知り合ったの？」アイアンサは、兄の顔が赤く歪《ゆが》むのを見た。「ねえ、教えて、ジョン。わたしはもう子どもじゃないんだから」

ジョンは笑った。「そうだね。それにしても高級娼婦《しょうふ》が妹のところで働いているとは思わなかったよ」

アイアンサは思わず赤面した。「そういうことだったの」

「いや、そういうことではないんだ」ジョンは笑ったが、また真顔に戻った。「だが、無関係というわけではない。一年前にロンドンで、連隊から何人かを連れてパーティに行ったんだ。騒々しいパーティでね。参加者のほとんどは兵士だったけれど、内務省の役人も数人いた。カミーユはラウンズと同伴で来たのに、ほとんどの時間、政府の高官たちといちゃついていた。そして隅のほうで……まあこれ以上はやめておこう」

「かなり楽しんだみたいだな」ロバートは義理の兄に向かってにやりと笑った。

ジョンはウインクを返した。「もちろん、ぼくはすぐに帰りましたよ」

話を聞いたアイアンサは長椅子に寄りかかり、じっと考えた。憧《あこが》れていた兄がふしだらなパーティに参加するなんて……。どんな男の人にも女が立ち入れない秘密の世界があるのかしら？　いやだわ。妻として許せない。アイアンサは眉をつり上げた。

「アイアンサ、そんな目で見ないでくれないか」ジョンは真顔に戻った。「ぼくはもともとそういうばか騒ぎは嫌いなんだが、あのパーティは度がすぎていた。アブサンにたばこ、それに……もっとあやしげなものがあった。人を酔わせ、前後不覚にさせるものがね。そんなものはごめんこうむりたかったんで、ぼくは仲間に声をかけて早々に引き上げたんだ。喧嘩《けんか》が起きそうだったし、下品な話題ばかりだったから」

エレンがコーヒーのトレイを持ってきた。アイアンサが三人分のコーヒーを注《つ》ぐあいだ、会話は中断した。ジョンは座ってスコーンに手を伸ばした。

　コーヒーがいき渡ると、ロバートは考え込むようにうなずいて言った。「スティーブン・ワイコムを知っているかい？」

「黒髪の、鋭い顔つきをしたずるがしこそうな男だろう？」スコーンを頬張りながらジョンが言った。「会ったことはある。あまり好きにはなれなかったけどね。そいつがアイアンサを襲った仲間のひとりだとしたら、殺されて当然だろう」

「そのとおり」ロバートはコーヒーを飲んだ。「ワイコムもそのパーティにいたのかい？」

「どうだったかな。やつはスパイ行為をしていたんだろう？」ジョンは顎を撫《な》でまわした。「軍事情報を得るには絶好の場だから、いたかもしれないな」

「では、わたしの新しい、有能なフランス人メイドはスパイかもしれないのね？」アイアンサは顔をしかめた。「でも、どうしてここに来たのかしら？　そしていまはどこにいるの？」アイアンサは問いかけるように夫と兄を見た。「雪がちらついているし、こんなに寒いのに。いったいどこに行ったの？」

「本当にどこに消えたのだろう？」ロバートはコーヒーを飲み干した。「このあたりに行くあてがあったのだろうか？　すぐにフェラーに捜しに行かせたほうがいいな」

　アイアンサは片方の眉を上げた。口元が引きつっている。「注意するように言って。カミーユはわたしの銃を持っているかもしれないから」

　カミーユはあっさり見つかった。天気が崩れる前に帰宅しようと、アイアンサの家族が城を発《た》つとすぐに、フェラーが戻ってきたのだ。

「あの、旦那《だんな》様、ふたりだけで話したいんですが」馬丁はそわそわしながら、アイアンサを横目で見た。

　虫の知らせを感じたのか、ロバートが立ち上がり、一緒に廊下に出た。「どうした、フェラー？」

「見つけました。来てもらって、その目で見てくださったほうがいい。ミスター・ブロートンか少佐も一緒に」

「死んだのか？」予感が的中したらしい。

「はい。しかも」フェラーの表情から、恐れていた事態が起きたのがわかった。

「殺された？」ロバートはきいた。

フェラーは重々しくうなずいた。「はい。来てください」

ロバートは居間に戻った。「サム、わたしと一緒に来てくれ。ジョン、アイアンサと一緒にいてくれるな？」

「もちろん」ジョンはうなずいて、長い脚を前に投げ出した。「長く会えなかった時間をとり戻さないと」

「ヴィジャヤ王子、近くにいてくれますね？」ヴィジャヤの返事を待たずにロバートは扉に向かった。

「待って」アイアンサが手を上げて止めようとした。

「どこに行くの？」

「あとで話すよ」ロバートは振り返って言った。

ロバートとサムは、フェラーに続いて階段をおり、旧館を抜けて厩《うまや》に着いた。フェラーはすでにほかの者に言いつけて、馬に鞍《くら》を着けさせていた。三人は馬を駆り、雪を蹴《け》散《ち》らしながら、アイリー城をあとにした。

道に出て数分ほど走ったところで、フェラーがロバートの横に馬をつけた。「いま、ちょっと思い出したことがあります、旦那様。あのメイドを、一度か二度、夜に厩で見たことがあるんです。あのときは、たいしたことじゃないと思っていた。誰か若いやつと逢引《あいびき》でもしてるんだろうと。あの女はずうずうしい目つきをしてましたから」

あの女ならやりかねない。ロバートは納得してうなずいた。

「相手はサーズビーだと思ってました。ところが、城に戻るとやつがいたんです。それで、もしや……あれは誰か外から来た人間だったのではと思ったしだいで」

確かに、アイアンサが旧館から閉め出された事件については、外部から誰かが操っていたに違いない。ロバートは歯軋《はぎし》りをした。「そうかもしれない。だが、あんなことは二度とあってはならない」

三十分ほど走ると山陰の窪地《くぼち》に出た。そこから道を何度も折れ曲がり、谷の中央まで来たとき、ロバートは自分の馬が一頭、木に繋《つな》がれているのに気づいた。鞍にはおびただしい血がついていた。

フェラーが身振りで示しながら言った。「女が昨日の夜、連れ出したんです」

ロバートは手綱を引き、馬を止めた。道から数メートル離れた土手の雪の上に、女の死体があった。馬をおりて近づき、その死体を見るなり、昼に食べたものを戻しそうになった。

「これはひどい」後ろを向いて、気持ちを落ち着ける。

「どうした?」サムが馬から飛びおりた。「いったいどうしたんだ。うわっ!」

カミーユが、頭から足の先まで血まみれになって、両脚を大きく開いた格好で雪の上に仰向けに倒れていた。喉を一瞬でかき切られたらしい。顔だけはきれいなままだったのが、せめてもの救いだ。

「カミーユだとわかるようにしたんだな」ロバートはもう一度、死体を見た。「なんて無惨な」

「ああ」サムが青ざめた表情で死体に目をやってから、顔をそむけた。「どうしてこんなことに?」

「わたしたちへの脅迫だよ」ロバートは怒りに目を細め、手を震わせた。「アイアンサをまた脅迫しているんだ」

「彼女には言わないでおくだろう?」サムがロバー

トの顔をじっと見つめた。

「あたりまえだ」ロバートが吐き捨てるように言った。「きみたちも言うんじゃないぞ」そう言ってサムとフェラーを睨《にら》みつけた。

「もちろんです、旦那様」フェラーはロバートをなだめるように手を上げ、首を横に振った。「旦那様にも言いにくかったんだから、奥様になんぞ、とてもとても」

サムは肩をすくめた。「ぼくだってそんな愚かじゃないよ」

「悪かった」ロバートは呻《うめ》くように言った。このふたりに怒りをぶつけてもしかたがないのに。彼は何度か深呼吸をして気持ちを落ち着け、周囲に目を凝らした。「カミーユは別の場所で殺されて、わたしの馬でここまで運ばれたんだろう。犯人は足取りをつかまれるのを恐れていたんだ」ロバートはフェラーに向かって言った。「足跡は調べたのか？」

「はい。この道を通って運んできたんでしょうが、踏み荒らされてなにも見つからなかった。雪も少し降ったんで」

「こっちに来て手伝ってくれ」ロバートは切迫した口調で言った。この血なまぐさい見世物にはなにか目的があるはずだ。厚い外套を脱ぐと、ふたりの手を借りて硬直した死体を包み、三人がかりでそれを馬にくくりつけた。

城に向かいながら、ロバートは包みを振り返り、目を細くして考えた。

「カミーユは誰のところへ行こうとしたんだ？」

フェラーは首を横に振った。「わかりません。だが、行ってはいけなかった」

兄と話ができるのは嬉しかったが、アイアンサは気もそぞろだった。ロバートたちはカミーユのことで出かけたに違いない。ヴィジャヤ王子は不安を顔に表さず古い写本を調べているが、ジョンはアイアンサ同様、落ち着かないようだ。アイアンサととりとめのないおしゃべりをしながら、部屋を歩きまわっている。

不意に叫び声が聞こえ、廊下が騒がしくなった。ヴィジャヤは羊皮紙をおろし、立ち上がった。ジョンが戸口に突進した。扉に手をかけたとき、銃声が響いた。ジョンがよろめきながら後ずさった。

「ジョン！」アイアンサは金切り声をあげた。

体格のいい見知らぬ男が、戸口から押し入ってきた。

ジョンは袖《そで》を血で染めながら、ふらふらと立ち上がり、侵入者に飛びついた。ジョンがその男と格闘しているあいだに、さらにふたりの知らない男が駆け込んできた。どちらもナイフを持っている。

ひとりはアイアンサに突進してきた。アイアンサは男とのあいだに椅子をはさみながら、後ろに逃げた。男が椅子をまわり込んでにじり寄ってくるので、すばやく別の椅子に駆け寄る。カミーユったら、どうしてわたしの拳銃を持っていってしまったの？ いまこそ必要なのに。アイアンサがテーブルの上の花瓶をとって投げつけると、男は横に飛びのいた。床で花瓶が砕け散る。男は隙間《すきま》だらけの歯を見せてにっと笑った。

視界の隅で宝石がきらりと光った。暖炉のほうに逃げながら、アイアンサがちらっと見ると、ヴィジャヤが宝石をちりばめた異様に大きなナイフを持って、三人目の男のまわりをまわっている。痩《や》せた王子の体が、敵を前にして小さく見えた。ジョンはまだ自分を撃った男と組み合っている。ああ、神様！ 兄を守ってください。

わたしのせいで、これ以上、誰かが傷ついたりすることがありませんように！

喉の奥から熱いものがこみ上げてきた。アイアンサは家具を盾にして逃げながら、暖炉を目指した。何か武器を手にしなければ。やっとのことで暖炉まで行き、ついに火かき棒を手にとった。男が動きを止め、目をらんらんと光らせる。アイアンサは男に向かって火かき棒を振り上げた。男は手を上げて身がまえた。

棒を振りおろせば、おそらく先端をつかまれる。そうなれば、簡単に棒を奪われるだろう。男が飛びかかってきたので、アイアンサはとっさに棒の先端を男に向けて後ずさり、柄を大理石の壁で支えながら、奇跡を祈った。運はアイアンサに味方した。

火かき棒の先端が、男の肋骨《ろっこつ》の真下に刺さった。男は体をふたつに折るようにして、よろめきながら後ずさり、苦しそうにあえいでいる。アイアンサは火かき棒を振り上げ、男の頭めがけて思いきり振りおろした。男は前のめりに床に倒れ込んだ。

アイアンサは興奮してまた棒を振り上げ、次の敵は誰だとばかり、周囲を見まわした。

ジョンが床に押さえつけられ、馬乗りになった男に首を締められそうになっている。アイアンサがそちらに向かおうとすると、ジョンは両足を突っ張って相手の体を持ち上げ、そのまま蹴って放《ほう》り投げた。男はしたたかに床に打ちつけられたものの、すぐに体を起こすと、ナイフをとり出し、起き上がろうとするジョンのほうに這《は》い進んでいった。このままでは、ジョンは、立ち上がる前にナイフで刺されてしまう。

ふたたび銃声が聞こえた。ジョンの敵が腕をだらりとおろし、前に倒れた。ナイフが床を滑った。アイアンサは顔を上げた。戸口にロバートが立っていた。手に持った銃から煙が上がっている。

ロバートはあっという間に彼女のそばに駆けつけた。アイアンサは火かき棒をしっかり握ったまま、つっ立っている。

サムは、ヴィジャヤ王子に向かってナイフを振りまわしている男のほうに向かいかけたが、ロバートの鋭い警告の声に足を止めた。男は王子を睨みつけたまま、じりじりとまわり込み、王子を挑発している。王子はそれにはのらず、男から目を離さずにゆっくりまわりながら対峙《たいじ》している。突然、男が王子の心臓を狙って、正面から突っ込んでいった。

王子は動揺することなく、ひらりと横に身をかわした。男が静かに床に崩れ落ちる。男の胸のまんなかには、王子のナイフが刺さっていた。

ふたりの戦いを見届けると、サムはアイアンサが打ちのめした男のところに飛んでいき、仰向けにして脈をとった。そして、ロバートに向かってにやりと笑った。「生きている。しばらくは意識が戻らないだろう。きみも彼女に殴られないように気をつけろよ。だいぶ興奮しているぞ」

ロバートは、アイアンサの硬直した指を一本一本開いてやり、火かき棒をとった。「ああ、そうだな。あとのふたりはどうだ?」

残りのふたりを調べると、もう息をしていなかった。ロバートは呼び鈴を鳴らし、急いで廊下に出た。ジョンとアイアンサもそれに続いた。

ハリーがよろめきながら、膝をついて立つのが見えた。顎がひどく腫《は》れている。「申し訳ありません、ダンカン男爵。あの客間から襲いかかってきたんです。一瞬のうちに、組みしかれてしまいました。あそこから来るとは予想もつかなかった」

「それでも警告は発してくれた」ジョンは右手でハリーを引きあげた。左腕はだらりと下がり、血が滴っている。「おかげで不意打ちをくらわずにすんだよ。もっとも、ぼくは飛び出して撃たれてしまったけれど」

「傷はどうだ?」ロバートがジョンに尋ねたとき、ゲイルズビルとサーズビーが、ふたりの使用人を連れて、慌ただしく階段を昇ってきた。

「旦那様、なにが起きたのです？　あれは銃声ですか？」執事は足を止め、ぜいぜいと苦しそうに息をした。

「侵入者だ、ゲイルズビル。おまえたちはハリーの面倒を見てやってくれ。それから、まだ生きているやつを縛り上げて、下に監禁しておいてくれ。ききたいことがあるからな」ロバートは、ジョンの怪我《けが》をしていないほうの腕をとった。「それからキースレイ少佐の部屋に湯と包帯を届けさせてくれ」そのとき、アイアンサがやっとわれに返って、目を大きく見開いているのに気づいた。「あなたは？　だいじょうぶかい？」

「ええ。ジョンは……？」アイアンサの顔は、兄と同じように真っ青だ。

「なんともないさ。心配するな」ジョンが言った。

しかしロバートは気がかりだった。「部屋に連れていって、怪我を見てみないと」

「わたしも行くわ」

彼女がこういう表情をしているときは、議論をしても無駄だということを、ロバートはすでに学んでいた。ふたりでジョンを支えながら階段を上がった。ジョンを寝室の椅子に座らせると、ジョンの側仕《そばづか》えのロジャーズが慌てて部屋に駆けつけた。みなで上着を脱がせ、ロバートがナイフでシャツを切った。

「ああ」ロバートは安堵《あんど》の声をもらした。「弾はかすっただけだ。消毒して包帯を巻いておけばいい」

「よかった」アイアンサはほっとして足台に座り込んだ。

そこにメイド頭のミセス・レイモンビーが救急箱を持ってやってきた。すぐにジョンのそばに行くと、手慣れた様子で腕をとり、消毒をはじめた。ジョンがひっと息をのんだ。

「アルコールで消毒すればだいじょうぶ」メイド頭

は請け合った。「それと、おとなしく寝ていることです」

ジョンは抗《あらが》った。「そんな、おおげさな。役立たずみたいにベッドでごろごろするのはごめんだ」

「だめですよ、旦那様。熱で頭がぼうっとしているうちは、起きていても役には立ちませんよ」側仕えがきっぱり言い、ベッドの上掛けをはいだ。

「いいこと、お兄様」アイアンサは腰を上げると、目をしばたたかせながら兄の前に立った。「言うことを聞かないと、わたしがこの手でベッドに寝かしつけるわよ。もうあんな怖い思いはさせないでちょうだい！」

ブランデーを傷口から下のたらいへかけ流してもらいながら、ジョンは顔をしかめつつも、なんとか笑ってみせた。「寝かしつける？　アイアンサ、それだけはやめてくれ」

ロバートが声をあげて笑った。「よし、わたしもアイアンサを応援するぞ。ジョン、今夜、きみはベッドで寝ていること。明日になって熱が下がったら、解放してあげよう」

ミセス・レイモンビーが慣れた手つきで包帯を結び終わると、ロバートは、彼女とアイアンサに部屋から出るよう手を振って言った。「ご婦人方、ありがとう。あとは、わたしとロジャーズで、ジョンをベッドにいれるよ」

ロバートは、触れただけで壊れそうだったアイアンサがこれほどたくましくなったことに感動した。そして、自分にとっていちだんと大切な人になったことに改めて驚いた。

しかしこのとき、ロバートは忍び寄る影を想像だにしていなかった。

あの女はしくじった。長い付き合いから許してもらえると思っていたらしいが、愚か者め。良心が咎《とが》めたなどと腑抜《ふぬ》けたことを言いおって。
女はみんな裏切り者だ。
あの女は気晴らしと楽しみのためにやってきた。
だから、ぞんぶんに楽しませてもらった。
ただし、女が思っていたのとは違う方法で。
おかげで、もうひとりが欲しくてたまらなくなった。

18

ジョンがベッドで休んだのを見届けると、ロバートはすぐさまアイアンサのところに行きたくなった。ジョンを側仕《そばづか》えにまかせ、階段を駆けおりて、妻の姿を捜す。侵入者を捕まえて以来ずっと慌ただしくしていたので、彼女を腕に抱き、自分を安心させる機会がなかった。アイアンサは昼間専用の居間で、サムとヴィジャヤ王子に守られていた。

ふたりの冷やかすような目つきもかまわず、ロバートはまっすぐアイアンサの座る長椅子まで行くと、アイアンサを立ち上がらせた。腕をまわし、アイアンサが声をもらすほどきつく抱きしめる。それから少し力を弱め、自分を見あげる顔を見つめた。「怪《け》我《が》はなかったか？　怖くはなかったか？」

　アイアンサはかぶりを振った。「いいえ、怪我はないわ。怖かったけれど……」首を傾《かし》げて少し考える。「前とは違う怖さだった。反撃できて気持ちよかったわ。カミーユは見つかったの？」

　腹の底に冷たい恐怖を感じ、ロバートは自分の胸にアイアンサをかきいだいた。アイアンサがカミーユと同じ運命を辿《たど》るかもしれないと思うと、不安でたまらない。ロバートは言葉少なに答えた。「ああ」

「いったい……」胸のところでくぐもった声がする。ロバートは腕の力を緩めた。「いったい、カミーユはどうしたの？」アイアンサがきいた。

　ロバートは彼女の顔にかかった髪を撫《な》でて、そっと様子をうかがいながら言った。「死んだ。殺されたんだ」

　アイアンサは両手で口を覆った。「いや、いやよ！　たとえあの子がなにをしていたとしても、そんなのいや！」

「しかし、実際、相当なことをしでかしたんだ」ロバートはようやくアイアンサを放すと、長椅子に並んで座った。

「本当だよ」サムが脚を伸ばして足台に置いた。「きみたちがジョンの手当をしているあいだ、ヴィジャヤ王子とぼくは、旧館に馬が何頭か隠してあるのを見つけた。いい馬だったよ。賊が逃げるための用意が周到にされていたんだ。捕まえた男とも少し話をした。きみの精神状態を考えて、ぼくが話したほうがいいと思ったからね」

　ロバートは口元をきゅっと引きしめた。「すまない。わたしはやつをとことん殴りたかった。もう少しで、あいつらと同じ程度の人間に成り下がるだけでなく、大切な情報を聞き出せなくなるところだった。おそらくカミーユを殺したのもやつらだろうからね」

「それが、そうではないらしいんだ。やつが嘘《うそ》をついていなければの話だが、自分たちがそんなことをするわけがないと言っている。もちろん、やつの言い分を全面的に信じる気はないが、少なくとも、雇い主がわからないというのはすぐに吐いた。カーライルで、行きずりの男に雇われたということだ。やつらはひと晩、城のなかに隠れていたらしい。それで、誰にも見られずに、使われていない客間にはいることができたんだ。黒髪の女に導かれて忍び込み、食料を運んでもらったと言っている」

「カミーユ」アイアンサの顔から血の気が引いた。

ロバートはむっつりとしてうなずいた。「ああ。あなたを雪のなかに誘い出したのも彼女だと思う。理由はわからない。あなたが無事で見つかったときには、涙さえ見せていたのに」

「見せかけの涙さ」サムは口を歪《ゆが》めて言った。「まさしく雌狐《ぎつね》だな。アイアンサへの襲撃を指図したやつにとって、あの女の死は予想外だっただろう。しかし、やつらの真の目的はいったいなんなのだろうか」

「わからないな」ロバートは、アイアンサの肩をそっと抱いた。

アイアンサは、暗い気持ちで膝に置いた自分の両手を見つめていた。「裏切られるのがこんなにつらいとは思わなかったわ」

次の朝、ジョンは下に朝食を食べに行くと言ってきかなかった。「こんなかすり傷のために、寝てなどいられるか」保温蓋《ぶた》を上げて、中身を確かめながら、大きな声で言った。「ちょっと腕が動かしにくいだけさ」

ロバートの経験からいうと、ジョンの腕はちょっとどころではなく、かなり動かしにくいはずだ。それに傷の痛みも相当なものだろう。だが、邪魔をするつもりはなかった。彼は大人なのだし、兵士なのだから。

「見張りを頼めるなら、ぼくはカーライルに行って、職業紹介所の職員と直接話をしてくるよ」サムはローストビーフを盛った皿をテーブルに置いた。「カミーユがどこから、なんのために来たかを知る必要があるからね。ほかに誰が関係しているのかも、それでわかるかもしれない」

「道中が大変だぞ」ロバートは、コーヒーカップ越しにサムを見て言った。「気温がかなり下がっているし、道も悪いだろう」

「今朝は雪が降っていなかったし、荒野は、馬車ではなく馬で行くつもりだ。平地に着いたら馬車を見つけるよ。低地では雪も少ないだろうから」サムは、しばらく外に目をやってから言った。「それに、アメリアのところにも寄れる」

「そうだな」ロバートはゆっくりと考えながら言った。

ぼんやりと皿の上のスコーンをつついていたアイアンサが目を上げた。「カミーユとホレイス・ラウンズには接点があったのよね」

ジョンがうなずく。「彼があの女をパーティに連れてきていたのは確かだ。けれど、今回の悪事にラウンズは関《かか》わっていないんじゃないだろうか。動機がないし、そういうやつには見えなかった」

「それは、わたしが突きとめられるかもしれませんん」ヴィジャヤ王子が朝食の間にはいってくるなり言ったので、みな驚き、ナイフとフォークを置いて王子に注目した。「兄が、数週間ほどロンドンに滞在すると手紙で知らせてきました。兄は父にかわってコーヒーの新しい栽培法を調査するために、何度か西インド諸島に行っているのですが、今回もそこから戻る途中なのです」王子は椅子に座って、アイアンサからコーヒーを受けとった。「もちろん、兄に会いに行くつもりなので、そのときに、ラウンズの息子のことを調べられるかもしれません。イングランドの人々は、外国人の存在を無視して会話をしますからね。たぶん、英語がわからないと思っているのでしょう。それとも、ここに残ったほうがいいのなら……」

言語の専門家である王子が、英語が話せないと思われるとは、イングランド人はおめでたいな……。ロバートは思わず笑みを浮かべた。しかし、王子の提案には慎重だった。ヴィジャヤとサムが城を離れ、ジョンが腕に怪我を負っている状態で、アイアンサは安全だろうか？　だが、いつかはそうした情報を集めなければならない。敵の正体をすべて確かめるまでは、アイアンサに平穏を与えてやれないのだから。

ロバートはジョンに向かって言った。「どう思う、ジョン？　ふたりで城を守れるだろうか？」

ジョンはにやりとした。「ぼくたちふたりに、五人の使用人と数人の馬丁、ふたりの側仕《そばづか》えがいる」

ロバートは返事のかわりに声をあげて笑った。「ナポレオンが攻めてきてもだいじょうぶだな」それから、サムとヴィジャヤを見て言った。「きみたちが持ってきてくれる情報は、この悪夢を終わらせるのにぜひとも必要なものだ。行ってくれ。だが、気をつけろよ」

「もちろん」ヴィジャヤは立ち上がった。「最寄りの宿までは馬に乗っていきます。荒野を抜ければ、おそらく四輪馬車に乗れるでしょう」

「くれぐれも凍えたりなさらないように」アイアンサは心配だった。

ヴィジャヤは笑った。「ロンドンはもう少し暖かいですよね？」

「ええ、それは。あとで、姉のレディ・ロシュランド宛《あて》の手紙をお渡ししますね。なにか有益な話が聞けそうな面々が集まる社交の場にお連れするよう、姉に頼んでおきます」アイアンサは手を差し出した。

「ありがとうございます、殿下」

ヴィジャヤはアイアンサの手を軽く握った。「お役に立てて光栄です、レディ・ダンカン」

首尾は上々だ、とロバートは思った。

そのくせ、不安が頭から離れなかった。


寝る時間になっても、不安は去らなかった。気分がすぐれないのは昨日の事件のせいだ。それに、敵が血塗られた手をアイアンサに伸ばすのをやめたとも思えなかった。城じゅうを徹底的に調べたので、侵入者がはいってくる余地はない。それはわかっているのだが、一瞬たりとも気を許せなかった。

ロバートはエレンを下がらせると、自分の手でアイアンサのディナードレスのボタンを外していった。途中まで外したところで、両手を滑り込ませてアイアンサの胸を包み、顎を彼女の頭にのせる。姿見に映ったふたりの姿が、こちらを見ている。ロバートの広い胸が、アイアンサの小さな肩を覆っていた。

「アイアンサ、あなたはわたしにとって、誰よりも大切な人だよ」

アイアンサはドレスの肩紐《かたひも》を肘まで落とすと、夫の腕のなかで振り返った。「本当に？」

「ああ、本当だ」ロバートは妻の顔にかかる前髪を後ろに撫でつけ、細い腰を抱いた。「ちょっとでも離れると、もう会いたくなるんだ。あなたの会話と才能はわたしを楽しませてくれる。それに、頭の回転も速い。わたしの真の伴侶《はんりょ》だよ。あなたのような人に出会えるとは思いもしなかった。そのうえ……」

「そのうえ？」アイアンサがほほ笑みながらロバートの顔をのぞき込んだ。

「あなたとの愛の交わりはなにものにも代えがたい

喜びを与えてくれる。自分はもうひとりではないと感じさせてくれる」

「わたしと結婚したとき、その喜びが得られるという保証はなかったのに」アイアンサは夫の明るい茶色の瞳を見つめた。

「ああ。そしてときどき、多くを求めすぎたのではないかと不安になった。だが心のどこかで、あなたのように情熱的な女性は、たとえ長いあいだそれを封じ込めていたとしても、いつかは必ず燃え上がると思っていたよ」

「あなたの助けと忍耐がなければ、絶対に無理だったわ。あなたがどうしてそんな無謀な賭《かけ》に出たのか、ずっと理解できなかった」

「理由は言ったはずだよ」ロバートはほほ笑んだ。

「正直に言うと、あなたをはじめてここに連れてきたときから……あのたった二日間で、あなたの美しさの虜《とりこ》になったんだ。あなたのすべてが見たくて……この腕に抱きたくてたまらなかった」ロバートは手をおろし、アイアンサの腰を自分の腰に引き寄せて笑った。「それに、多少うぬぼれてもいた。あなたがいつまでも、わたしの愛を拒み続けられるはずがないとね」

「お母様が愛の行為はすばらしいと教えてくれたの。そして、あなたは、それが本当だということを示してくれた」アイアンサはロバートの顔を手ではさみ、真剣な表情で言った。「あなたはすばらしい人よ。わたしにとって、あなたはなによりも大切なの。自分のことよりも、あなたの身が心配だわ。あなたになにかあったら耐えられない」

「心配はいらないよ。なんといっても、まだ愛の冒険を続けなくてはいけないからね」ロバートは頭を傾けて、アイアンサの手首の内側に口づけた。「わたしはとても悪運が強いんだ。いつか、ヴィジャヤ王子から虎《とら》の話を聞くといい」ロバートはにやりと笑うと、くるっとまわってアイアンサに背中を向け、シャツを頭の上までまくり上げた。「肩に傷跡があるだろう？　さいわい首を食いちぎられずにすんだが、危ないところだった。王子がナイフで虎の喉をかき切ってくれたから助かったんだよ」

アイアンサが傷跡にそっと手を触れ、ロバートの腰に抱きついてきた。肌にアイアンサの温かい息がかかる。

「ヴィジャヤ王子がいてくれてよかった！　彼は不思議な人ね。あんなにもの静かで研究ばかりしているのに、昨日は何食わぬ顔で男を殺したのだから」

「虎を殺した男だ。わたしは運がよかった。彼の部屋でなにを描《か》いたんだい？　見せてほしいな」

アイアンサの顔が真っ赤になった。ロバートはにっこりして、その燃えるように熱い頬を撫でた。

「これはなんとしても見せてもらわないと」

「いま？」

「そうだよ。どうやら、いまの気分にぴったりの絵のようだから」ロバートはアイアンサを放し、一歩下がって待った。アイアンサが腕をおろすと、ドレスがするりと滑り落ちた。

アイアンサは首も、胸元も赤くして言った。「どうしてあんな絵を描いたのかしら」

「見せずにすむと思ったら、大まちがいだよ」ロバートは両手をアイアンサの腰にまわした。「さあ、早く持ってきておくれ。さもないとお仕置きするぞ」

「わかったわ。持ってくるから」

アイアンサは部屋の向こう側の机まで歩いていった。彼女が腰を揺らすたびにシュミーズがまとわりつく。その姿を見て、ロバートはいちだんと欲望が高まった。アイアンサは紙ばさみから紙を一枚とり出すと、小脇《こわき》に抱えてロバートのところに戻ってきた。腕組みをして待つ彼の前で、彼女はおずおずと絵を見せた。

ロバートの欲望が突然、大きく張りつめた。

そこには、インドの愛の教科書といわれるカーマ・スートラのような官能的な絵が描かれていた。彫刻を施した大きなベッドで男女が愛を交わしている。誇らしげに男に跨《また》がっている女神は、銀の髪飾りをつけ、男は濃い茶色の髪をしていて、筋肉質の体が神々しく輝いている。

女神の顔は紛れもなくアイアンサのものだ。

ロバートは言葉もなかった。黙って鑑賞したあと、彼はアイアンサの手から絵を受けとり、近くの椅子の上に置いた。「すばらしいよ」ロバートは彼女を抱きしめてつぶやいた。


不穏な動きもなく、一週間が過ぎた。不安はいつも頭のどこかにあったが、アイアンサはこれまでにないほど幸せだった。ロバートもアイアンサも愛という言葉を口にしたことはないが、愛はふたりのあいだですこやかに育《はぐく》まれていた。近くにいれば必ず互いに触れ、毎晩のように愛を交わし、抱き合って眠った。ロバートが仕事で少しでもそばを離れると、アイアンサは彼の足音をじっと待って過ごした。そして彼が部屋にはいってきた瞬間、ふたりの視線が絡み合い、アイアンサは胸を躍らせるのだった。

それでも、身の危険が去ったわけではなかった。自分の周辺を、誰かが片時も離れずに見張っている。バーンサイドかサーズビー、ハリーかダニエル、そしてフェラーと厩《うまや》の若い馬丁が常に廊下にいて、いやがうえにも緊張が高まった。

そのうえ、ジョンの腕の傷がなかなか治らなかった。よくなったかと思うと、次の日には傷口が開いてしまう。ジョンは頑固に怪我を無視し続けたが、ロバートがインドから持ち帰った薬草の軟膏《なんこう》をロジャーズに塗らせることだけは承知した。「その薬には何度も助けられている」ロバートはアイアンサに向かって太鼓判を押した。「虎にやられたときもそうだった」

アイアンサは気が気ではなかった。感染症でも起こせば、命を失う危険さえある。想像するだけでも耐えられないことだ。しかも、自分を守るために負った傷なのだ。

幸福の絶頂から一瞬にして激しい不安に駆られる——そんな日々が続いた。

二週間たっても、サムもヴィジャヤも戻ってこなかった。そのかわり、王子の優美な筆跡で宛名が書かれた手紙が届いた。ロバートは急いで封を切った。「ありがたい。なにか有力な情報があるといいのだが」折りたたまれた手紙を開くと、なかには美しい記号が並んでいた。「おや、サンスクリット語で書かれている。秘密の情報だな」ロバートは一読してから、アイアンサに言った。「面白いことになったよ」彼は手紙を声に出して訳した。

親愛なる友よ

興味深い事件が起こりました。アルトン卿《きょう》がベッドで殺されたのです。不運にもわたしがロンドンに着いた直後のことで、凶器は刃物でした。このあいだのときと同様に、彼の時ならぬ旅立ちをわたしのせいにする人々がいるので、しばらく身を隠すつもりです。心配しないでください。誰もわたしを見つけることはできませんから。

さて、あなた方にとっていちばんの関心であるラウンズの息子——すでにアルトン卿と呼ばれているのでしょうが、ホレイスについてはまだなにもわかっていません。ただ、気がかりな情報があります。兄がはじめて南米のデメララに行ったとき……八年ほど前になりますが、セバーガム男爵に会ったというのです。ご存じのとおり、彼は父親にそこへ送り込まれたのです。そして放蕩《ほうとう》の末に死んだそうです。アルコールの過剰摂取が原因だろうとのことでした。

彼には、ヒガンズという低い階級の出身で、コーヒー農場の監督をしていたイングランド人の友人がいたそうです。兄によると、この男はセバーガム男爵と違って、褐色の髪に驚くほど青い目をしていたということです。これはあなたの隣人で、カール・フラスターと呼ばれるセバーガム男爵の容姿に一致するものと思われます。それからロンドンでは彼の姿を見かけません。

どうぞ、用心してください。　　　　ヴィジャヤ

ロバートは机の上に手紙を置いた。「なんという話だ。すぐにセバーガムの屋敷へ行ってみよう」

「でも、フェラーがセバーガム男爵の執事に、男爵はロンドンにいると言われたと……」

「ロンドンにいるのはまちがいない。やつがわたしたちが捜している犯人なら、アルトン卿の死もやつの仕業だ。だが、いまのところ、このあたりにはいないということを確かめておきたい。まだどこかにひそんでいるような気がしてならないんだ」

アイアンサは慌てて立ち上がった。「危ないわ、ロバート」ロバートに駆け寄り、上着をつかんで握りしめる。「お願いだから行かないで。あなたにもしものことがあったら、わたし……耐えられない」

ロバートはたくましい腕で妻を抱きしめた。「心配はいらないよ」彼女のこめかみにそっとキスする。「言っただろう。わたしは悪運が強いんだ。むろん用心するし、それに、ひとりでは行かないから」

アイアンサは泣き出した。いや。いやよ！

ロバートは、アイアンサが泣きやむまでじっと抱

きしめていた。彼はしゃっくりをしている彼女の顔を両手で包み、自分のほうに向かせた。「調べなくてはいけないんだよ、アイアンサ。わかるだろう」

アイアンサは不承不承うなずいた。ポケットからハンカチをとり出して目を拭《ふ》き、はなをかんだ。

「わかったわ。くれぐれも気をつけて。きっと帰ってくると約束して」

「約束する」ロバートはアイアンサの頬に軽くキスをした。

「きっとよ」

ロバートは彼女をふたたび自分の胸に引き寄せた。

「あなたと愛を交わすために戻ってくるよ」

19

悪夢のような午後だった。アイアンサは兄と一緒に昼間専用の居間にいた。ふたりとも自分の部屋にひとりでいるのがいやだったのだ。カミーユが死んだいま、城にいる人間が刺客と連絡をとって、刺客を城のなかに導くとは思えない。でも……。カミーユのことだって、誰も疑っていなかったのだ。

アイアンサはほんの小さな物音にも驚いて飛び上がった。ロバートがセバーガムに殺されるという想像が頭を離れず、いくら振り払っても、恐ろしい場面が瞼《まぶた》に浮かび上がってきた。スケッチブックに絵を描《か》いてみたけれど、暗い色を塗りつぶすだけで絵にならなかった。

ジョンは静かに本を読んでいる。以前、まったくためにならないとアイアンサに言っていた本だった。にやにやと笑いながら、幽霊が出てくる部分をアイアンサに読んで聞かせたが、アイアンサはそんな冗談さえ楽しめる気分ではなかった。ジョンも、おそらく、そうして不安を隠しているのだろう。

ロバートが出ていってから二時間が過ぎた。アイアンサはスケッチブックを片づけ、部屋のなかをうろうろし、ときどき窓の外に目をやって、ひたすらロバートを待った。ふと、ジョンの腕が目に留まり、駆け寄って袖《そで》を調べてみた。「まあ、ジョン！　また血が出ているわ。上着まで染み出している」

「ああ」ジョンは本を置いて、袖を見た。「さっき伸びをしたときに傷口が開いたんだな。どうりで痛むはずだ」

「なぜ、ミセス・レイモンビーに縫ってもらわなかったの？」アイアンサは不満げに顔をしかめた。

「いやだからだよ」ジョンもしかめ面を妹に返した。

「傷口を縫えばもっと早く治ったかもしれないのに。ロジャーズに頼んで新しい包帯に替えてもらったほうがいいわ」

ジョンはもう一度、血の染みた袖を眺めた。「ロバートが帰るまで待つことにするよ」その言葉をあざ笑うように、血がぽたりと床に落ちた。

「ほら、また血が出てるわ。すぐに側仕《そばづか》えのところに行ってちょうだい」アイアンサは兄の怪我《けが》をしていないほうの手を引いて立たせ、扉のほうへ背中を押した。

ジョンは頑として動かない。「おまえをひとりにはできない」

「ひとりじゃないわ。扉のすぐそばにフェラーがいるもの。上まで三人で行きましょう。そろそろ自分の部屋に戻りたいと思っていたの。ロバートも、きっともうすぐ帰ってくるわ」

言い争いを耳にしたのか、フェラーが部屋をのぞき、ジョンを見て言った。「奥様の言うとおりですよ、少佐。出血がひどくてふらふらしていては、奥様を守れませんからな。上に行ったら、ダニエルを見張りに呼びましょう」

ジョンはとうとう抵抗をやめた。三人は二階に上がり、ジョンとアイアンサはそれぞれの部屋にはいった。フェラーは、アイアンサの部屋の前に見張りに立った。アイアンサは呼び鈴の紐《ひも》を引いてダニエルを呼ぶと、窓のそばでロバートが戻るのを待つことにした。

突如、フェラーの声がした。「おい、こら！　こんなところでなにをしてる！」

アイアンサは急いで戸口に駆けつけ、扉をあけた。石炭の汚れがついた服を着た、炭だらけの顔の男がふたり、そこにいた。石炭運搬夫がなぜここに？　この人たちの仕事は調理場に石炭を運ぶだけのはず。

アイアンサが不思議に思う間もなく、男のひとりがフェラーに飛びかかった。

アイアンサは扉を閉めて、鍵《かぎ》をかけようとした。だが手が震えて、かけられない。扉が激しく押し開かれ、彼女は後ろに弾《はじ》き飛ばされた。もうひとりの男が部屋にはいってきたのだ。男はぎらぎら光るナイフを手にしている。顔じゅう髭《ひげ》に覆われ、炭をべったり塗っているので顔が真っ黒だ。しかし男が誰か、アイアンサにはひと目でわかった。

この鋭い青い目を見まちがえるものですか。

火かき棒をとりに走る。セバーガム男爵――ヒガンズの手がアイアンサの髪をわしづかみにし、後ろにぐいと引っ張った。ナイフが喉に押しつけられ、血が首筋を伝った。アイアンサは動けなかった。

「よろしい。このあいだのレッスンを覚えているようだな。あれはすばらしかった。さあ、次の段階に進んで、おれを満足させてもらおうか。教室にあつらえむきの場所がある。人目につかない離れたところにな」ヒガンズは膝でアイアンサの腰をつつき、体で押すようにして扉まで歩かせた。

アイアンサは恐怖のあまり、言われるままに前に進んだ。どうしよう！　最悪の夢が現実になってしまった。あの男がここにいる！　前にわたしにしたことを、またしようとしている！

いいえ、それ以上のことを。

恐怖が一瞬にしてアイアンサを支配し、冷静に考える余裕はなかった。しかし、頭ははっきりしていた。前のときとは違う。思いどおりにさせはしない。わたしはもう、怯《おび》えるだけの十八の娘ではないのよ。

廊下に押し出されると、フェラーがもうひとりの男の顎を殴りつけたところだった。木が倒れるように、男は床に崩れた。フェラーは、アイアンサとヒガンズの正面にまわり込んだが、アイアンサの喉に突きつけられたナイフを見て動けなくなった。

ジョンと側仕えのロジャーズが廊下を駆けてくる。ジョンは拳銃《けんじゅう》を手にしている。だが、この光景にふたりともぴたりと足を止めた。

「いい心がけだ」偽男爵は満足そうに言った。「状況がよくわかっているようだな。お行儀よく道をあけてくれれば、レディ・ダンカンの喉を切らなくてもすむぞ」全員が後ずさったが、いつでも襲いかかれるように身がまえている。「それじゃだめだ。あの右の部屋にはいれ。扉を閉めたら、鍵をこちら側に出してよこすんだ」

みなどうしていいかわからず、挑むようにヒガンズを睨《にら》みつけた。ヒガンズがアイアンサの髪を引っ張ると、ナイフが喉に食い込んだ。血管がふくれ上がり、アイアンサは恐怖で声を出すこともできなかった。

ジョンが男に向かって言った。「これ以上、妹を傷つけるなら、おまえの肋骨《ろっこつ》をばらばらにしてやる」

「やれるものならやってみろ。その前に、この女を切り刻んでやるがな」ヒガンズがナイフをわずかに動かした。「おまえが指一本動かす前に、この女の耳を切り落としてやる」ナイフをさっと動かし、切っ先を頬につける。「それとも目玉がいいか」また喉にナイフをあてる。「歯向かえば女を殺す。部屋にはいれ。後ろにいる男も一緒にな」

ヒガンズが壁を背にすると、アイアンサの目に主階段を這《は》い上がってくるダニエルの姿が飛び込んできた。ダニエルは見つかったのに気づき、向きを変え、慌てて階段をおりた。

ヒガンズが高笑いをしながらその背中に向かって叫んだ。「ダンカン男爵に、旧館で待っていると伝えろ」

ダニエルが助けを呼んでくれるに違いない。そう考えて、ジョン、ロジャーズ、フェラーはしぶしぶ部屋にはいり、鍵をヒガンズに渡した。ヒガンズは鉄のような腕でアイアンサをはがい締めにしたまま、一瞬のうちに鍵を拾い上げ、鍵穴に差し込んだ。アイアンサは体をねじって逃れようとしたが、その拍子にナイフの切っ先が頬にあたった。

「今度そんなまねをしたら、目玉をえぐりとってやる。両目にしようか。絵も描けなくなるぞ」ヒガンズが怒鳴り、アイアンサは後ろ向きに廊下を引きずられていった。

アイアンサは逆らわなかった。もっといいチャンスを待とう。ロバートが必ず助けに来てくれる。どんなことになろうとも、彼の命だけは守らなければ。アイアンサは目を閉じて、冷静にと自分に言い聞かせ、みずからを励ました。

ヒガンズはアイアンサを連れて旧館へ辿《たど》りつくと、重い扉に鍵をかけた。それから、抵抗するアイアンサの体を引っ張り上げるようにして狭間《はざま》胸壁へ通じる螺旋《らせん》階段を昇っていった。階段を半分ほど昇ったところにある踊り場で立ち止まる。「ここでいいだろう。ここで待ち伏せて、ダンカンのやつを楽に始末することができる」ヒガンズは唇を突き出すと、アイアンサの耳に臭い息を吹きかけた。「見てろよ。おまえの小さな拳銃を使ってやる」下品な笑みを浮かべながら、腰にまわしていた手にナイフを持ち替え、アイアンサの胸に突きつけた。「わかってるな、静かにするんだぞ」

なにも答えないほうがいい、とアイアンサは思った。できるだけ服従しているように見せかけよう。

「ほう、おとなしいな。そのほうがいい。よけいな口をきいてみろ、痛い目に遭うぞ。上からロープで逃げるときに投げ落とされたくなかったらな」アイアンサの体がこわばり、ヒガンズはひくひく笑った。

「おれたちがずっとここに閉じこもると思ったのか？　おれはそんなにばかじゃない。やつらは見当違いの場所を捜しまわるんだ。おれは、もうセバーガム男爵ではない。ただのトム・ヒガンズでもない。あと少しで新しい人生がはじまるんだ。おまえには、もうちょっとつき合ってもらう。なあに、わずかなあいだだよ」

そのとき、階下でぎいっと扉が開く音がした。忍び足で歩く音が階段の上まで響いてくる。

「ばかなやつらだ」ヒガンズがアイアンサの耳元で囁《ささや》き声ひとつせせら笑った。「こういう場所じゃ、囁き声ひとつでもよく聞こえるのに」ヒガンズはあいた手でポケットから小さな拳銃を出すと、下に向かってかまえた。「わかってるな。少しでも声を出してみろ、こいつで胸を刺すぞ」ヒガンズは唸《うな》るようにアイアンサに言った。

答える間もなく、聞きなれた足音が階段から聞こえた。ロバートだわ！　彼が来てくれた。

ヒガンズは拳銃をかまえ、階段の下に目を凝らした。だが螺旋のせいでよく見えないらしい。

いまだ！

アイアンサは、ナイフを持ったほうのヒガンズの手をつかんで力いっぱい押した。ヒガンズがロバートに気をとられていたおかげで、ナイフが十センチほどアイアンサの胸から離れた。

アイアンサは叫んだ。「ロバート！　ヒガンズはここよ！　気をつけて！」

ロバートが階段を突進してくる。アイアンサがヒガンズの拳銃を叩《たた》き落とすのと同時に銃声がした。

ロバートはよろめき、階段のへりに身を隠した。ヒガンズがアイアンサの腕をつかみ、自分の背後に引きずり寄せた。

「こいつ、あとで必ず始末をつけてやる」

ロバートが拳銃を手に、ふたたび姿を現した。ヒガンズはしまったという顔をして、アイアンサを盾にしようと手を伸ばした。

アイアンサはとっさに走り出した。二度と捕まるもんですか！　城壁に向かって螺旋階段を駆け上がる。ヒガンズが、ロバートが放った銃弾をかわして、あとを追ってくる。

アイアンサが扉を抜けて狭間胸壁に走り出たときには、ヒガンズがすぐ後ろまで迫っていた。ロバートの拳銃がふたたび火を噴いた。ヒガンズは扉の脇《わき》にすばやく身を隠しつつ、アイアンサを捕まえようと手を伸ばした。

アイアンサはするりと身をかわした。

ロバートが扉から姿を現した。ヒガンズはロバートから目を離さず、アイアンサを追ってくる。アイアンサは死に物狂いで走った。壁に沿って、唯一の逃げ道である目が眩《くら》むような吹きさらしの階段を昇り、一番高い塔を目指す。城を囲む深い谷が視界に飛び込んできた。上空には果てしなく空が広がっている。アイアンサは階段を半分まで昇ったところで振り返った。

ロバートがヒガンズと睨み合っていた。足から血が出ている。弾のきれた銃を投げ捨て、ブーツからナイフをとり出して言った。「このほうがいい、セバーガム。いや、きみはにせものだったな。一対一の勝負は、やはりナイフだ。これで勝負をつけよう」

ヒガンズは答えなかった。ロバートを睨みつけたまま、アイアンサがいる階段のほうへ後ずさりした。わたしに襲いかかるつもりだわ、とアイアンサは思った。彼が逃亡用に用意したロープのところへは、ナイフを持ったロバートに阻まれて行けないし、ジョンとフェラーが仲間を引き連れて入り口まで来ている。ヒガンズに残された道は、わたしを人質にとることだけだわ。

アイアンサは階段をさらに二、三段昇った。ヒガンズがにじり寄ってくる。彼は突然、くるりと後ろを向いて、アイアンサのほうに突進してきた。ロバートがあとを追う。アイアンサはさらに上へ昇った。ヒガンズはふたりのあいだで立ち止まり、ロバートを振り返った。ロバートが階段のはじめの一段に足をかけた。一段、また一段と、ゆっくり慎重に昇ってくる。ヒガンズはロバートに背を向け、アイアンサに向かって、大胆な足取りで階段を昇りはじめた。

アイアンサは、ロバートが高いところが苦手なことを思い出した。しかも、彼は怪我をしている。この階段でヒガンズと戦うのは無理だわ。

それでも、ロバートは怯《ひる》むことなく、ヒガンズを追って昇ってきた。アイアンサは武器になるものはないかと、さっとあたりを見まわし、足元に小石が数個落ちているのに気づいた。いちばん近くにあった石を拾い上げ、ヒガンズに向かって投げようと腕を引いた。

三人の兄弟がいることが思わぬところで役に立っ

た。石つぶてはほぼ狙《ねら》いどおりに飛んでいった。石が耳元をかすめると、ヒガンズは身を低くした。しかし、目はアイアンサから離さなかった。ロバートがもう一段昇り、ヒガンズも一段昇った。

アイアンサは次の石を拾って投げた。今度の石はヒガンズの足元にあたり、ロバートのほうへ落ちていった。ヒガンズが階段を昇る足を速めた。ロバートに追いつかれる前に、アイアンサを捕まえるつもりらしい。

アイアンサはまた石を手にとった。今度は必ず命中させなければ。冷静に。ヒガンズを狙って、全神経を集中させるのよ。恐怖も不安も弾き飛ばすような、激しい怒りが噴き出してきた。

わたしにはできる。

あいつを倒すのよ！

投げた石がヒガンズの額を直撃した。ヒガンズはナイフを落とし、手を振りまわして、バランスをとろうとした。すかさずアイアンサは石を投げた。ヒガンズの体がぐらりと大きく揺れた。彼はそのまま足を踏み外し、城壁から落ちていった。

ヒガンズの叫び声がこだましながら谷間に吸い込まれていく。やがてアイアンサの耳に不快な衝撃音が聞こえた。

階段を駆けおりながら、アイアンサは心のなかで叫んだ。

思い知れ、ろくでなし！

応接間に戻ると、すべてがまた正常に戻ったように思えた。悪夢が終わりを告げた――ロバートはそう願ったが、それでも、ヒガンズが仲間を連れてきたことが気になっていた。まだほかにも手下がいるのだろうか？　そしてこれからも、背後を気にしながら暮らしていかないといけないのだろうか？

ロバートが考え込んでいると、ゲイルズビルが手紙を持ってきた。ロバートは、包帯を巻いた足を楽な位置に動かしてから目をやった。

「アルトン卿《きょう》だ。彼の父親が亡くなったときに送ったお悔やみの手紙の返事だろう」封を切って読みはじめたロバートは、驚きの声をあげた。

「今度はなんだ?」ジョンが苛《いら》立ったように言った。ジョンは、怪我をした腕に添え木をあてて固定されているのが面白くないのだ。

ロバートは手紙にざっと目を通した。「事件は驚きのどんでん返しを迎えたようだ。これはホレイス・ラウンズからの告白文だ。聞いてくれ」

ダンカン男爵へ

このままでは心が休まりません。だから手紙を書いて、あなた方——とくにレディ・ダンカンに許しを乞《こ》いたいと思います。そう、わたしはセバーガムにそそのかされ、無垢《むく》な少女を無惨にも辱めた愚か者のひとりです。どうしてあんなことができたのでしょう? たぶん、自分でもなにをしているのか、よくわかっていなかったのだと思います。

あのころ、わたしは、父に対して、王室に、世界に対して怒りを抱いていました。セバーガムはわたしのような者を集めて乱痴気騒ぎをする場所を用意し、アブサンを飲ませ、思考力をなくす薬物を与えました。薬物は南米で手にいれたものだそうです。レディ・ダンカンを襲った夜のことはほとんど覚えていません。

しかし、セバーガムはそれを忘れさせてはくれず、脅迫状を送りつけてきたのです。わたしは、国の安全に関《かか》わる機密を知ることができる立場にありました。ナポレオンのスパイであるセバーガムは、その機密を知りたがっていました。自分のしでかしたことを父親に知らせるわけにはいかなかったので、わたしは彼に従いました。つまり、強姦《ごうかん》犯だけでなく、売国奴にもなったわけです。ひどく自分に嫌気がさしましたが、もう抜けることはできませんでした。

そして、父が殺され、わたしはこの世で最も卑しい生き物となりました。いや、父親殺しにまで身を落とさなかったことが、せめてもの救いでしょう。父はある書類を通じて、わたしのしていることを知ってしまいました。それが明らかになることを恐れ、セバーガムは父が寝ているところを襲い、殺害しました。父は誇り高い人でしたから、そのほうがよかったのかもしれません。

この世を去る前に、我が国の国益を犯しかねない仲間のうち、まだ生きている者を解任する手配をしました。セバーガムは姿を消していますが、わたしが生きているうちに出会うことがあったら、やつの息の根を止めるつもりです。あなた方が、この手紙を受けとるころには、すでに敵の正体を知り、わたしはみずから命を絶っていることでしょう。同封したリストに、脅迫に加わり、解任した者の名を記しておきます。いま、わたしがあなた方のためにできることは、これしかありません。

H・R

部屋は静まり返った。ロバートは手紙を横に置き、驚きのあまり言葉を失っている人々を見まわした。それから、アイアンサを引き寄せ、ため息まじりに言った。

「彼の魂に神のご慈悲がありますように」

エピローグ

一八〇八年、春。

イングランド。カンバーランド

「本当よ、お母様」アイアンサは母の両手を握り、涙ぐむ目を見つめた。「赤ちゃんができたの」

「よかった」レディ・ロズリーははなをすすり上げ、アイアンサの手を離すと、ハンカチを探した。「この日が来ることをどんなに祈ったか。子ども好きのあなたが、自分の子どもが持てないのではないかしらと、心配でたまらなかったのよ」

「そうね、お母様。一年前は、わたしが子どもを授かることがあるなんて思ってもみなかったもの。でも、いまは幸せよ」アイアンサも涙をぬぐった。

「ダンカン男爵はすばらしい方だわ。あの方を愛せるようになった？」

「ええ、愛しているわ。本当は、はじめから愛していたのよ。でも、恐怖と怒りのせいで、なにも感じられなくて、それに気づくことができなかったの。お母様の言うとおり、愛の行為は喜びと安らぎに満ちていたわ」

母は娘をいとおしそうに見つめた。「それで……彼も、あなたを愛してくれているの？」

「ええ、そう思うわ」アイアンサはうなずいた。「言葉だけでなく、行動でも示してくれる。命をかけてわたしを助けようとしてくれたわ」

「亡くなったお子さんのかわりに女の子を産めば、恩返しができるわね」

「いいえ」アイアンサは暖炉の火を見つめた。「それはできないわ。誰もラキのかわりにはならないし、なってはいけないのよ。ロバートはいまでもラキの夢を見るそうよ。これからもそうだと思うわ」アイアンサはほほ笑みながら、もう一度、母を見た。

「でも、彼は愛情深い人よ。生まれてくるのが男の子でも、女の子でも、きっと心から愛してくれるわ。そして、わたしもその子を全身全霊で愛すわ。人を愛する気持ちを、もう抑えつけたりしない。思うぞんぶん愛するわ。お父様もきょうだいも。自分の子どもたちも」

扉が開いた。アイアンサは振り返ってほほ笑んだ。

「そして、誰よりもロバートを」

とっておきの、ときめきを。
ハーレクイン

臆病な女神
2006年11月5日発行

著　　者	パトリシア・F・ローエル
訳　　者	美琴あまね（みこと　あまね）
発 行 人	ベリンダ・ホブス
発 行 所	株式会社ハーレクイン 東京都千代田区内神田 1-14-6 電話 03-3292-8091（営業） 03-3292-8457（読者ｻｰﾋﾞｽ係）
印刷・製本	凸版印刷株式会社 東京都板橋区志村 1-11-1

造本には十分注意しておりますが、乱丁（ページ順序の間違い）・落丁（本文の一部抜け落ち）がありました場合は、お取り替えいたします。ご面倒ですが、購入された書店名を明記の上、小社読者サービス係宛ご送付ください。送料小社負担にてお取り替えいたします。ただし、古書店で購入されたものについてはお取り替えできません。
®とTMがついているものはハーレクイン社の登録商標です。

Printed in Japan © Harlequin K.K. 2006

ISBN4-596-32271-6 C0297

1年の中でクリスマスは、恋人達のとっておきのイベント。
読者の皆さまにも、この時期ならではのロマンスとともに
スペシャルなクリスマスをお届けします。

〈クリスマス・ストーリー2006〉

毎年恒例のクリスマス限定の2冊

ペニー・ジョーダン、ベティ・ニールズ他、人気作家の作品を2話ずつ収録しました。
それぞれにクリスマスカードと各作家からのメッセージ付です！

情熱に揺さぶられる、艶やかな物語

『クリスマス・ストーリー2006 **灼熱の予感**』X-21 **好評発売中**

※新書判　ソフトカバー　ジャケット・帯付

X'mas Card
作家からのメッセージ付き

ペニー・ジョーダン作

「クリスマスに見た夢は・・・」

リサはある日、婚約者の実家でのクリスマス・イブの晩餐会で着る服を選んでいた。そこに現れた見知らぬ男に服を返すように迫られる。腹を立てたリサは断るが、なぜか晩餐会で再会してしまう。

ジュリア・ジャスティス作

「悲しみの子爵夫人」

戦地で瀕死の重傷を負ったマイルズは、子爵の家督を守るためエドウィーナに求婚する。密かにマイルズに思いを寄せていた彼女は、便宜上の結婚と知りながら受け入れることにする。

優しさにくるまれる、温かな物語

『クリスマス・ストーリー2006 **純白の奇跡**』X-22 **好評発売中**

※新書判　ソフトカバー　ジャケット・帯付

X'mas Card
作家からのメッセージ付き

ベティ・ニールズ作

「聖夜には薔薇を」

休暇を利用してスコットランドの実家に帰ったエレナーは、悪い思い出しかない幼馴染のフルクと15年ぶりに再会する。エレナーは相変わらず意地悪な彼を毛嫌いしながらもなぜか気になってしまう。

ニコラ・コーニック作

「恋を忘れた公爵」

公爵セバスチャンは、昔プロポーズを断ったクララからの手紙を受け取る。財産目当ての求婚者の誘惑から救ってほしいという。彼はその頼みを断ろうとするが、クララの美しさに惹かれ……。

ハーレクイン・スペシャル・セット

ご好評につき、今年も発売!

豪華作家たちによる3作品を、クリスマスデザインのオリジナル・ボックス入りで発売します。

『愛が生まれる聖夜』 HSP-3 **12月5日刊行**

※新書判　3冊セット、ボックス入り
表紙デザインは変更になることがあります

エマ・ダーシー作
『三人のメリークリスマス』（初版I-1300）

キャシー・ウィリアムズ作
『秘書の条件』（初版I-1578）

キャロル・モーティマー作
『イブの約束』（初版I-1648）

＊＊＊＊＊＊＊＊＊＊＊＊＊＊＊＊＊＊＊＊＊＊＊＊＊＊＊＊＊＊＊＊＊＊＊＊＊

ハーレクイン・ロマンスより!

ハーレクイン・ロマンスが1作品増点

愛蔵版 クリスマスデザインのゴージャスなハードカバーで発売。
クリスマス・プレゼントにも最適です。

ルーシー・モンロー作
『ギリシアの聖夜』 R-2151 **11月20日刊行**

ギリシアの実業家と結婚したイーデンは、夫が多忙でいつも一人寂しい思いをしながら暮らしていた。そんなある時、夫のニューヨーク出張に同行することになる。しかし二人は移動途中に事故に遭い、夫だけ重症を負ってしまう。事故を機に彼への愛を再確認したイーデンだったが、夫は彼女に関する記憶だけを失っていて……。

※新書判　ハードカバー・ジャケット・帯付

レギュラー作品もクリスマス作品が目白押し!

ハーレクイン・スポットライトから――

デビー・マッコーマー作

『天使のたくらみ』 HT-9　**11月20日刊行**

クリスマスまであと1ヶ月……。仕事一筋の人生を送る息子ロイを心配するアンは、早くふさわしい女性が現れるように祈っていた。そこに現れたのは、3人の天使たち。天使たちは億万長者だが頑固なロイの恋人さがしに奮闘するが……。

2話収録

『聖なる夜に口づけを』 HT-10　**11月20日刊行**

ビバリー・バートン作

「星降る夜の出来事」〈狼たちの休息XVI〉

クリスマスの日、フェイスは、かつて誘拐犯から自分を救ってくれたワースを待っていた。犯人から逃げ隠れしていた時、洞穴の中で愛を交わしていた二人は、もし本当にお互いを愛していたら、クリスマスに会おうと約束していた。しかし彼は現れず……。

リアン・バンクス作

「イブは憂鬱」

数年前のクリスマスに事故で妻を亡くしたルーカスは、クリスマス嫌いになっていた。そんな彼の家に、火事で焼け出された、無邪気で明るい新任教師エイミーが滞在することになる。ツリーを飾ったりとクリスマスの準備をする彼女にルーカスはいらだつが……。

3話収録

〈A Colton Family Christmas(原題)〉 HT-11　**12月20日刊行**

コルトン家の人々を取り巻く愛の物語3話。

ジュディ・クリスンベリ作

「The Diplomat's Daughter(原題)」

結婚に興味のないウィリアム・コルトン少佐と、テロリストに狙われる美女の運命の出会い。

リンダ・ターナー作

「Take No Prisoners(原題)」

コルトン家のクリスマス・パーティの惨事を救う男女の復縁劇。

キャロリン・ゼイン作

「Juliet of the Night(原題)」

仕事一筋の男女が心を通わすきっかけになった、コルトン家の結婚披露パーティでの大惨事。

ハーレクイン・ヒストリカルから――

3話収録

『やどりぎの魔法』 HS-274　12月5日刊行

クリスマスを舞台にしたヒストリカル作品3話。

「おせっかいな天使」 ゲイル・ランストーム作

友人の結婚を妨げるのは誰?　令嬢チャリティーが、結婚の邪魔をする犯人を突き止めようと策を練って……。

「雪の契り」 テリ・ブリズビン作

クリスマスのために友人の城を訪れたギャヴィン。城主オリックス卿から、ある娼婦の身元を探るように頼まれる。彼女はひどく謎めいていて……。

「箱入り娘の決断」 ルース・ランガン作

堅実な教師でオールドミスのローラ。彼女のもとに、大怪我をした男性が転がりこんできた!

シルエット・スペシャル・エディションから――

3話収録

『Christmas, Texas Style(原題)』 N-1136　12月5日刊行

テキサスを舞台にしたクリスマスもの3作品。超人気作家ダイアナ・パーマーが好んで描くテキサス。そこで繰り広げられるクリスマスのロマンスは?

「Four Texas Babies(原題)」 ティナ・レオナード作

跡継ぎ欲しさに便宜上の結婚を決意するサムとリリー。しかしその直後、ふたつの驚くべき事実が明らかになる。

「A Texan Under the Mistletoe(原題)」 リア・ヴェール作

クリスマスを過ごすために故郷に戻ったローリーは、高校時代に一方的に振ったジャクソンと再会するが……。

「Merry Texmas(原題)」 リンダ・ウォレン作

離婚した二人が、愛する娘のためにクリスマスを共に過ごそうと計画する。

フォーチュン家の人々が、クリスマスに再び!

3話収録

『富豪一族のクリスマス』 FC-13(初版 SB-1) 11月20日刊行

「聖夜に乾杯」 リサ・ジャクソン作

「傷だらけの天使」 バーバラ・ボズウェル作

「雪原に咲いた恋」 リンダ・ターナー作

LOVE STREAM

Breathtaking Romantic Suspense

MIRA文庫でも活躍中のNYタイムズベストセラー作家

ヘザー・グレアムが描く、スリルとロマンに満ちた新作

『禁断の深き森』LS-309

11月20日発売

ヘザー・グレアム

ロリーナは、父の死の真相を探るため鰐研究施設へ向かう途中、スピード違反で警察官のジェシーに捕まってしまう。後日、不可解な事件の現場で再び会った二人は、互いの存在が気になり始め……。

Romances

11月20日発売

愛憎ドラマで、心を釘付けにする
ペニー・ジョーダンの3部作「華麗なる日々」スタート!

『心まで奪われて』R-2147（華麗なる日々I）

ペニー・ジョーダン

カーリーの勤めるイベント企画会社に、国際的な企業家として名を成すリカルドが訪れた。彼の申し出で、彼女はフランスとアメリカで手掛けるパーティの案内役となる。だが彼にはある思惑があった。

THE FORTUNES

クリスマスに贈る!
大人気<富豪一族の肖像>の番外編

11月20日発売

縁結びが生きがいのフォーチュン家の女家長ケイトの目にとまったのは、亡き夫の弟の孫息子3人。ケイトがそれぞれに意外な贈り物を託して……。

『富豪一族のクリスマス』FC-13（富豪一族の肖像XIII）

「聖夜に乾杯」リサ・ジャクソン

「傷だらけの天使」バーバラ・ボズウェル

「雪原に咲いた恋」リンダ・ターナー

ハーレクイン・バリューパック

3冊セット　特別価格1,250円

人気テーマの億万長者とクリスマス、
新刊と人気既刊作品を3冊セットでお楽しみください。

『億万長者と二人きり』HVP-3　11月20日発売

「御曹子とハネムーン？」ジュディ・クリスンベリ
「億万長者のプロポーズ」（初版:I-1560）ソフィー・ウエストン
「大富豪の嘘」（初版:I-1565）マーガレット・メイヨー

『あなたとクリスマス』HVP-4　12月5日発売

「THE NURSE'S CHRISTMAS WISH（原題）」サラ・モーガン
「偽りと真実」（初版:L-781）デビー・マッコーマー
「聖夜の告白」（初版:L-782）スーザン・メイアー

クリスマスの2話を収録！

ビバリー・バートンの「狼たちの休息」第16話と人気のリアン・バンクスの作品をお楽しみください。

『聖なる夜に口づけを』HT-10　11月20日発売

2話収録！

「星降る夜の出来事」
ビバリー・バートン
愛の証にクリスマスに会うという約束をワースにすっぽかされたフェイス。音信不通のまま一年が過ぎ二人は再会するが、暴漢に襲われ大怪我をした彼女はすっかり記憶をなくしていた。

「イブは憂鬱」
リアン・バンクス
火事で焼けだされたエイミーは、知人の兄ルーカスの家に滞在することになった。クリスマスが好きな明るい彼女とクリスマス嫌いで不[redacted]は、最初から衝突するが……。

11月20日の新刊 発売日11月15日（地域によっては16日以降になる場合があります）

愛の激しさを知る　ハーレクイン・ロマンス

二百年の恋	フィオナ・フッド・スチュアート／苅谷京子 訳	R-2145
麗しきレッスン（ラミレス家の花嫁Ⅲ）	サンドラ・マートン／槙　由子 訳	R-2146
心まで奪われて（華麗なる日々Ⅰ）	ペニー・ジョーダン／茅野久枝 訳	R-2147
愛されぬ妻（復讐の波紋Ⅱ）	トリッシュ・モーリ／森島小百合 訳	R-2148
堕ちたジャンヌ・ダルク	ジェイン・ポーター／山ノ内文枝 訳	R-2149
情熱を捧げた夜	ケイト・ウォーカー／春野ひろこ 訳	R-2150
ギリシアの聖夜	ルーシー・モンロー／仙波有理 訳	R-2151

実力作家による作品を刊行するシリーズ　ハーレクイン・スポットライト

天使のたくらみ	デビー・マッコーマー／柿原日出子 訳	HT-9
聖なる夜に口づけを		HT-10
星降る夜の出来事（狼たちの休息XVI）	ビバリー・バートン／庭植奈穂子 訳	
イブは憂鬱	リアン・バンクス／庭植奈穂子 訳	

人気作家の名作ミニシリーズ　ハーレクイン・プレゼンツ 作家シリーズ

だんなさまは四百ドル（愛を知らない男たちVI）	スーザン・マレリー／米崎邦子 訳	P-286
炎のときⅠ		P-287
すてきなショータイム	ローリー・フォスター／谷垣暁美 訳	
甘い刺激	ティファニー・ホワイト／新井ひろみ 訳	

一冊で二つの恋が楽しめる　ハーレクイン・リクエスト

一冊で二つの恋が楽しめる―愛と復讐の物語		HR-129
報復は甘く	ポーラ・マーシャル／鈴木たえ子 訳	
ダイナマイト・レディ	ジェイン・A・クレンツ／山根三沙 訳	
一冊で二つの恋が楽しめる―この結婚は偽物		HR-130
裏切られた夏	リン・グレアム／小砂　恵 訳	
花嫁にプロポーズ	レイ・モーガン／津田藤子 訳	

キュートでさわやか　シルエット・ロマンス

恋はギャンブル（シェイクスピアに恋してⅡ）	エリザベス・ハービソン／森山りつ子 訳	L-1192
天使がくれたチャンス	スーザン・メイアー／神鳥奈穂子 訳	L-1193

ロマンティック・サスペンスの決定版　シルエット・ラブ ストリーム

長い夜の終わり	フィオナ・ブランド／氏家真智子 訳	LS-307
捨てられた天使（サリバン家の女神たちⅢ）	ルース・ランガン／竹内　栞 訳	LS-308
禁断の深き森	ヘザー・グレアム／葉山　笹 訳	LS-309

個性香る連作シリーズ

シルエット・コルトンズ 甘き夜の代償	ヴィクトリア・ペイド／佐藤敏江 訳	SC-20
シルエット・サーティシックスアワーズ 名だけの永遠	ポーラ・デトマー・リグズ／津田藤子 訳	STH-11
パーフェクト・ファミリー 愛は望郷のかなたに（上）	ペニー・ジョーダン／霜月　桂 訳	PF-10

クーポンを集めてキャンペーンに参加しよう！

どなたでも！「25枚集めてもらおう！」キャンペーン「10枚集めて応募しよう！」キャンペーン兼用クーポン

[redacted]

会員限定ポイント・コレクション用クーポン

マークは、今月のおすすめ